第四卷 御驾亲征 -101-

第五卷 断句之法 -135-

第六卷 春暖花开 -173-

番外 -207-

目录

第一卷 香料成瘾 -001-

第二卷 太妃薨逝 -031-

第三卷 收服扶国 -067-

三年未见，我猜到你会着急了。
圣上，不是三年，是三年六个月零三天。

第一卷 香料成瘾

◆ 第一章 ◆

第二日一早，离开薛府时，顾元白本以为薛远不会出现在他面前。

但门一打开，顾元白还是与胡子拉碴的薛远对上了视线。薛远扯起冻僵了的笑，肩膀上浸透一层水露："圣上，臣要进宫。"

顾元白："进宫做什么？"

薛远："护着你。"

顾元白不由得转了转手上的玉扳指，目光在他脸上打转，又从他的胡楂和眼底青黑上移开："要俸禄吗？"

"圣上管吃管住就行。"薛远道。

顾元白颔首，干脆利落："跟着。"

出宫的队伍里面又多出来了一个人，薛远将长靴裹紧，腰间刀剑整好，重新入了贴身侍卫的队伍里。

他看着顾元白的背影，眉目压低，握紧了刀柄。

回宫之后，顾元白就将东翎卫叫来，但还未吩咐下去让他们全面搜查寝宫与宣政殿的命令，监察处就有人前来拜见圣上。

这一批人从沿海归来，他们被顾元白派遣去探查海盐和池盐一事，在西尚青盐暗中盛行的时候，顾元白一直在寻找开源的办法。

除此之外，他们还有一个特殊的任务，那就是去沿海周边寻找未曾见过的作物，看看是否有其他洲的种子随着海浪到了大恒边界，或者是被海鸥衔来，然后在沿海处生根发芽。若是真的能在沿海发现土豆或者玉米的种子，那当真是一件大喜事了。

这批人在沿海有两年时间了，这还是第一次回来。顾元白命东翎卫在一旁等待，让监察处的官员上前。

监察处的官员行完礼后，未曾废话，先禀明了沿海晒盐一事，又将地图交予顾元白，顾元白看着地图上的红点："这些便是新找出来的岩盐和池盐？"

"是，"监察处官员道，"臣等在两浙之地山坳处发现了盐湖，经过不知多少年的烈日暴晒，其中的湖水早已干涸，只剩亮如雪片的盐粒。这一处的盐湖有许多，臣等试了一番，正是可以吃的食盐。"

"天然晒好的食盐，"顾元白眼睛一亮，"多吗？"

"大大小小连绵成一座座山头。"监察处官员谨慎道，"那处已托守备军包围起来，细查之下发现山中动物都喜在午时前去舔一座山壁，臣等前去一看，用匕首刮动几下，就显出了污浊颜色的盐粒，再刮几下，里头便是雪白的盐。那些山头隐隐约约有白雪覆盖，臣那时才明白，覆盖山头的不是白雪，而是岩盐。但臣等人手不够，只先行回来禀报圣上，还未查探数量多少。"

顾元白呼吸重了起来："那这些是有盐湖的山头？"

"是，"监察处官员也不禁露出了笑容，"这些山头，臣等大胆揣测，都是一个个大的盐矿。"

这个惊喜来得太过突然，顾元白猝不及防后便是喜上眉梢。监察处的人见到圣上这般模样，也心中欣喜满足，又拿出了一个木盒来："圣上，我等从沿海一处回来时，发现临海的富贵人家都喜欢点上一种香料，这等香料香味宜人，还有提神醒脑之效，臣等特意带来以献给圣上。"

顾元白欣然应允，让田福生接过，灭了殿中熏香，通风透气之后，点燃监察处官员带来的香料，摆于书桌之上品鉴。

氤氲烟雾从香炉之中袅袅升起，清淡而雅致的香味慢慢弥漫，顾元白脸上的笑意却是一顿，最后缓缓收敛，凝成面无表情的模样。

随着他的表情冷下，殿中气氛也好像骤然被冻住了一般。偌大的宫殿，竟只有这缥缈雾气在随风而动。

顾元白慢慢地靠后，倚在椅背之上，喜怒不定地道："这是沿海来的香？"

监察处官员面色一肃："臣不敢胡言，这香正是从沿海进入我大恒的香。"

顾元白的呼吸急促了一些，他的手已经捏住了座椅扶手，指尖发白，滔天怒火隐隐："朕知道了。你们一路辛苦，先行下去吧。"

监察处的官员面带忧色，极为听话地退了下去。

等人一走，顾元白看向东翎卫，眼神如同结了冰："把西尚七皇子请来！就说朕请他过来陪朕共赏御花园。"

东翎卫立即领命而去，顾元白面色阴沉，黑得滴墨，他倏地伸出手将香炉狠

003

狠砸向殿中,"咣当"一声,殿中宫侍跪倒在地,发出沉闷的一声响。

"沿海的香,沿海的香料!"顾元白额角青筋浮现,"竟然成了西尚的国香!"

西尚在内陆,与大海隔着大恒遥遥相望,这样的内陆国家,怎么会把一种从沿海进来的香料奉为国香!

香炉在地上滚了几圈,被薛远踩在脚底下,薛远眉眼阴鸷,上前去扶住气得浑身发抖的圣上。

顾元白被他扶着重新坐了下来,他目光沉沉,看着打翻一地的烟灰,脑海之中电光石火间闪过了一个词——

成瘾物。

风从殿门吹进,发丝、衣袍朝前方飞舞。阳光洒在宫门处,拉长至案牍前,顾元白却觉得四肢发寒。

成瘾物,什么叫作成瘾物?

最有名的应当就是阿片。让人又恨又惧的有名成瘾物,就是用某种植物的果实制作而成的阿片。

还有五石散。

五石散在以前也流行过,现在很少有人用了。但阿片却是从前朝就有外朝上贡,一直被认为是入药的良药。

寒气直窜入脑海,五脏六腑都好似蒙上了一层黑气,顾元白感觉手脚冰冷,没有力气去握住薛远的手了,在快要脱落时,反手被薛远握住。

薛远压抑着道:"圣上。"

顾元白茫然抬头看他,然后道:"薛九遥,朕似乎中毒了。"

成瘾物若少许服用,甚至可以是入药的良药,顾元白相信在他层层把控下的太医院,若是真的有人暗中让他吸食了成瘾物,那很有可能只是细微的用量,这样的用量看在御医的眼中也许只是对顾元白的身体有益而已。

但心慌,呼吸困难,离开宫殿一久便手脚无力、干呕反胃,这明明是已经有瘾了。

薛远手中骤然一紧,他死死咬着牙,颌角鼓动,好似要暴起:"香?"

顾元白看着他这一副随时要去找人拼命的样子,反而冷静了下来:"也不一定。"

若说他成了瘾,那昨日的反应也实在是太容易挺过去了。即便顾元白没有吸过毒,但也知道真正有瘾的人戒断时会是什么样的反应。

即便真的是西尚国香出了问题,但太医院没有检查出来其中的危害,只能说其中的用量微小到危害不了正常人的健康,只有"提神醒脑"之效。

他的这副敏感衰败的身体,很有可能对这种成瘾物反应过度。

顾元白想到这里,倒是心中一松。"先等西尚七皇子来。"他头一次感谢自己的身体不好,"西尚国香一事,朕不信他们敢这么明目张胆地陷害朕。"

薛远呼吸一室:"你不先请御医?!"

顾元白一愣,看了他一眼:"等一等。"

薛远不多话了,深深地看了他一眼,弹了弹刀剑,站在一旁陪着他等。

顾元白想到了昨晚薛远所说的要给他堵着黄泉路的话,神色微变:"田福生,叫来御医在偏殿等候。"

别了吧。

两个人挤一条黄泉路,挺挤的。

东翎卫去请了西尚七皇子,却把西尚的二皇子也一同带来了。

西尚的二皇子神情忧虑,笑意也唯唯诺诺:"外臣擅自跟来,还请您原谅外臣。"

"多礼了。"顾元白笑吟吟地看着这两位西尚的皇子:"来人,赐座。"

两位西尚皇子坐下,顾元白与他们缓缓聊了几句西尚风俗,冷不丁问道:"七皇子,你闻闻朕殿中的味道可否熟悉?"

李昂顺双目微眯,细细闻了殿中味道,笑了:"必然熟悉,这正是我西尚的国香。我西尚上到父皇,下到百官富豪,都喜欢极了这个香。"

顾元白道:"上到皇帝,下到百官富豪……"

他心底一沉。

"正是如此,"李昂顺道,"父皇宫殿之中的熏香味道要比圣上这里更浓郁,他实在爱这个香,即便是入眠后也要宫人时时续上香料,若是夜里香料断了,我父皇甚至会心慌意乱地从梦中惊醒。"

顾元白闭上了眼:"朕也觉得这味道不错。"

已然是慢性毒药了。

李昂顺眼中自得之色浮现："此香用起来可让人乍然清醒，我西尚名臣都对它夸赞不已。"

顾元白已经没了聊下去的兴致，借口身体不适，便让宫侍带着两位皇子前去御花园一逛。

二皇子乖乖起身，李昂顺却面露失望，正在这时，他突然觉察到了一道不善目光，迎头看去，就见大恒皇帝身后站着一个英俊非凡的侍卫，正盯着李昂顺的手指看。

李昂顺眉头一皱，怒气还未升起，转眼便看到墙角隐蔽处站着两匹站起来如人般高大的黑皮大狼。这两匹狼眼睛幽幽，也在盯着李昂顺的手指看。

李昂顺寒意升起，转身跟着宫侍离开宫殿。

片刻，偏殿御医上前，为圣上把脉，圣上闭着眼睛，仍然在为李昂顺口中的"万民吸食国香"的说法而胆寒。

西尚的皇帝已经成瘾很深，西尚人还未曾发现这香的坏处吗？是什么人同西尚交易了如此多的成瘾物，又让西尚将这些成瘾物送到了顾元白这里？

西尚拿出来如此多的赔款，是否也是因为此？

"查。"顾元白声音哑哑，压着万千重担，"去查这些香从哪里运往西尚，再去查沿海的香是从哪里进入大恒的。"

这种成瘾物，几乎是权力的最高象征，是统治别人、控制别人的利器。

绝对不能忍，绝对要查清楚是谁在觊觎西尚，是谁胃口大得想连大恒也一口吞吃入腹。

◇◆ 第二章 ◆◇

御医给圣上把脉的时候，薛远就站在一旁，直直盯着他们看。

顾元白因为吸了十几日的西尚国香，心中不愉，脸色浮浮沉沉地难看。薛远只以为他是身子不适，站在一旁如同一个冷面阎王，下颌冷峻，飕飕飘着冷气。

御医把完了脉，在两位爷的眼神中肯定道："臣可用性命担保，圣上的身子骨没浸入这些香料之中的药物。"

顾元白道："这叫毒。"

御医擦过额头上的汗："是，那就是毒。"

御医理解不了"成瘾"一词，不知道什么叫作"副作用"，他只知道里头并无杀人的毒，只有让人提起精神的药物。现实就是如此，很久之前，五石散在上层社会之中流传，即便是死了人，也没人愿意断。

他们不晓得危害的一面，不相信其中的可怕。

顾元白让整个太医院的御医都来看过他的身体，从他们的言语当中得出一个结论：他还没有到成瘾的程度。

正是因为体弱，他才会在短短十几天之内便有这么大的反应，若是长年累月无法察觉，怕是早已不知不觉地中了招。

顾元白一想到这儿，就是寒意和怒火并起。直到入睡之前，他躺在床上，气得双手仍然止不住地颤抖。

薛远给他倒了杯温茶，看了眼绸缎被褥之上轻微颤动的白玉手，眼皮猛地跳了几下，问道："怕什么？"

顾元白从牙缝中挤出话："朕这是被气的。"

他恨不得生吞其肉的模样，眼底是汹涌的狠意："图谋大得很，手段恶心得很。自己是有多大的胃口，不怕一口气撑破了肚皮？"

薛远瞧了瞧周围，寝宫之内的宫人陆续退下。

"白爷，"薛远问，"成瘾又是何物？能使人丧命？"

顾元白："比让人丧命还要可怕。"

薛远皱眉，洗耳恭听。

顾元白给他细细地讲了一番成瘾物的危害。他语气稀松，说得如寻常小事一般，但听得薛远神情越发沉重，夹杂几分阴森。

若是顾元白没有发现，那岂不是顾元白也要成为幕后之人手中的一个傀儡？

薛远想一想就觉怒火滔天，恨不得将幕后之人拽出来拔骨抽筋。

他的表情明显，顾元白笑了一声，眼中一沉："朕也想知道背后是谁，网铺得如此大，真不怕半路断成了两半。"

"若是真如圣上所说，成瘾的危害如此严重，恨不得让人癫狂，听其命令由其把控，"薛远说着，语气危险起来，"西尚岂不是已经名存实亡？"

顾元白闭上眼，想起历史上的惨状，又重复了一遍："上到皇帝，下到百官富豪……确实已经名存实亡了。"

胆战心寒。

背后的人或者国家，到底筹划了多少年才能到达如此地步？

第二日，顾元白便让太医院去查西尚国香的用料，并以绝对的强势，派遣了一队人马前往沿海追查香料源头。文武官员同行，一刀切地去禁止香料继续传播，见一个毁一个，不能留下任何残余。

宁愿腥风血雨，也绝对不能容忍这种东西在大恒内部流传。

禁，必须禁！查，狠狠地查！

哪怕打草惊蛇也不怕，在周边国家之中，大恒一直是霸主的地位。顾元白敢这么做，就是有底气。最好能惊动幕后黑手，让其自乱阵脚。

御医和大臣们因为皇帝的威势，虽没制止，但心中还是觉得圣上小题大做，实在没必要如此兴师动众、大动干戈。

他们总觉得此事并不严重，此香御医也说了，提神醒脑罢了，西尚敢将其当成国香，难道西尚人上上下下，会蠢得给自己吸食毒药吗？

大臣们也曾暗中多次劝谏顾元白，查香料源头就够了，又何必花如此大的功夫去禁香呢？但一向听劝的皇上这次却异常强硬。这样的态度一摆出来，很多人嘴上不说，心中却生出了忧虑。

皇帝执政两年，将大恒治理得井井有条，难道因此而开始自大，听不进去劝说了吗？

顾元白不只派了人去禁毒，在京城之中，他更是用了些小手段，让西尚使者之中的一半人感染上了风寒，延长他们在大恒滞留的时间。

西尚人倒是想走，但如今的一个风寒就能要了一个人的命，为了小命着想，还是乖乖待在了京城治病。

圣上对此关切十足，特意派遣了宫中御医前去驿站医治西尚人。

"让他们两个月内无法离开大恒，最好一天到晚待在驿站之中，哪里也不能去。"顾元白命令御医们，"若是他们身子骨好，好得快，那便想方设法去加重病情。"

御医们满脑门的汗珠，将圣上的每个字都刻在了脑子里："是，是，臣等知晓了。"

一条条命令吩咐下去，监察处的人掉转枪口，冲入西尚秘密探查。边界的守备军也要打足精神，顾元白就不信他这突然一下，幕后之人能反应得过来。

薛远幸灾乐祸地问："若是西尚人的风寒在两个月内好了，圣上还会怎么办？"

"他们最好能好得慢些，"顾元白哼笑一声，瞥了他一眼，"如果他们不想断了腿的话。"

西尚人幸免于难，成功患上了风寒，并在太医院的诊治之下，风寒逐渐严重，半个月过去之后，他们已躺在了床上，都没法下去。

前来诊治他们的御医齐齐在心中松了一口气，日日盯着西尚人，谁若是有好的迹象，那就赶忙上前，想办法再让人连手都抬不起来。

晃晃悠悠，在西尚人治愈风寒的时候，大恒五年一次的武举，终于轰轰烈烈地开始了。

随着武举一同颁发的，还有圣上将五年一武举的规定变为三年一武举的圣旨。除此之外，武举的考核将会分得更细，陆师应当考些什么，水师又该考些什么，一一随着朝廷张贴而展现在百姓面前。

顾元白原本对水师建设一事不急，凭他对书中故事发展的印象，现在根本没人会注意海上资源。其他国家还未崭露头角、有所发展，如今的世界，以大恒为首位。

但他太过相信潜意识里的历史，以至于忘了，自从大恒出现，这里的历史就变了。

这里不是他所处的世界，这是一个崭新的、什么都可能会出现的世界。

只要这香是从外进入大恒的，那就必然会有海上开战的那一天。

顾元白准备得晚了，但他提前发现了敌人的阴谋，以大恒的底气，即便不赢，也不见得会输。研究船只一事，大恒的工部可从未停过。

顾元白耐心十足，一边盯着武举，看是否能挑出些好苗子，一边等着畏首畏尾缩在西尚背后的敌人是否会方寸大乱。

来吧，爷等着你。

◇◆ 第三章 ◆◇

大雨沿着屋檐往廊道中飞溅，宫侍们齐齐后退一步，免得被这几个人身上的水滴打在身上。

顾元白擦过手，披上大衣看了他们一眼："去哪儿了？"

几个侍卫忙道："回圣上，臣等在雨落之前见到有人从庭院外三次经过，心中存疑，便上前去一探究竟。"

雨犹如穿绳的珠儿，天幕阴阴，四处都好似蒙上了雾气，在昏暗的天色下只剩衣裳色泽鲜亮如新。

顾元白踏出房门，迎面便感觉到了三三两两的水汽，他往旁边一拐，躲开门口迎风处："是什么人？"

"是其他寺庙中前来净尘寺研习佛法的僧人。"一个侍卫道，"臣等追上去一问，那个僧人便说是认错了人。"

顾元白转头跟宫侍说："先给他们拿几条干净的巾帕来。"

宫侍已经拿来了，递给几个人。侍卫们接过，擦过头发和身上的雨水："圣上，我们查了那个僧人的度牒，确实是从北河一处有名寺庙而来的僧人，怪不得有几分北河的口音。在净尘寺的主持那儿确认完他的身份后，臣等回来的途中，就落下大雨了。"

大雨来得突然，一下便将他们淋透了。顾元白随意点了点头，见巾帕湿了，他们身上的水迹还未擦干，便道："你们先回房中换身衣服去。"

这几人只有身上的这一身衣服，若是想要不染上风寒，唯一的方法就是将身上的衣服脱下，躺在卧房里的床上裹着被子等衣服晾干。

几个人陆续离去，只余薛远湿漉漉地站在原地，衣襟沉得还在滴着水："圣上，寺庙里没有炕床，您午时睡得怎么样？"

在风中乱舞的银毛大衣遮挡住了圣上的容颜。顾元白抬眸看他，眼瞳黑润，肤如白玉，一瞬如同水墨画中的人动起来了一般，只是说话的声音不冷不热："不怎么样。"

薛远咧嘴一笑，顾元白以为他又要说给自己暖床的胡话时，薛远却行礼，退回房里换衣服去了。

顾元白倏地冷下了脸。

他面无表情地看着薛远的背影，唇角勾起冷笑，转身回了卧房。

深夜。

窗外的雨声更加凶猛，在风雨交加之中，外头有人低语几句，木门"咯吱"一声，又轻轻关上。

有人靠近了顾元白，还未俯身，圣上已经狠声道："滚！"

这人身子一顿，听话地僵住不动。他的声音经过今日雨水的浸泡，含着湿意的沙哑："圣上，臣昨日问了御医，您身子如今已经好得差不多了。"

顾元白翻身将被子一扬，不理。

白莹莹的被子在卧床上好似泛着淡色的光，一角压在圣上的脸侧，暗光衬得圣上耳垂也有了圆润的色泽。侧脸的一小处露出，隐隐约约，半遮半露。

薛远抬起膝盖一压，压住了圣上的一处被角。顾元白没拽过来被子，声音愈冷："薛九遥，朕让你滚。"

薛远脊背僵着："圣上别气，臣今晚……"

"你身上怎么会有如此浓重的檀香味？"顾元白鼻子一皱，"你去拜佛了？"

薛远的表情骤然变得古怪，脱口而出道："狗鼻子？"

顾元白怒极反笑，外头正好有一道雷光从天边闪过，他伸出指尖，指着窗外那道雷光："朕是狗鼻子，那你就是个懦夫。薛九遥，万里无云的天气放风筝不是什么英雄，你若是想要求雷，这会儿正是好机会。"

"臣说错话了，圣上的鼻子是玉做的鼻子，怎么瞧怎么好。"薛远笑了，沉吟一会儿道，"下雨天臣放不起来风筝。但若是圣上能答应臣一个请求，臣倒是可以在雨中站上一会儿，让圣上瞧瞧臣到底是不是懦夫。"

顾元白懒洋洋道："朕可没有兴趣陪你去玩这些玩意儿。"

"圣上，院子正中央有一棵桂花树，桂花树上头有一株新长出的嫩芽，芽叶青嫩，枝条柔软，"薛远来了劲，"臣去给圣上折过来，圣上不如跟臣打个赌？"

顾元白翻了个白眼，继续睡自己的觉。但薛远实在是烦，一直在耳边说个不停，顾元白忍无可忍："那你就去折吧！"

薛远倏地翻身下床，转身就往外飞奔而去。窗外又是一瞬电闪雷鸣，顾元白"噌"地坐起身，脸上表情骤变："薛九遥！"

屋内屋外点起了灯，宫人步调匆匆，但顾元白还没让人喊来不要命的薛远，外头就有侍卫押了一个人走近。这人身披蓑衣，看不清面容和身形，在雨幕之中裹着浓重的湿气。侍卫低声道："圣上，这人半夜前来，在外头求见圣上。"

圣上常服加身，并没有表露身份，此人却一言揭露，侍卫们不敢耽搁，即刻带着人来到了圣上面前。

顾元白透过这个人的肩侧，朝滂沱大雨之中阴沉地瞥了一眼："进来。"

身披蓑衣的人走进了厢房，嗓子是特意压低的嘶哑声："圣上最好还是挥退外人为好。"

顾元白冷厉道："你说。"

蓑衣人顿了顿，伸手将身上的蓑衣摘下。"轰隆"一声，白光划破长空，照亮了蓑衣人的脸。

普普通通，面色蜡黄，有几分风寒之症，正是西尚二皇子李昂奕。

李昂奕直直看着大恒的皇帝，果不其然，大恒皇帝的面色骤然一变，站起身就朝着李昂奕走来。李昂奕正要微微一笑，大恒皇帝却径直越过了他，打开门就朝外吼道："薛九遥，你直接死在树上吧！"

一句话吼完，冷气就顺着嗓子冲了进来，顾元白捂着胸口咳嗽了几声，把门关上，闷声咳着坐了回去。

李昂奕道："您瞧着一点儿也不惊讶。"

顾元白喝了口温茶缓了缓，余光风轻云淡地从李昂奕身上扫过："西尚二皇子，久等你了。"

李昂奕眉头一挑，叹了口气俯身行礼："那想必我此次为何前来，您也已经知道了。"

顾元白笑了："你也能代表西尚？"

李昂奕苦笑一声："那就看您愿不愿意让我代表西尚了。"

顾元白慢条斯理地让人泡了一杯新茶，问："香料是从哪里来的？"

李昂奕道："大恒人。"

顾元白猛地侧头看向他，目光噬人。

李昂奕顿了一下，看着他一字一顿道："扶国来的大恒人。"

大门一开，外头的寒气裹着风雨吹了进来。李昂奕往外走出了一步，也咳嗽了两声，压低的声音难听而虚弱："在下身子再好，这一个月来也快要熬坏了。还望您能饶了我，让这风寒有几分见好的起色。"

顾元白的语气喜怒不定："不急，再过一个月，你不好也得好了。"

蓑衣人不再多言，低着头在风雨之中匆匆离开。

大门开着，宫侍上前关上。顾元白的脸色也猛地一沉，犹如狂风暴雨将至，凝着最后风起云涌前的平静。

他想了许多，没人知道他在想些什么，等到最后，顾元白已将面上的神情收敛了起来，面色平静地垂眸，静静品着茶碗中的温茶。

扶国此刻处于封建社会，本应该落后极了。

"田福生，"圣上淡淡道，"朕的万寿节上，扶国送来了多少东西？"

田福生精神一振，抖擞道："小的记得清清楚楚。圣上的万寿节时，就数西尚和扶国送来的贺礼最为厚重，里头最贵重的东西，便是……"

他一口气连说了好一会儿，贺礼之中的每一样都贵重、珍稀非常。顾元白闭了闭眼，突然叹了口气。

可恨破绽早已出现在前头，他却在这时才发觉不对。

但扶国哪儿来的这么多的香料？哪儿来的这么多的原材料？

他们的土地能种植这样的成瘾物，能大批量地生产出如此多的香料吗？就算是有这么多的香料，扶国潜伏在西尚贩卖香料的人、进行交易的人又是谁？是谁帮助扶国让香料在西尚如此大范围地传流？又是谁野心如此之大，想借机侵入大恒？

脑海中的谈话一遍遍闪过。

西尚二皇子面色诚恳道："在我知晓香料的害处之时，西尚已沉迷在扶国的这种香料之中，我一人之力无法扭转整个大势，只好暗中潜伏，再寻求时机。圣上应当也知晓我的这种处境和心情，若是没有能力，那便只能当作看不见。"

好一个忍辱负重、爱国爱民的二皇子。

顾元白道："田福生，你相信西尚二皇子说的话吗？"

田福生谨慎地摇了摇头："西尚二皇子潜伏多年，平日里伴装得太过无害。这样的人说什么，小的都觉得不能全信。"

"你都不信，他还指望着朕信？"顾元白嗤笑一声，"说话七分真、三分假，这里缺一块，那里少一块，这就是谁也发现不了的假话了。"

他站起身，走到窗口处，侧头往院中一看，就看到一道高大的黑影往厢房这处跑来。长腿迈得飞快，压着怎么也压不住的亢奋劲儿。

顾元白脑中念头一闪，突然想到西尚给大恒赔礼时干脆利落的态度。

难不成这些东西，都是扶国掏钱给的？

◆ 第四章 ◆

扶国真是有钱啊。

顾元白感叹完后，门便被敲响，薛远叩门叩得急促，语气却是缓而又缓："圣上，臣来了。"

这话说得奇怪。

他来就来吧，叩门就叩门吧，何必多此一言？

顾元白看了一眼窗外还在下的雨，语气阴沉："进来。"

薛远拖着一身水走了进来，衣袍今日里才湿过，现在又开始滴水。顾元白转头看他，看到他手心的嫩枝后，似笑非笑道："薛九遥，你当真是不怕死，当真不是个懦夫。"

薛远爬上树折嫩枝的时候，似有若无地听到了圣上的吼声，只是那声音太过遥远，被雨水声打得四分五裂，他不敢心中期待，怕之后又会失望，此刻终于眼睛一亮，灼灼盯着顾元白看："圣上担忧我？"

顾元白："朕只是从未见过这般要财不要命的人。"

"圣上想岔了，"薛远笑了，"臣要的也不是财。"

第二日顾元白醒来，身体非常难受，感觉都很难站直。

薛远收敛神情："臣伺候着圣上起身。"

因为实在是感觉行走不便，薛远便背着顾元白去用了膳，又背着顾元白下了山去乘马车。心甘情愿地做牛做马。

侍卫长跟在他身后跑来跑去，满头大汗道："薛大人，让我来吧。"

但他一说完这句话，薛大人的步子便会迈得更快，到了最后，侍卫长已经跟不上他的步子了。

"薛大人！"侍卫长扯嗓子的呼喊越来越远，"慢点——"

顾元白抬头朝着身后看了一眼，疾步间的风都已将他的发带吹起，他不由得咂舌："薛远，你还是人吗？"

怎么背着他还这么轻松？这已经下了半个山头了吧。

薛远面色不改，连气息都没有急过片刻，眺了一眼远处的路："前方有些陡，圣上，我调整一下。"

他将圣上小心翼翼地先放在了一处干净的岩石上，又弯下了背："上来。"

顾元白趴了上去，薛远继续一步步地往山下走去。

步伐稳当，好似要背着顾元白走一辈子一般。

顾元白枕看着周围陌生的山林，日光洒在身上，不冷不热，正是晒得人骨头都泛懒的程度。

薛远抬头挡住头顶垂下的树枝，山脚就在眼前，后方众人的声响也跟着变得近了起来，这条路快走到尽头了。

顾元白的语气懒懒："你知道朕心中最烦的人是谁？"

"我。"薛远乐了。

顾元白勾起唇角，哼笑一声："薛将军，不错。人贵在有自知之明。"

"那臣也想让圣上猜一猜。"薛远语气平平淡淡，"圣上，您猜猜臣心中最臣服的人是谁？"

春风从婆娑枝叶间窜过，转转悠悠，打着圈地吹起了顾元白的衣袍，吹向了薛远。

日头渐好，万里无云，今日真是一个绝佳的好天气。

良久，顾元白道："朕。"

明月昭昭，江水迢迢。

马车入京后，田福生提醒了顾元白，该去和亲王府看一看了。

看的自然是和亲王有没有将和亲王妃照顾得好。除了少数几个人，宗亲大臣们可不知道和亲王是先帝在兄弟府中抱养的养子。顾元白乐得他们不知道，如今和亲王妃的这一胎，不管是男是女，都是下一辈的长子长女，都能安了人的心。顾元白很是欢喜，觉得和亲王应当比他还要欢喜。

但进了和亲王府之后，府中却比顾元白想象之中的要冷清许多。

有人神情不对，想要提前进去通报主子。顾元白面无表情地扬起了手，身后的侍卫快步上前，将想要去通报的人钳制住。

王妃怀了孕，自然顾不上照顾府中，顾元白看着路边花草中干枯的冬花，转了转玉扳指。但也不应该是如此这般荒凉。

"和亲王在何处？"他沉声一问。

战战兢兢的下人小声道："在书房之中。"

看守在此处的护卫脸色骤然一变，正要进门去通报和亲王，就已被张绪侍卫长带人押下，无法动弹半分。

顾元白看着这书房的木门，右眼皮猛地跳了一下，他揉揉眉心，推门走了进去。

书房里一览无余，没有和亲王的影子，顾元白看了一圈，才看到还有一个内室，抬步，率先朝着内室走去。

内室之中有床铺、被褥，床铺之上果然睡着一个人。顾元白上前一看，正是面色消瘦良多，因此显得阴沉非常的和亲王。

顾元白皱眉，正要叫人，余光不经意往周边一瞥，却猛然顿住。

只见床尾不远处的一面墙上，挂着一幅同他身高无二的长幅画卷。

画中的人竟是穿着龙袍的和亲王。

顾元白一下想起了他到大恒之后第一次见到和亲王的场景。

盛夏，被夺了兵权的和亲王怒气冲冲地冲进了宫里，冲到了正在泡水消暑的顾元白面前。顾元白听到了响动，穿上衣衫起身，还未整理好衣物，和亲王已经到了面前，束发高扬，英俊的脸上怒火高涨："顾敛——！"

那年顾元白朝他微微一笑，客客气气道了一声："兄长。"

顾元白倏地握紧了手，呼吸越发急促，太阳穴一鼓一鼓，额上青筋起伏，正像当年和亲王怒发冲冠之态。

薛远跟在身后，瞳孔紧缩，猛地关上了内室的门，"哐当"一声，众人被关在内室之外。

和亲王被这声音惊醒，骤然翻坐起身，阴鸷瘦削的脸上还未生起怒火，就见到了站在画前的顾元白。

他陡然一惊，全身血液如被冰冻，彻底僵在了床上。

◆ 第五章 ◆

顾元白突然动了。

他快步走到薛远面前，倏地拔出了薛远腰间的佩刀。

大刀的寒光反在和亲王的脸上，顾元白怒火滔天，脑子发涨，五脏六腑都好似移了位地恶心，咬牙切齿："朕杀了你！"

薛远胆战心惊地拦住他，握着他挥舞着刀子的手腕，生怕他伤到自己："圣上，不能杀。"

顾元白听不进去。

薛远顺着顾元白的背，柔声低哄："圣上，你的身子刚好，不能生气。若是难受就咬臣一口，好不好？"

顾元白的身子颤抖，薛远趁着他不注意，连忙将他手中的大刀夺下。

薛远余光瞥过和亲王时，嘴角勾笑，眼底滑过冷意。

顾元白攥紧手，哑声道："把他带出去。"

和亲王被薛远直接扔了出去。

以往的天之骄子狼狈地趴在地上，英姿碎成了两半。和亲王双手颤着，费力地在青石板上抬起身体。

王府中的人想要上前搀扶，薛远刀剑出鞘，道："你们的王爷喜欢趴在地上，不喜欢被人扶。"

这一句话，都要经过许久的时间才能被和亲王僵化的大脑听见，和亲王盯着薛远的鞋尖，在所有奴仆的面前，咬着牙，发抖地站了起来。

顾元白从薛远身后走出了书房。

圣上脸上凝着霜，眼中含着冰，他的目光在周围人身上转了一圈，道："拿酒来。"

片刻后，侍卫们就抱来了几坛子的酒。顾元白让他们抱着酒水围着书房洒了一圈，而后朝田福生伸出手："火折子。"

田福生将火折子引起火，恭敬地递给了顾元白。

顾元白抬手，袖袍滑过，就那么轻轻一扔，火折子上的火瞬间点燃了酒水，火势蔓延，转眼包围了整个书房。

泛着红光的火焰映在顾元白的脸上，他的神情显出明明暗暗的冷漠。和亲王脸色骤然一变，想也没想就要冲入书房之中，但转瞬就被数个侍卫压倒在地。和亲王表情狰狞，哀求道："顾敛，不能烧！"

他奋力挣扎着，手背上的青筋凸起，几个侍卫竟差点儿按不住他："和亲王，不能过去。"

顾元白终于低头看向了他，牙关紧紧："顾召，你还想留着吗？"

顾元白一旦气愤，便是上气不接下气地无力。他深呼吸一口，移开眼，直到书房的火势吞噬了整个内室，直到王府中的所有人都被火势惊动，他才转过身要离去。

月牙白的袍脚上，金色暗纹游龙，每动一下便显露着戾气与威势凶猛。和亲王伸手，还未拽住这蜿蜒游走的金龙，薛远就将顾元白轻轻一拽，躲开了和亲王的手。

顾元白从他身边毫不停留地走过。

未走几步，就遇上了被丫鬟搀扶着走来的和亲王妃。

和亲王妃腹中胎儿已有七八个月之大，但她却有些过分憔悴。手腕、脖颈过细，脸色苍白毫无血色，唯独一个肚子大得吓人。

王妃看了一眼顾元白，又去看他身后那片已经燃起大火的书房，看着看着，就已是泪水涟涟。

她像是卸了什么重担，久违地觉出了松快。

顾元白见到她，唇角一抿："御医，过来给王妃诊治一番。"

随行的御医上前，给王妃把了把脉。片刻后，御医含蓄道："王妃身子康健，只是有些郁结于心，切莫多思多虑，于自己与胎儿皆是有害。"

王妃拭过泪："妾知晓了。"

顾元白沉吟，道："能否长途跋涉？"

御医一惊："敢问圣上所说的'长途跋涉'，是从何处到达何处？"

"从这里到北河行宫处。"顾元白眼眸一暗，"在行宫处好好休养生息，也好陪陪太妃。"

御医还在沉吟，王妃却是沉沉一拜，铿锵有力道："妾愿去行宫陪陪太妃，那处安静，最合适养胎，妾斗胆请圣上恩准。只要妾路上慢些，稳些，定当无碍。"

御医颔首道："王妃说得是。"

"那今日就准备前往行宫吧。"顾元白重新迈开步子，"即日起，没有朕的命令，和亲王府中的任何人，谁也不准踏出府中一步。"

和亲王府彻底乱作一团。

等和亲王妃坐上前往行宫的马车离开府邸后，府中的一位姓王的门客，推开了和亲王的房门。

"王爷，"王先生点燃了从袖中拿来的香，忧心忡忡道，"王府已被看守起来了。"

良久，和亲王才扯了扯嘴角："你以往曾同本王说过，说圣上很是担心本王。本王那会儿还斥你懂什么，怎么样，如今你懂了吗？"

王先生沉默。

和亲王深吸一口气，闻着房中的香料，恍惚之间，好像看到了顾元白站在他的面前，居高临下瞥了他一眼，随即嗤笑起来，道："朕的好兄长，如今你怎么会这般狼狈？"

"还不是因为你？"和亲王喃喃，幻觉退去，他挫败地揉了揉脸。

王先生瞧了一眼已经燃到一半的香料，叹了口气道："王爷，府中的香料已经所剩不多了。"

和亲王愣怔片刻："私库中的东西还有许多，你自行去拿吧。若是能换到，那便换，换不到就罢了，本王不强求。"

王先生眼中一闪："是。"

回宫的一路，顾元白阴沉着脸不说话。

薛远劝道："圣上不能杀和亲王。"

"朕知道，"顾元白的指尖深深陷入掌心之中，"他竟然敢——"

薛远握住了他的手，掰开他的手指，心中也是冷笑不已。

"这样的人，就应当是砍头的大罪，"薛远道，"谁敢有这样大不敬的心思，谁就得做好没命的准备。"

顾元白从怒火中分出一丝心神，抽空看了他一眼。

薛远面不改色道："这里头自然不算臣。"毕竟他是同老天爷发过誓的人。

说了几句话逗得顾元白消了火气之后，薛远又道："圣上，和亲王这样的人脸皮太厚，忒不要脸。你若是难受，那就把气撒在臣的身上。不然您要是心中还念着他的亲情，和亲王指不定会多么欢喜。"

"你说得没错，"顾元白神情一凝，冷着脸道，"朕不会再想此事。"

薛远勾起笑，等下车的时候，更是率先跳下马车，撩起袍脚单膝跪在车前，拍了拍自己支起的左腿，朝着圣上挑起了俊眉。

"圣上，别踩脚凳，踩着臣的腿，"薛远道，"臣绝不晃悠一下，保证稳稳当当。"

顾元白站在马车上看他，皱眉："滚。"

他没有踩人凳的坏习惯。

薛远："还请圣上恩赐。"

顾元白转过了脸，想从另一边下车。薛远起身从马上翻过，又掀起袍子，及时堵住了下车的路："圣上。"

顾元白黑着脸，踩着他的大腿下了马车。

◈ 第六章 ◈

半个月后。

王先生从小路走到了厨房后头，片刻，往和亲王府运送食材的商贩就出现在了此处，商贩小声道："先生，您说的那地方还是没有出现您要等的人。"

王先生眉头一皱，给了商贩银子，托他继续等待。

古怪。按理说从沿海来的香料不应该断这么长的时间，到如今已有半个月，府中的香料已剩不多，眼看着和亲王快要察觉到身体的不对，王先生心头焦急，然而更焦急的是担心大事生变。

此后又过半个月，王先生费尽手段，才终于得到了外面的消息。

皇帝已知晓毒香一事，沿海香料已禁，水师驻守海口，大战一触即发。

王先生额角汗珠沁出，他将信件烧毁，看着和亲王府中主卧的眼神晦暗。

大恒先帝膝下有两个儿子。一个是当今圣上，另一个是享誉天下的和亲王。他们本以为顾敛坐上皇位对他们才有益，毕竟一个耳根子软、没有魄力、体弱寿命短的皇帝怎么也比顾召这个手里有兵有权、年轻健康的皇子好对付。

但是谁都没想到，难对付的反而是顾敛。

顾敛的野心太大，也太狠，他和先帝是完全不同的人。但顾敛有一个无法掩藏也无法抹去的弱点，那就是他随时可能丧命的身体。

当大恒的皇帝猝不及防地死亡后，上位的除了和亲王外还能有谁？

但和亲王也并非那般好对付。

所以，那就只能想办法将和亲王把控在手中，让一个不好对付的王爷变成一个好对付的王爷。

和亲王的身体强壮，而且警惕非常，王先生能用到香料的机会很少，直到一年前的一个雨天，和亲王袍脚鹿血点点，狼狈地回了府，王先生才找到了一个机会。

他那几日时时听从王妃的请求，前去劝说王爷，香料一燃，正值王爷心神不定之际。

香料将王爷拖进了缥缈虚无的世界之中，在王爷双目无神的时候，嘴微张，王先生便上前一步，侧耳倾听王爷口中所说的话。

王先生想知道更多，于是又点燃了十数支熏香。卧房之内烟雾缭绕，清淡的香意缓缓变得浓郁。一个既有毒瘾又有把柄在他们手中的和亲王，简直就是完美的做皇帝的料子。

王先生看了一会儿和亲王的主卧，转身从小路离开。

一切都很顺利，唯独顾敛太过敏锐，已查到了香料这条线，如果再不做些什么，只怕再也没有反转的机会了。

现如今，已经到了顾敛该死、和亲王该登位的紧要关头了。

西尚使者的风寒在月底的时候终于痊愈了。

与此同时，顾元白派监察处前去西尚打探的消息，也先一步地传到了他的手中。

这会儿正是午时，膳食已被送了上来。顾元白不急这一时半刻，好好地用完了这顿饭才起身擦手，接过田福生递上来的消息。

西尚的情况说是严重，也确实严重。但若说不严重，也说得过去。

只是有趣的是，除了西尚皇帝的几个草包儿子，那些个备受推崇、很受百官看好的皇子，竟然都为了讨父皇欢心，而吸食了西尚的国香。

有不有趣？有趣得很。

西尚二皇子给顾元白编故事时，他可是说得明明白白，知晓了此物有害时，才知大势已不可挡。顾元白一直都挺想知道，他是怎么知道此物有害，又是怎么知道此物与扶国有牵扯的。

这些话他本可以不告诉顾元白，也可以将谎话说得更高明些，但他故意如此，好像就是为了给顾元白留出两三处可以钻的空当，让顾元白往里头深查一样。

"去将西尚二皇子请来。"顾元白笑了，把消息放在烛火上烧了，"这些东西，没准儿就是人家想让朕知道的东西。"

田福生疑惑："可圣上，这可是咱们监察处亲自去查出来的消息。"

顾元白摇了摇头："别国的探子来到大恒短短两个月，你觉得他们是否能探出这般详细又精准的消息来？"

田福生被难住了，说不出来话。

"即便监察处胜过别人良多，也到不了如此速度。"顾元白道，"这些消息如此详尽，说是他们探出来的，不如说是西尚二皇子给朕送的礼。"

不过是让自己的话语破绽百出，等顾元白亲自去查时，再双手奉上百出的破绽，以此来做取信于顾元白的手段。

西尚二皇子来得很快。

顾元白懒得和他兜圈子，让人赐了座后，开口便道："二皇子，你若是想让朕相助于你，总得有些诚意。"

李昂奕笑容微苦："并非我没有诚意，而是这些东西由圣上查出来，圣上眼见为实，才会相信我口中所说的话。"

顾元白心中冷笑：朕查着你放出来的消息来相信你的话，朕看起来就那么傻吗？

可他面上微微一笑，不接话。

李昂奕轻咳一声，站起身行了礼："还请您听我一一道来。"

"上茶。"顾元白道，"请。"

李昂奕目露回忆，缓缓说了起来。

照他话中所说，便是他的母亲曾在入宫之前救过一个商贾的命。商贾赠予万金，待到李昂奕的母亲去世之后，商贾将这份恩情转移到了李昂奕的身上，因着李昂奕步步艰难，在宫中备受刁难，商贾便在临死之前，将一份保命的东西交给了李昂奕。

李昂奕笑了笑，殿外的厚云遮挡了太阳，光色一暗，他道："那东西，便是西尚国香的贩卖。"

顾元白眯了眯眼，道："继续。"

"我起初只以为这是普通的香料，"李昂奕不急不缓，甚至还无奈一笑，"谁能想到这世上还有这种东西呢？我当初贩卖香料时，便被其中的财富迷晕了眼。或许曾经也生出过几分疑惑或是觉得不妥的心思，但在金银财宝面前，这些就成了浮云。"

"我将它做得越来越大，卖得越来越多，多到皇宫中的人也开始使用这等可以提神醒脑的香料。约莫谁也不会想到，西尚最无能软弱的二皇子竟然会是西尚最富有的人，"李昂奕道，"说起来倒是有些好笑。"

顾元白笑了两声，冷不丁道："你攒够了足够图谋皇位的财富，你想要拉拢能够支持你的势力了，这时你突然晓得，一个西尚的皇帝，是不能在暗中贩卖给国人这等有害国香的，所以你才想要停手，才'陡然'认清了国香的害处。你想同朕结盟，不是为了西尚，而是想要铲除幕后黑手，让他们手中没有你的把柄，无法钳制于你，这样你就可以轻轻松松、干干净净地去争夺皇位，去做一个为国为民除清大害的好皇子了。"

李昂奕顿住，半晌笑了开来："您这话把我吓了一跳。"

顾元白眉头一挑，淡色的唇勾起，戏谑道："二皇子不是如此？"

李昂奕叹了口气，品了口茶润润喉咙："您这话一传出去，我就要被西尚的百姓一人一口唾沫淹死了。"

"淹不死你的，"顾元白也端起茶杯，垂眸，杯子遮去他眼中的神色，"朕只是随口一说而已。"

稍后，顾元白与李昂奕重新谈论起香料，不到片刻，李昂奕便请辞离开了。

顾元白默默喝完了半杯茶，将前去鸣声驿医治西尚人的御医叫到了面前："病都好了？"

御医回道："回圣上，臣等都已将其医治好了。"

顾元白让他们回去，又叫来了薛远。

薛远一本正经地行了礼："圣上？"

"去把西尚二皇子的腿打断。"顾元白风轻云淡道，"总得找个理由，把人留在大恒。"

西尚二皇子这人太阴险，说的话不能全信，信个三成就是极限。顾元白还要再往下查，等查清楚了才知道这个合作伙伴是羊，还是披着羊皮的狼。

◆◆ 第七章 ◆◆

这事薛远会啊！

薛远下值后就带人去做了此事。在宵禁之前，他已带着手下回到了府中。

用过晚膳之后,薛远就回了房。门"咯吱"一声响,薛远推门而入,这时才发觉黑暗的屋内还坐着另外一个人。

这人道:"薛九遥,做成了?"

是圣上的声音。

薛远好似没有听到,镇定地关上了门,从门缝中打进来的几分明亮月光越来越细微,最后彻底被关在了门外。

圣上道:"朕在问你话。"

薛远自言自语:"我竟然听到了圣上的声音,莫非也吸入那毒香了?"

顾元白嗤笑一声,不急了,悠然靠在椅背上,转着手上的凝绿玉扳指:"问你最后一次,事情做好了吗?"

"办好了,"薛远点点头,好好地回着话,"如圣上所说,断了其右腿,未留半分痕迹。"

顾元白心中一松:"很好。"

两个人一同出了门,顺着小路往薛府门前走去。月色当空,虫鸣鸟叫隐隐。顾元白心中生出了些少有的宁静。两人漫步到湖边时,顾元白问道:"他可向你们求饶了?"

"未曾,"薛远沉吟片刻,"他倒是有骨气,先是以利相诱,无法让我等收手之后,便一声不吭,让我们动手了。"

"此人城府极深,"顾元白皱眉,"西尚国香的来源一事,绝不止他说的那般。"

李昂奕给顾元白的感觉很不好。

至今未有人给过顾元白这样的感受,李昂奕好像是藏在棉花里的一把尖刀,猝不及防之下便会戳破无害的表面狠狠来上鲜血淋漓的一击。

这样的人若是搞不清楚他的目的,那么顾元白宁愿错杀,也绝对不会放他回西尚。

薛远道:"圣上,回神。"

顾元白回过了神,侧头看了他一眼:"怎么?"

"白日里想着国事就罢了,"薛远道,"好不容易入了夜,再去想这些麻烦事,脑子受不住。"

顾元白无声勾起唇角:"朕今日可是歇息了五个时辰。"

薛远眼皮跳了一瞬:"是吗?"

顾元白哼笑道:"你连朕睡个晌午觉都要蹲在一旁盯着,你能不知道?"

接下来的五六日,顾元白也顺理成章地"知晓"了西尚二皇子被凶徒打断腿的事。

他亲自去看望了李昂奕,李昂奕坐在床边,见到顾元白后便苦笑不已,分外感慨道:"若是我那日没有出去贪个口腹之欲,怕是就没这次的飞来横祸了。"

顾元白安抚道:"御医说了,并非不可治,你安心躺着,好好养伤才是。"

李昂奕叹了口气,看着顾元白道:"您说,这是否就是老天爷在提醒我,让我莫要离开大恒呢?"

顾元白风轻云淡,微微笑了:"谁知道呢。"

李昂奕拖着一条病腿,走到门前恭送着圣上离开。

顾元白走得远了,脚步忽地一停,侧头朝后看去,李昂奕还站在原地,仍然在恭送着他。

遥远的距离模糊了两个人面上的神情,但李昂奕看上去却好像右腿未曾断过一般,背部微驼,与以往并无两样。

只要他不动,旁人就看不透。

顾元白回头登上了马车,田福生偶然一瞥,便见到圣上双眼微眯、唇角微挑地转着玉扳指的模样。田福生连忙低头,圣上分明已是动了杀意。

两年之前,圣上处决卢风时,便是这样的神情。

马车缓缓动了起来,慢慢消失在街角之后。李昂奕还站在大门处,身后的侍从扶着他,低声道:"殿下,为何不躲?"

"躲?"李昂奕笑了,他拍了拍自己的右腿,"断了一条腿,保住了一条命。这买卖难道不值吗?"

侍从道:"这断的可是一条腿啊。"

"但安了皇帝的心。"李昂奕眯了眼,被搀扶着往卧房中走去,"我要是躲了,这条命就要彻底被大恒皇帝拿去了。"

大恒皇帝果然杀伐果决,他都已双手奉上了自己的把柄,顾敛还是不信他。

顾元白的马车到了工部的造船坊。

工部尚书和左、右侍郎已等候在此,陪着圣上看最近造出来的楼船、车船、海鹘等海上战舰。

这一个个庞然大物出现在眼前,仰头看去,诧异惊叹不止。

大恒的造船技术属世界一流,这就是顾元白敢大张旗鼓禁毒并派遣水师前往沿海的底气,大型战舰不缺,中、小型战舰更是坚固,在车船两侧安装的绞盘,转动起便能恐怖地将敌船绞碎于深海。

与战舰相匹配的武器都已装备完善,顾元白看了遍炮弹和弓箭的规格,每艘战舰上都要准备火攻的战具,油这个助燃物必不可少。

因着前朝的水师强大在前,工部建造船只的银两从来不少。顾元白掌权后,更是百万两百万两地往其中投钱,以作造船物资之用。从前朝到现在,单说大恒可以拿出去作战的战舰,都要以千为计数。

大恒的船只即便是中、小型的,一船也可乘两百名左右的战士,像是楼船这般传统的大型战舰,更是一船可乘五百名左右的士兵。

顾元白相信如果现在突发战争,即便他不会赢,但也不会输。

唯一的问题便是大恒水师已荒废许多年了。

武器再锋利,若是执掌武器的人发挥不出其威力,那和小儿拿刀与大人搏斗又有何异?

顾元白自然没有忘记对水师的训练,但若是西尚背后之人早已准备了数十年之久,那么他短短两年督促出来的士兵怎么能和人家打?这场战斗,大恒必须谨慎、必须小心。

从造船坊出来后,顾元白便怀着满腔的热血与战意回了宫。他的神情锐利,步伐之间袍脚飞扬,薛远看了他好几眼,总有种小皇帝即将要冲上战场的感觉。

可圣上快走了几步,便觉得有些微微喘息了。

步子放缓下来,顾元白侧头问田福生:"姜女医的叔祖,至今还未曾有过消息?"

薛远跟在身后,听到"姜女医"这三个字后,便眉头微微一皱。他班师回朝之后特意去打听了在传闻之中与圣上伉俪情深的女子,宫侍口中所说的"女医",应当就是这位了。

田福生压低声音："圣上，姜女医的祖父与叔祖是在北河逃荒途中失散的。咱们的人挨家挨户地去查了，到现在还没有什么消息。但北河如此之大，偏僻地方如此之多，查得慢了些也不足为奇。"

"而且这逃荒的人啊，当年哪里有口粮吃，就会往哪里去，"田福生想了想，"指不定姜女医的叔祖早已离开了北河。天下之大，左不过是周围三省，咱们绝对能找到他这个人。"

"他们失散到如今也已四十年之久了，"顾元白叹了口气，神态平和，"哪怕她的叔祖那时不过舞勺之年，现如今也有五十岁高龄了。"

当真还活着吗？

这个机会实在太过渺茫，顾元白本就没有抱多少希望。但只要这个世界上有治疗他的方子，那必然不止一个人知道。他最想要的不是姜女医的叔祖，而是她叔祖手中的医书。

书，有时候比人要更好找。

顾元白忽而皱眉，若有所思："前些时日好像也听闻过'北河'一词。"

"净尘寺，北河名寺僧人，"薛远突然开口道，"臣还记得清楚。那日雨落之前在院前拦住了他，这僧人口中说的话便带有北河口音。"

是了，顾元白恍然大悟，随口一问："那僧人看起来年岁几何？"

"年龄尚轻，"薛远道，"对答却沉稳。"

顾元白轻轻颔首，没有再问。

待到午睡时，薛远亲自上前去伺候圣上上床歇息，轻轻扯着圣上腰间绸带，低声问着："圣上，这姜女医又是何人？"

"利州人。"顾元白回道。

薛远忙回："圣上明明知道我想问的不是这个东西。"

顾元白有些出神，直到指尖被碰了一下："她祖上学医，医书于朕有用。"

薛远神色一凝："臣晓得了。"

顾元白慢悠悠地上了床，正要闭眼入睡，外头却响起了几分急促的脚步声，伴随着听不清内容的低语，寝宫的门骤然被敲响。

叩门声越发急促不安。

顾元白心中生起不妙的预感，倏地从床上撑起身，黑发在身后垂下，四散而凌乱。

"怎么？"他攥紧被褥。

外头的侍卫声音发紧："圣上，宛太妃、宛太妃……"

顾元白呼吸一沉，整个人都已僵在了床上，听到自己问道："宛太妃怎么了？"

"宛太妃病重，生命垂危，"侍卫艰难地道，"行宫的护卫拿着腰牌，正在殿中等待。"

天地都好似静了。

顾元白明明是坐在床上，却好似是飘荡在云层之间，没有一处实实在在的落脚点。好半晌，他才道："朕不信。"

这定然又是哪个敌人在暗中搞的小把戏。行宫被顾元白的人保护得密不透风，御医前些日子还曾来信，言明宛太妃近日难得有了些精神，怎么可能就生命垂危了呢？

顾元白笑了笑："一个把戏，真当朕会踏进去两次吗？"

他想要下床去惩治那些胆敢通报假消息的侍卫，被子一扬，双脚踩在地上时却陡然无力，头脑发晕。

顾元白猛地抓住了床架，床旁系着的平安扣被尾指钩过，掉落在地，"啪嗒"一声，碎得四分五裂。

门猛地被撞开，不过瞬息，顾元白便被薛远扶了起来。顾元白失神地看着自己的尾指，怎么能这么不小心，太不吉利了。

"带朕出去。"他声音低哑。

薛远沉默地背着顾元白走了出去，外头跪地的正是顾元白派去保护宛太妃的人。这些人忠心耿耿，顾元白很是信任他们，但在这时看到他们，年轻而瘦弱的帝王却眼睛一红，面色凝固。

"圣上，"行宫的护卫们脸色憔悴，眼中血丝满溢，"宛太妃她——"

"朕不信，"顾元白风轻云淡地打断他们，"骗了朕一次还不够，还想要再骗朕第二次？来人，备马，朕要快马加鞭地赶往行宫。"

田福生扑通跪地，冒死进谏："圣上，您身子受不住！"

顾元白道:"备马。"

侍卫长带着人也重重地跪在了地上,着急道:"还请圣上三思!"

他们自然拦不住顾元白,但顾元白看着跪了满地的人,血色慢慢染红了他的神情。

宛太妃病重,或许明日就会死,或许在他得到消息前就死了。只有快马加鞭,才有可能赶过去见宛太妃最后一面,为什么要拦着他?

因为他的身体吗?因为这副没有用的身体,所以连见宛太妃最后一面也无法办到吗?!

顾元白咬着牙,喉间漫上一股血腥气味,他牙齿颤抖,一个字一个字地挤出:"薛远,备马,带朕去行宫。"

满殿寂静,无一人敢出声。正当顾元白以为薛远也不会出声时,薛远突然背着顾元白转身回到内殿,找出了披风和鞋袜,背着圣上在众人面前疾步走过,言简意赅道:"现在走。"

顾元白圈着他脖颈的手缓缓收紧,肩、背颤抖。

他没看脚底下的路,只知道薛远脚步迈得极快,不知道走了多久,已然走到了马厩之中。薛远高声道:"红云!"

烈马嘶吼几声,顾元白转身便被薛远扶到了红云背上,穿好鞋袜,厚厚的披风盖在身上。薛远翻身上马,扯过缰绳一扬。

鬃毛飞舞,风传来。六月明明已经进入夏天了,但顾元白此时却觉得分外冷,冷得手指僵硬,无法弯起。

宫门退去,繁华的街市退去,京城的城墙退去。

"朕必须去见她最后一面,"顾元白喃喃,"这面见不到,朕就再也见不到她,她再也见不到朕了。"

那时即便跑到天涯海角,即便高声呼唤,再有权,再有钱,都换不来宛太妃的这一面。

这是小皇帝的母亲,也是他的母亲啊。

薛远铿锵有力道:"见。"

第二卷

太妃薨逝

◆ 第八章 ◆

从京西到北河行宫处，千里马跑起来只需要两日的时间。

但这样的两日，吃要在马背上吃，睡也不能睡，日夜奔行，不能休息。

顾元白受不住。

但他做好了应对路上所有艰难险阻的准备，同薛远说："不要顾忌朕。"

薛远点头，道："我知道了。"

经过驿站时，薛远带上了清水和肉干，买了一床厚被，将顾元白横着放在马匹之上，日夜兼程，马不停蹄地往行宫而去。

因为没有护卫，时间也很是紧迫，薛远为了安全，抄了一条鲜为人知的近路。他转圈似的在小道之中穿梭，提防着可能的追踪与危机。

夜晚，冷月高悬。

红云即便是匹千金难买的千里马，也需要吃草、喝水、休息。薛远将这些事留在了夜间，在顾元白睡着了之后，他便牵着红云让它好好地吃一顿饱饭，睡一会儿觉。

顾元白睡得不安稳，偶尔会挣扎着要从噩梦中醒来，薛远好声好气地压低声道："没事没事。"

顾元白在这种安抚中，挺过了一个昏沉的夜晚。

红云夜间休息好，白日里再精神奕奕地踏上前往行宫的路。顾元白抿着唇，他被照顾得很好，薛远却很疲惫。顾元白不忍心道："你累了的话，休息一会儿。"

薛远笑了：能帮到你就是休息了。

寒风抑或尘土，飞扬之间马踏而过，薛远将行程缓至三天，在第三日的早晨，千里马奔腾到避暑行宫之前。

行宫的守卫们被突然到访的圣上吓了一跳。

顾元白裹着一路的仆仆风尘，在薛远的搀扶下往宛太妃的住处赶去。一路所遇的宫人，要么一脸惊愕，要么满目悲戚。

等终于到了宛太妃的门前时，那些被他派过来陪伴宛太妃的宗亲孩子正围聚在门外，不知是哪个孩子率先看到了他，惊喜高呼："皇叔来了！"

顾元白的心一沉。

他忽而走不动路了，从这里往房门里望去，里面只有一片深沉的黑暗。这黑暗好似有了实体，重得宛若千斤，散发着哀切的意味。顾元白掐了一把手心，告诉自己：你得走。

他"推"着自己走进了门。

昏暗的房间之中，人数稀稀。卧房之中的床上躺着一个人，和亲王妃坐在床侧，正拭着泪。

被子中的人伸出一只仍然温润的手，气息却断断续续："元、白。"

顾元白的眼瞬息红了，他上前握住宛太妃的手："母妃，儿子在。"

"我儿，"宛太妃已经被宫人换上了一身漂亮繁复的衣裳，这身衣裳层层叠叠，绣图如活了一般精巧，真是哪儿哪儿都细致极了，衬得宛太妃温柔的眼眸都好似有了几分回了精神的气血，"你怎么不听母妃的话？你是赶了多久、多久来的？"

顾元白张张嘴，却没有发出声音，他使劲儿咳了下嗓子，终于能说出话来了："许多日。"

宛太妃嗔怪地看着他，手指在他的手背上缓缓摩挲："母妃要走了，不能再叮嘱你了。元白，你一定要记得母妃说过的话……"

她说上一句话便要许久的时间，屋中不知是谁已经响起了抽泣之声。顾元白却觉得眼睛干涩，只看着宛太妃鬓角处几根发白的发、她眼旁笑出来的几丝皱纹。

宛太妃还很年轻，但她的皮囊却从内到外散发着沉沉的暮气。这样的暮气肉眼可见，只写了四个字——"油尽灯枯"。

"母妃到了黄泉，便能同先帝和姐姐说了，"宛太妃眼中红了，泪珠顺着脸侧滑过，滴滴被软枕吸去，"咱们元白，是个好皇帝，好儿子。"

顾元白握紧她的手，咬着牙压抑住喉咙里的哭意。

宛太妃说完这几句话就有些累了，转头看着顾元白，费力地抬手，擦去顾元白脸上的灰尘："母妃下葬那日，你不准来。"

顾元白吐出一个字："不。"

宛太妃想说说他，但是话到嘴边，却又咽了下去。她不说话了，眼中露出回忆的神色，母子两人的手紧紧握着，过了不知道多久，宛太妃的手突然失去了力气。

顾元白用脸抵着她的手，极缓极缓地眨着眼："母妃。"

宛太妃没有出声。

顾元白张开嘴，大口大口地吸气呼气，呼吸声都在颤抖。他从宛太妃的手上抬起头，便见到宛太妃双目紧闭，好似睡过去的面容。

顾元白手中一颤，宛太妃的手从他的手指上滑落，重重地垂落在床褥之上。

宛太妃薨。

顾元白只觉得呼吸都要停了。耳边哭声骤然响起，又好似隔了千山万水那般遥远，面前好像有人上前来劝："圣上，放手吧。"

放什么？

心口骤然疼痛了起来，顾元白满头大汗地捂着胸口，周围的喊声突然响亮，震耳欲聋地钻到顾元白的耳朵里。顾元白感觉难受，呼吸粗重，眼前发黑。

薛远道："圣上！"

顾元白最后一眼便是薛远扭曲狰狞的紧张神色，那之后，黑暗袭来。

圣上晕倒了。

整个行宫之中的御医聚在殿中——把脉，每个人的神经都紧紧绷起，薛远站在床尾，看着床上的人，双目血红。

追着圣上的侍卫们终于到达行宫了，他们脚步匆匆地冲了进来，大批大批的人填满了整个宫殿，让人连喘息都觉得困难。

他们骑的是良马，赶不上千里马的速度，又走的是官道，即便比薛远还要疲惫地日夜赶路，但还是晚了两个时辰。就这两个时辰内，圣上就晕倒了。

侍卫长看到薛远就想要冲上去扬拳，但拳头还未扬起，又挫败地落下。

薛远带圣上来见宛太妃最后一面是错的吗？

如果不来见宛太妃最后一面，如果听到了宛太妃抱憾而薨的消息，圣上就不会这样了吗？

会这样，甚至要比这样更加难过。

侍卫长鼻音浓重："薛大人，圣上晕了几个时辰了？"

薛远好像没有魂了一样，过了许久许久，才从心脏的钝痛中回过神，沙哑道："一个半时辰。"

侍卫长又问："御医有说些什么吗？"

却不见薛远回答。侍卫长抬头一看，薛大人正眼眸通红，眼眨也不眨地盯着圣上看。

御医们原本以为圣上至多只会昏迷一日，却没有想到，直到两日后圣上也没有睁开眼。

御医们彻底慌乱了，行宫之中不适合医治圣上，禁军相伴，一路护着圣上回到了京城之中。太医院的御医们日夜不睡，琢磨着圣上昏迷不醒的缘由。田福生和监察处在与圣上的心腹大臣们商议之后，压住了圣上昏迷不醒的情况，只以圣上养病为由来应付百官。

前朝和内廷因此暂时安稳如平时。

和亲王府。

王先生收到了消息，大喜！他派人刺杀顾敛时，没料到薛远为了抄近路而带着顾元白走了另外一条道。千里马奔腾，正好与王先生的人错过。等返程时再想要潜伏，却等来了黑甲禁军。

刺杀顾敛虽然没有成功，但也有了意外收获，顾敛如今昏迷不醒，这不正是一个大大的好机会吗？

宛太妃身边的这颗棋子就是王先生手中最大的棋子，当真是不枉费大量的心血，终于起到了作用。

王先生立即采取行动，绝不能浪费这个天大的机会。

不到几日，民间便流传起圣上病危、已命在旦夕的消息。

这谣言愈演愈烈，甚嚣尘上。京兆尹及时做出了反应，加强士兵巡逻，一旦发现散布此等不实谣言的人，立刻抓住扔进牢狱之中。

但事实摆在眼前，百官已经数日未见到皇上。皇上养病，是养什么样的病？为何独独能见参知政事、枢密使和几位尚书大人，却不能见其他人？

宫中殿前伺候的宫侍话语含混不清，田总管脸上的焦急和憔悴逐渐加深。恐慌还是渐起，百官之中、百姓之中人心惶惶，都想要知道圣上如今怎么样了。

圣上如今还昏迷着。

已昏迷十几日了。

人会因为什么而陷入这么长久的昏迷呢？

太医院的御医茫然，他们试过了各种办法，但还是手足无措，无计可施。

每一日都要比前一日更为焦灼不安。不安的百官们也聚起来到了宣政殿前，高呼"万岁"，请圣上见他们一面。

殿中的众人面色凝重，面面相觑。

如今已无法再压制住了。

又怎么可能只是百官、京城百姓们惶惶不安呢？这些以圣上为中心的心腹大臣、监察处、东翎卫，以及宫女太监们，每一个都急得嘴上起燎泡，都觉得风雨欲来。

他们也不安啊，他们更急，急得日日在殿前等着圣上醒来。圣上，您快点醒吧，您这座山要是再不醒，咱们就担不住了。

当日，参知政事和枢密使出面，阻了百官们面见的请求。但第二日、第三日……终于，圣上昏迷不醒的消息还是无奈地被宣告了。

朝廷哗然。

而这一日，王先生衣冠楚楚，特意整理了数遍袖口和衣冠，缓步走进了和亲王的房中。

和亲王正坐在桌后，书桌上摊开着一本不曾被动过的书。他的面色憔悴而昏沉，双目无神。

"王爷，"王先生行了一礼，直言道，"圣上病重了，如今已是奄奄一息。"

和亲王骤然起身，猛地回了神，死死盯着王先生："你说什么？！"

王先生曾用西尚使者试探过和亲王，和亲王虽易怒易躁，但在大事上却分外拎得清。他绝不会和王先生这个异国人合作图谋大恒的皇位，所以王先生根本就未曾打算做无用功。

王先生只是忧虑地道："圣上已昏迷数日不醒，宫中御医也毫无办法。在下心想，若是医不可治，那便是中了巫术了。若是有人用了巫蛊之术使圣上长眠不醒，这又怎么能是御医可治的？"

和亲王慌张地从书桌后跑出来，紧紧攥着王先生的手："先生有办法？"

"在下云游四海时曾认识一位精通巫蛊之术的好友，这位好友此时应当就在京城。"王先生叹了口气，"只是王爷，我等被拘于府中，即便是我这好友肯相助，我们也到不了圣上的面前啊。"

和亲王的呼吸粗重，咬牙："我来想办法。"

◆◇ 第九章 ◇◆

皇宫被大恒皇帝防成了一块铁壁，王先生要想到皇帝的面前，比登天还难。

但此次时机实在难得，王先生已打算好就此一博。若是此次输了，王先生已准备好得体的衣袍，坦然赴死。若是赢了，那便不负这数十年的隐忍蛰伏。

将进宫一事交予和亲王后，王先生便开始联合京城之中的某些官员。

大恒的皇帝爱民，光是一个反腐的政策就让百姓们欢欣鼓舞。但对于被反的官员来说，这就有些不是滋味了。

皇帝在反腐之前先放出了消息，给了某些人自己吐出所贪污款的时间。虽说顾元白已经给予这些人睁一只眼闭一只眼的优待了，但总有些高官，心中会分外不舒服。

这些不舒服，便是王先生撬开他们的缝隙了。

王先生的这双眼睛看人很少出错。这些人敢贪，那他们就敢化作自己的助力。

以利相诱，以危相逼。皇帝让你们暗中还了贪污的款项，你们又怎么可以确保皇帝以后就不会对付你们？

这位皇帝陛下可和先帝完全不一样。他可以潜伏三年拉下权臣卢风，你们又如何能保证，他不会花另外三年来拉下你们呢？

相比之下，趁此机会架空皇帝，来使另外一个稍好对付的和亲王上位，岂不是更好？

一番说辞下来，总会有人为此而动心。王先生打点好内外，而这时，和亲王也刚好得到了好消息。

他们可出府进宫了。

次日一早，和亲王就带着王先生同他的好友往皇宫而去。

和亲王今日的神色冷峻，不发一言。王先生瞧着他的面色，小心翼翼地问道："王爷，您脸色怎么如此难看？莫非是身体不适？"

和亲王摇了摇头："我只是在担忧圣上。"

想到了他与皇帝毕竟是一家人，打断骨头连着筋，王先生的面色不由得淡了下来，他坐直，应了一声之后便不再多问。

到了皇宫之后，宫侍上前领路，一路朝着圣上所在的寝宫走去。

王先生身边跟着的好友乃是一个中年男子，这男子身材矮小，双眼细长，相貌与衣着皆普普通通。大恒的律法明令禁止巫蛊厌胜之术，即便这会儿怀疑圣上是被巫蛊之术魇着了，也没人敢大张旗鼓地招人入宫来驱邪除晦。

一行人走到殿前，就瞧见圣上寝宫门前已聚集起了文武百官。这些官员要么面色焦急，要么神情沉沉，他们跟在高官身后，正想要问清楚圣上如今情况，亲眼看一看圣上为何会无故昏迷至今。

和亲王带着两人在百官面前从侧边走进了宫殿，王先生忽地回头，与百官之中的几人隐晦地交换了一下视线。

寝宫之中，焚香沉沉。

宫殿之中三步一人，侍卫们全副武装，将此处守卫得连蚊子也飞不进来一只。宫人同侍卫们的脸上神情严肃，气氛压抑得厉害，行走之间，除了自己的呼吸，竟听不到其他的声音。

王先生不敢乱看，规规矩矩地随着和亲王到了内室。宫中的太监大总管迎了上来，先给和亲王行了礼："王爷，这就是您带来的两个人了？"

和亲王的声音沉沉："就是他们。"

王先生觉得和亲王语气不对，正要抬头朝和亲王看去，又有侍卫上前搜了身。中年男子紧张地交出一卷放在布袋中的长针："官爷，这些东西等会儿就要用。"

侍卫们将长针一一仔细探查过，点头："放于我等手中，你若要用，我等再交予你。"

中年男子不敢反驳，连声道"是"。

待搜查完他们之后，田福生便带着他们前去内殿，语气中的疲惫和焦躁掩盖不住："圣上已昏迷大半个月，太医院的众位御医什么办法都用过了，可还是无可奈何。"

王先生将他的话默默听在心中，也跟着叹了口气："正是因为如此，我等平民百姓也跟着担忧。本来未曾想到巫蛊之术，但若是圣上连续数十日还昏迷不醒，这不是巫蛊之术又还能是什么呢？小人也就大着胆子，不管对错，去恳请王爷将小人这浅薄想法传到宫中来了。"

田福生擦擦泪，压低声音道："莫说是你们觉得不对了，我也觉得不对。可宫中规矩森严，有些话不能乱说，有些事不能乱做。即便咱们再着急，也不能去碰这些个东西。"

王先生故意迟疑道："那小人……"

和亲王在一旁肃颜敛容，他的目光直直地看向前方，长久颓废于污泥之中的将军终于显出了几分征战沙场时的坚毅神色："我担着。"

王先生哑然。

田福生道："这是小的同和亲王您一同允了的事，自然是小的和您一起担着。"

王先生心中道：原来是他们私下里做出的决定，那些大臣想必还不知道。

这就更好了。

终于，他们步入了内殿，远远就见龙床上躺了一个瘦弱的人。王先生不敢多看，他身边的中年男子倒是被田福生请了上去，看看圣上这模样是不是被魇着了。

中年男子正了正头上的发带，又整了整袖口，才谨慎地来到了龙床边上。

周围的侍卫们紧盯着他不放，王先生也屏气凝神。中年男子拱手道："小人要看一看圣上的双眼。"

薛远站在一旁，满脸胡子拉碴，死死盯着这个人，眼睛不眨一下，沙哑道："看吧。"

中年男子只以为他是个高官，不敢拖延，伸手就朝着圣上的眼皮摸去。他的两指之间夹了枚银光闪现的细针，这细针直对准头上的死穴位置，一旦插入，大恒皇帝必死无疑。

他们的大业将成了！

殿外，百官对峙，剑拔弩张。

太尉王立青王大人抚了抚花白的胡子，冷哼一声："赵大人，我说国不可一日无君。圣上如今昏迷不醒，自应该有人代为监国，使万民心中安稳，这难道是错的吗？！"

枢密使赵大人面无神情，冷硬道："敢问王大人心中所想监国之人为谁？"

百官静默，唯独竖起耳朵，不敢放过一句。

王太尉年龄已大，又高居一品，他本不应该出这个头。但前些日子有人找上了他，同他说了一番似是而非的话，他那时毫不留情地将人驱赶出了府，等人走后，心中却不断回想那人说的话。

王太尉不再年轻了，他既怕死，又怕晚节不保。当年圣上反腐，他正是因为自己的这两"怕"，才慌张地将半辈子所贪污的钱财东贴西补地还了回去。

圣上放了他一马，他心中庆幸。但被提醒后才知，他庆幸早了。

以当今皇帝这个脾性，他真的会放过他们这些大蛀虫吗？

王太尉想了许多，甚至想到了先前二女婿被查贪污一事。他的二女婿正是前任太府卿，被降职之后前来同他哭诉，那时王太尉还痛斥了他一顿，现在想想，王太尉只觉得浑身寒意生起，觉得这是圣上要对付他的苗头。

"那些鸡蛋和其他宫中所需物品，我不过是沿着之前的账本一一记过，怎么圣上就非要查我呢？"二女婿辩解的说辞一遍遍在脑中回响，"岳父，圣上就因为一个鸡蛋就来查我啊！"

是啊，为什么非要查他的女婿呢？这不就是要来对付他了吗？

王太尉浑身一抖，一夜过去，他就咬咬牙答应上了王先生的船。要保命，要保住这一辈子的好名声，那就必须把顾敛拉下去！

在群臣面前，王太尉直言不讳："圣上未有子嗣，却有一亲兄弟，正是先帝的长子和亲王。如今圣上重病不起，和亲王不代为监国，谁又能来监国呢？"

不少人暗暗颔首赞同。王大人说得没错，国不可一日无君，如今在这风口浪尖，和亲王监国是最好的选择。

若说要由圣上的心腹大臣们监国，没有圣上的命令，他们名不正，言不顺，百官不服。但若是先帝的长子，如今圣上唯一的血脉和亲王，那他们就没有什么异议了。

和亲王同样是威名在外，强过许许多多仗着祖上荫庇的宗亲子孙，他本身便具备可以监国的实力。

有人率先站出："王大人说得有理，下官也觉得如此人心惶惶之刻，由和亲王监国最是能安抚官民之心。"

此话一出，陆陆续续又站出来了几个人赞同此举。

枢密使和参知政事站在另一旁，与他们隐隐呈分裂之势。

若是因为国事，那和亲王监国自然是个明智之举，毕竟和亲王不是那等糊涂得不辨是非的人。但枢密使等几位大臣如何能不知道王立青此时的险恶用心？

他分明是想要趁此机会架空圣上！

几位老臣的脸色凝着，王太尉看着他们，忽而笑了起来，暗藏得意："不知几位大人可还要说什么？"

"和亲王此时被圣上禁在和亲王府之中，"政事堂的参知政事上前一步，不卑不亢道，"没有圣上命令，和亲王不能出府。"

"哦？"

对面一个臣子冷笑两声，指了指寝宫殿门："那敢问参知政事大人，刚刚进入殿门的可是和亲王？"

参知政事面不改色："二者不可混为一谈。"

太尉因为圣上重用枢密院和政事堂而不得不退于二线，王太尉手中的实权多已分到了枢密院之中，此时新仇旧恨一同冲入脑中。王太尉指着参知政事与枢密使便厉声道："我看你们是心有不轨之意！百姓与我等都焦虑不已，尔等却只看到手中一己之利！你们分明是不愿和亲王监国，怕失了手中之权。赵大人，我说的是与不是？"

枢密使胸腔剧烈起伏，指着王太尉的手指颤抖："你休要满嘴胡言！"

"我是不是胡言，你们自己心中知晓，"王太尉冷眼相看，"你若是不同意和亲王代为监国，那就拿出个缘由来！"

百官不由得朝着枢密使等人看去。

然而枢密使等人脸色铁青，却说不出一言。

站在王太尉身边的一个年轻官员快要压抑不住笑意，眉梢都要染上喜色："既然您几位无话可说，那——"

"你想要什么缘由？"皇帝低低的声音从宫殿之中响起，"朕还没死的这个缘由，够不够？"

王太尉与其周围几个带头的官员脸色大变，惊愕地朝着宫门看去。

皇帝被薛远扶着，和亲王跟在其身后，缓缓走出了殿门。

烈日的明光从圣上的鞋面缓缓往上，掠过圣上的衣袍，漫过圣上苍白的鼻梁。圣上眼瞳黝黑，居高临下地看着站在最前方，表情已经扭曲的王太尉，抵拳轻咳几声，道："王太尉，朕这一条，够不够好？"

◆ 第十章 ◆

顾元白在昏迷的时候做了一个梦。

那梦可以以假乱真，恍惚之间，顾元白觉得自己好像飞在空中。

发丝随风飞舞，高空的风夹杂刺目的光，有如雪如冰的冷意。

风吹过脸旁，顾元白抬起手摸着空中无形的风，五根手指细长有力、骨节分明。白，却白得健康。

山川、河流，层叠而美丽的地球在云层之后展开在眼前，大脑中一片空白，在即将穿越云层的时候，顾元白闭上了眼。

再次有意识时，薛远的声音在一旁响起，有些低，有些哑："还不醒吗，顾敛？"

顾元白听着他的声音，感受着床榻的柔软，心道：我回来了。

他动不了身体，于是缓缓地眨了眨眼。

薛远整个人一僵，愣了半晌，才急急忙忙地低头，小心翼翼地道："你醒了吗？"

他紧张得声音都在发抖。

顾元白又极缓地眨了一下眼睛。

醒了。

圣上的脸色苍白，咳嗽声断断续续，他放下手，看着下方面带惊恐的臣子，缓缓笑了："怎么，见到朕就不会说话了？"

王太尉和周围几个臣子脸色惨白，双膝一软便跪倒在地。

圣上低低叫了一声："王太尉。"

王太尉面上已有绝望之色："臣在。"

"你还没回朕，"圣上往前走了一步，发上的玉冠终于步入了烈日之中，日光从他的身侧穿过，在地上拉出一道深色的、轻轻晃动的长影，"朕没死，这理由够还是不够？"

圣上一步步地走下台阶，一步步地走到王太尉的面前。他的步子像是索命的屠刀，文武百官们跪拜，退让开圣上脚下的这一条路。

这条路的尽头就是王太尉和其同党。

王太尉的大脑一片空白，他的双腿发软，脊背连挺直的力气都已不再，心中不断叫嚣着后悔和恐惧。圣上昏迷了数十天，让王太尉忘记了圣上的威严和可怖，等圣上醒来后重新站在王太尉的面前时，王太尉的每一个毛孔都在嚎叫着害怕，他才想起这位皇帝陛下曾经做过的事。

顾元白。这可是曾经血洗齐王府、斩杀反叛军的顾元白。

王太尉的手已不由自主地颤抖，他听到了耳旁传来了牙齿磕碰声，侧头一看，原来是同盟的那几个官员。

他们已经害怕到开始打寒战了。

顾元白终于走到了王太尉及其同党的面前。

明黄色的龙靴上金龙凶猛，双目冷酷。这龙映入了跪在地上的几人眼中，他们的汗珠从额上滑落，滴落在游龙之前。

"圣上，"已经有人忍不住叩头，一声声沉闷地响起，"臣错了！"

顾元白的脸上少了些气血，身上的药汁味浓重。他轻轻地咳了一声，柔声地问："朕受不起你们的错。"

沉重的脚步声齐齐响起，外头跑进来了一队身披黑甲的禁军。禁军手执盾牌大刀，个个强壮高大，虎视眈眈地盯着满地文武官员看。

顾元白道："拿下。"

禁军冲上前，如猛虎般将王先生暗中联系的几个党羽精准抓捕押下。顾元白看着那些不断喊冤认错的臣子，眉目之间冷静得毫无波动。

有冒死进谏的臣子嗓音发颤地道："圣上，王大人几人所提之事也是为朝廷稳固、百姓安心着想。"

"朕明白。"顾元白突然笑了，"田福生。"

田福生即刻捧着一卷圣旨快步走出，宣读圣旨中记录的这几人所犯过的罪行。

圣上则在这宣读声中转过了身，不徐不疾走向殿内。

百官们仰头，看着圣上的背影，心中的不安和恐慌逐渐平静。待田福生宣读完，笑眯眯地说了一句"还请各位大人回衙门去吧"的话后，百官甚至未发出一句反驳，安心地与同僚三三两两，往各自的衙门走去。

圣上一旦醒来，便犹如一座巍峨的山，只要这座山在这儿，就能镇住百官，稳住天下百姓的心。

殿中，王先生及他的那位扶国好友已被押着跪在了大殿之中。

扶国人的手指已断了四根，鲜血直流，流了满地。两只恶狼被侍卫拽在一旁，獠牙涎水之间还有咬掉扶国人手指时所沾染上的鲜血。

顾元白被薛远一步步扶着，慢慢走到桌前坐下。

这场心神巨荡下的晕倒，再加上之前十数日吸食西尚国香的危害，已让顾元白的身体虚弱非常。他靠在椅背之上，每说一句话，都要歇上一歇，喘上几口气。

"扶国人，"顾元白微微闭着眼，让人拿过一支未曾点燃的香料，道，"扶国的香料。"

王先生一直冷静的、视死如归的面容，在此刻终于沉了一沉。

顾元白轻笑几声，将香料递给薛远："拿去给他们看看。"

薛远拿过香料上前，在王先生眼皮底下弹了一弹。

王先生盯着香料死死看了一会儿，随即闭上眼睛，不发一言。

薛远"啧"了一声，站直身走到了一旁。

顾元白静静地呼吸了几次，才又接着道："在朕晕过去的时候，西尚的二皇子已经带着人跑回西尚去了。"

他缓缓地说着话："朕派去西尚探查的人回信，西尚有用的人才，要么是被关在了地牢里，要么是闭门躲着灾。"

"西尚吸食你们所制香料的人，都是西尚二皇子的政敌和国家的毒瘤、拦路的势豪……"顾元白又咳了好几声，才道，"他用这香料，暗中让政敌迫害良臣，他再在暗中相救，那些被关在地牢中的人才、良臣，都已归顺于西尚二皇子。"

顾元白闷闷地笑了起来："手握兵权的将军，也成了他的追随者。"

"他跟朕说得漂亮，说扶国是加害人，西尚是受害一方，"顾元白笑意更深，指了指王先生和一旁疼得已经半晕厥过去的扶国人，"可明明是他利用了你们扶国。"

西尚二皇子用扶国的香料彻底清洗了一遍西尚的上层，所以原著之中，他才会不计较孔奕林的出身并重用他，因为他已经无人可用。

那些地牢中的人才、他收服的良臣还不够，少之又少。

现在西尚二皇子觉得扶国香料的用处已经没有了，觉得扶国开始烫手了，于是想要从大恒入手，挑起大恒与扶国之间的战斗。

如此一来，西尚便可以鹬蚌相争，渔翁得利。

大抵是因为顾元白长久昏迷，西尚二皇子他们在回国途中防备变低，监察处探查出来的消息惊人，等顾元白一醒来，便送给了顾元白一个大礼。

王先生的呼吸，已经粗重了起来。

他今日已做好了赴死的准备，但听到大恒皇帝说这些话时，他还是不甘，如果他可以将这些消息传回国内，如果他可以将大恒皇帝苏醒的消息传回国内，那该有多好！

但人为刀俎、我为鱼肉，王先生根本就无法做到想做的这些事。

顾元白好像知道他心中所想，淡淡一笑，云淡风轻道："朕已派人朝你扶国同党传递了一个朕已身亡的消息。"

他站起了身，慢慢悠悠走到了薛远的面前，抽出了薛远腰间的那把大刀。

"大恒皇帝已死，扶国很快会派水师攻占沿海处，"顾元白的嘴角勾起，配着苍白的面色，犹如地狱的恶鬼，"朕会准备好千军万马，会布好天罗地网，让他们有来无回，葬身在我大恒国土之上！"

王先生脖子青筋暴起，狰狞大喝道："顾敛，你这个暴君！我咒你终有一日死无全尸、万劫不复！"

"朕先让你们万劫不复！"顾元白的胸口激烈起伏，狠意浮现，"朕要让你看看你的国家是怎么在朕手中颠覆，朕要他们输无可输！让他们以为自己是大恒的人，说的是大恒的话。朕要你看看，你会怎么成为你国家的罪人！"

他倏地抬起手，寒刀横于王先生脖颈之上："这是你害死宛太妃的代价。"

◆ 第十一章 ◆

天子一怒，伏尸百万。

王先生的心都一颤。

他看着顾元白的双眼，那里面充满恨意，怒火滔天。大恒皇帝的怒火彻底被他激起，要拿整个扶国，以祭宛太妃在天之灵。

"你……"王先生握紧了双手，压下悔意，"是我害死了宛太妃，你要杀就杀了我。"

"杀了你怎么能够？"顾元白轻轻笑了，"你算个什么东西？"

他的胸腔逐渐平静，王先生却越发激动，被顾元白所说的那些话骇到了。王先生不想见到那样的一日，他奋不顾身地朝脖颈寒刀上撞去，期望就此死了，死了还能残留一点希望——扶国不会灭亡的希望。自己死了，大恒皇帝就不会将怒火转移至扶国了。

但顾元白及时收回了刀。

圣上居高临下地看着他："王先生现在不能死，你死了，就没人能与朕共同庆贺沿海水师胜利一事了。"

侍卫上前，将王先生两人拉下，王先生脸色涨得发红，用尽全身的力气挣扎着想要朝顾元白扑去："顾敛，你不得好死！"

侍卫堵住王先生的嘴，殿内终于安静了下来。

顾元白抵拳咳了咳，把刀递给薛远。薛远上前从他手中接过，再扶着他将他带到了座椅之上。

薛远的一举一动皆是小心翼翼，无他，只因为顾元白的手实在太过无力。他白得血脉浮动都已一清二楚，像是稍稍用力，就会碎在手中一样。

顾元白觉得自己好像给薛远留下了阴影。

乃至如今，薛远时时刻刻都要看着他，宁愿不吃不喝，也不想要顾元白离开他的双眼。若是顾元白露出几分身子不适的神色，他便会露出一种……一种让顾元白看了，都要呼吸一窒的表情。

坐下后，顾元白歇息了半晌，才眼皮一撩，看向和亲王。

和亲王嘴角抿得冷硬而笔直，手指垂落，默不作声。

"和亲王，"顾元白低低地道，"看看，这就是你府上的门客。"

从昏迷中醒过来之后，顾元白猛然想起那日在和亲王的书房中闻到的香料味道。

和亲王在明面上是先帝早年寄养在兄弟家的亲子，是先帝的长子，若是外敌想要对顾元白出手，和亲王确实是最好的接任者苗子。

这正是顾元白不会给和亲王兵权的原因。

顾元白想通之后，便派人密切监视和亲王府，以和亲王为中心向四方进行排查。王先生手段小心，但终究躲不过顾元白的眼睛。

他的一举一动如在眼前，在和亲王请旨入宫时，顾元白的人便暗中找上了和亲王，给了他一个补过的机会。

终究，和亲王在王先生的房中找到了一方秘药，以及王先生暗中联合大恒官员的少许证据。

这些证据是王先生为了防止官员反水而留下的把柄，到了最后，恰恰成了顾元白给这些官员定罪的证明。

而秘药，在宛太妃死后第二日，太妃身边一个陪伴了她二十多年的宫人自尽身亡，死状与服用秘药后的死状无甚差别，顾元白还有什么不明白的？

他的母妃，身体确实不好了，也确实活不久了。

但不应该被如此阴私手段害死。

和亲王嗓中干哑:"臣请罪。"

"是该请罪,"顾元白缓缓地眨了下眼,"王太尉此番举动一出,朕再怎么着你,就衬得朕好像多小心眼似的。你虽然莽撞愚笨了些,但大事上至少还分得清。朕给你两个选择:要么,你乖乖在和亲王府圈禁至死;要么,你去边关,做一个人人都不愿意做的、永远驻守在北地的护军。"

顾元白近乎苛刻:"朕不会给你兵权,你要永远屈居在总兵之下,在那里生老病死,无朕的诏书,你不得入京。"

和亲王嘴里苦涩极了,憔悴而瘦削的脸上露出几分疲惫:"臣想为圣上和大恒出最后一份力。"

顾元白抬手挥袖:"那你就先去把香戒了。"

宫侍引着和亲王出了殿门。殿中终于没了其他人,顾元白坐在椅子上,半响,才觉得自己应该找点事做。

他随便抽出一本桌上摆着的奏折,提笔蘸墨,但奏折上的一个字也看不进去,手里的笔一撇一捺也写不出来。

宛太妃逝世这件事,给顾元白带来的打击并非毁灭心神那般大,但也绝非小。

他早已做好了宛太妃逝世的准备,宛太妃至少比御医口中所说的年限要多活了大半年。但等这一日真正来临,事了之后,还是觉得有些孤寂。

在知晓宛太妃是被人陷害之后,顾元白几乎怒火攻心。查出源头是和亲王府上的门客之后,顾元白差点儿连和亲王都要恨上了。

但恨意,是一种很消耗心神的东西。

顾元白很快就冷静了下来。

理智时时占上风,但他偶尔也会想起宛太妃,想起她已经逝去,他偶尔也会陷入一片空茫的情绪,会反复谴责自己为何没有更早发现不对。

若是发现了,宛太妃是否能多活一段时间?

薛远突然道:"圣上?"

顾元白回神,佯装无事地放下了笔:"朕有些没有精神。"

薛远没有揭穿他:"多休息几日,御医说你不能太过劳累。"

顾元白轻轻"嗯"了一声,索性将奏折也合上:"宛太妃的棺柩何时能到京城?"

"宛太妃出了行宫后,便在路上遇上了一队从京城回北河的僧人,"田福生小心道,"那队僧人为宛太妃念了三日的经,也跟着一路往京城来,按照脚程,应当明、后两日就到了。"

顾元白点了点头,疲倦地道:"僧人善心,宛太妃生前也同先帝一般喜欢烧香礼佛,这队僧人与太妃有缘。待到了之后,你等将他们好好安置一番,太妃入灵宫那日,请他们同成宝寺的僧人一同诵经。"

田福生道:"小的记住了。"

顾元白还有好多好多的事没做,他拿起笔的时候大脑空白,放下笔之后却觉得不妥:"研墨,朕给西尚皇帝去一封信。"

薛远皱眉:"圣上要写什么样的信?"

孔奕林正巧通禀入宫,进来后刚好听到了圣上的话,好奇道:"臣也有此一问。"

"西尚二皇子送给朕这么一份大礼,朕怎么也得礼尚往来。"顾元白扬了扬下巴,"既然你来了,那便由你来写吧。"

孔奕林拱手应"是",田福生派人给他搬来椅子和案牍,笔墨纸砚俱全。孔奕林拿笔,问道:"圣上,臣该如何写?"

"夸他,"顾元白扯起唇,"往死里去夸李昂奕,再将西尚所赔之物加上三成去夸赞。务必让西尚的皇帝认为若是李昂奕登不上皇位,朕就会对其不满。"

孔奕林脑筋转得极快,没忍住笑了起来:"臣知晓了。"

他蘸了蘸墨,沉思一会儿,便笔下飞舞,行云流水地写了起来。

顾元白看着他的动作,叹了一口气道:"孔卿,你与米大人的姻亲,怕是要晚上三个月了。"

"臣不急,"孔奕林手上不停,随口道,"米大人也不急。"

宛太妃薨了的讣告一旦发出,凡诰命者皆要入朝随班守制一个月,凡有爵之家,一年之内不得宴席、音乐,停嫁娶官一百日。

孔奕林与米大人家的女儿结亲一事也必然要停下,不只是他们,庶民之家同样三个月之内不可娶嫁。

顾元白精神有些疲乏,他起身道:"你且写着,朕去休息一番。"

孔奕林应了一声,恭送圣上离开。

寝宫之中,顾元白坐在床边。宫侍都退了出去,独留薛远在内。

顾元白道:"你昨日梦中惊醒了两次。每次醒来都要跑到朕的身边,这就罢了。你还非要在耳边低声叫朕好几遍,直到朕迷迷糊糊地应了几声,你才肯满足地离开。"

顾元白本以为自己才是睡得不安稳的那一个,但身子不争气,他心中再压抑再难受,一天还是得睡六个时辰以上,越不舒服睡的时间越是长。反倒是薛远,他才是那个不断在夜里惊醒的人。

只要不看到顾元白,或是顾元白长久没发出声音,薛远便会生出恐慌,会不由自主地想顾元白是否还活着。

死一个人是多么干脆的事,但在顾元白的身上,这彻底成了折磨人的事情。

薛远想堵顾元白的黄泉路,但怎么堵?如果顾元白是在他夜晚入睡时死去的,这该怎么办?身体记住了这种深入骨髓的不安,一旦一两个时辰没有看到顾元白,薛远的本能就会促使他醒来,然后去小心翼翼地探一探顾元白的鼻息。

圣上只以为薛远一夜会惊醒两次,其实不然,薛远一夜会醒来睡去数次。他看着顾元白,去看他胸膛的起伏、感受他脉搏的跳动,有时候小皇帝的呼吸太浅,薛远太过害怕,才忍不住低声叫起顾元白,听他低低软软地应上一声。

这是一夜之中少有的心安的两次。

薛远没说这些,喉结滚动了几下,才低声道:"对不起。"

"对不起什么?"顾元白的指尖动了几下,心中暗叹一口气,"拿把小刀来,朕给你净面。"

薛远出了内殿,回来时端来了一盆热水和巾帕,手中还拿着一把玲珑精致的小刀。

顾元白让他坐下,拿着巾帕擦过他的下巴,顺着他的下颌线一点点地刮去胡楂。

"别说话,"圣上神色认真,眉头蹙起,细白冰凉的手指在薛远脸上点来点去,宛若在干着什么大事,"要是削掉了你的一块肉,可不能怪朕。"

薛远闻言,顿时紧绷身体。

顾元白瞧他这样,乐了。圣上手中动作缓慢,内殿静了一会儿,他低缓道:

"薛远，朕得谢谢你，你让朕见到了宛太妃的最后一面。"

薛远忍不住想要咧嘴笑开，这一笑，又"嘶"了一声，下巴上滴出了一个血珠。

顾元白一惊，给他擦过血珠，黑着脸道："朕让你别动了！"

"白爷，我也不想动，"薛远压低了声音，使劲儿往下压着唇角，但就是压不下去，"只是忍不住笑。"

顾元白凉凉道："再忍不住，等胡子没了的时候，你这一张俊脸也要毁在朕的手底下了。"

薛远笑意一僵，敛容，等过了片刻，又虚假地自谦道："圣上谬赞，臣这一张脸担不起'俊'字，京城之中最俊的脸当数褚卫褚大人的。"

"确实，"顾元白漫不经心，走到了薛远的左侧，弯腰，"褚卿的脸是当真俊美。"

薛远唇角一抿，弯成不悦的弧度。

顾元白仔仔细细地将薛远脸上的胡楂净了，薛将军瞧起来又变得潇洒英俊了。顾元白放下刀，湿了巾帕擦过他脸上的碎楂，缓缓道："薛九遥，你为何老是提褚卫？"

薛远老老实实道："臣长得没有他俊，臣担心圣上只重用长得俊美的。"

顾元白眨了眨眼，半晌道："荒谬。"

一点儿也不荒谬，褚卫明明也深得圣上器重。

但这话，薛远却是不能说。他将净面的东西拿出去递给了宫侍，进来后又将圣上的鞋袜褪去。顾元白躺在了床上，对着墙面盖上了被子。

薛远在身后给他整理着被褥，窸窸窣窣之声断断续续。这个时节，炕床之内的炭火早就灭了，顾元白只觉得被褥之中冰冰凉凉，半耷拉着眼皮道："薛远，先帮朕试一试温度。"

这句话一出，不过瞬息，薛远已经抽去腰带、脱去了衣袍上了龙床。

顾元白病了一场之后，身子比先前还要畏冷，六月月底的天气了，还要薛远帮他试温，不禁喃喃道："连累你了。"

"不连累，"薛远赶忙道，"这要是连累的话，圣上，我求求你连累我一辈子。"

顾元白闷声笑了起来，发着颤。

顾元白笑了一会儿道:"那朕这一辈子可能有点短。"

薛远眉眼一压,阴鸷隐约浮起,神情狰狞乍现。

"薛将军还是别说这种话了,"顾元白背对着薛远,没有看到他的表情,"朕以往跟你说过一次,点到即止。朕不是在害你,薛九遥,你可知宛太妃这几年为何故意减少与朕见面?"

他说着,又想起了宛太妃过年时给他写的那封信,信中每一句话当时看着只觉普普通通,现在想来却能逼红人的眼睛——"天越发冷,我儿莫要忘了加衣""今日听到小童说了一句顽皮话,母妃写在其后,我儿可看得开怀?"……

顾元白眼睛红了起来,他握着拳,深呼吸了几口气,才缓和了激动:"宛太妃之死于朕都如此,朕先前跟你说的那番话,你当朕说着玩吗?"

"那圣上是当臣随口应付过去的?"薛远脖颈上的青筋暴起,他从牙缝中蹦出话来,"我说的那些话,您这么轻易就给忘了?!"

顾元白倏地回头看他。

薛远脸上的狰狞还未退去,顾元白都好似能听到薛远的咬牙之声,声声狠戾,好像要把他吞吃入腹一般:"圣上,说话啊。"

顾元白道:"朕只是在告知你最后一遍,免得你以后悲痛欲绝。"

他稍稍往后移开,审视地看着薛远。薛远人高马大,剑眉入鬓,五官暗含锋利,装得起斯文,但似笑非笑时却是匪气浓重。

薛远的神情微微缓和,但还是吓人得厉害:"温度上来了,圣上快去睡觉。"

顾元白心道:行吧,睡觉。

他眼睛刚闭上,薛远又在头顶闷声问:"顾元白,你当真还不信任我吗?"

顾元白脱口而出:"朕信你。"但可能时间不多了。

这句话一出,他的脸色骤变。

薛远一惊,随后眼角眉梢就漫上了忍也忍不住的笑意,喉咙里的笑声沉沉,胸膛颤个不停,嘴角咧得老高。他最后还佯装正儿八经地拍了拍顾元白的后背,当作什么都没听到一般:"睡觉睡觉。"

顾元白脸色难看地睡着了。

睡着之前,他好像还听到了薛远憋笑发出的怪声。

薛远握拳,兴奋地想要出去狠狠跑上几圈、练上几刀。

◆ 第十二章 ◆

午睡醒来之后，顾元白拿到了孔奕林代写的信。

顾元白看完之后，分外满意，他再润笔一二，便盖上了他的章子，让人快马加鞭往西尚送去。

西尚二皇子敢设局利用顾元白，顾元白也打算回报一二，如今西尚老皇帝还未死，他便让李昂奕这登基之路变得更加曲折艰难一些，算是他的诚意了。

等李昂奕忙完国内的一地混乱之后，扶国和大恒在沿海开战。李昂奕自比渔翁，鹬蚌相争之际，他定不会放过这个趁火打劫的机会。

只看最后是渔翁得利，还是黄雀在后吧。

顾元白齿间一动，咬了一口唇肉。刺痛一闪而过，眼中更加清明。

顾元白会给李昂奕足够的时间将皇位坐稳，让他将军权握在手里。等李昂奕使西尚焕然一新之后，他再接手这崭新的土地。

李昂奕，是你会输，还是朕会赢呢？

七月的第一日，高柳微动，碧玉般的晴空蒙上了雨雾，荷花轻颤，游鱼藏匿，京城从前日夜里便落起了蒙蒙烟雨。

在微微细雨之间，宛太妃的棺椁被抬到了京城。

顾元白穿着一身白袍，头戴冠冕，身纹十二章纹。腰缠革带，佩绶在身，繁重的帝王衣袍一丝不苟，他久违地穿上了这样的一身衣服，却是为了迎来宛太妃的棺椁。

宛太妃死后，帝王的所有衣服都换成了浅色的。

浅服在身，一点点地吸去雨水。烟雨在脸侧缓缓凝成珠子，顾元白轻轻一动，眼前的冕旒便晃乱了他的视线。

若是有雨，便少不得风。

模糊的视线之中，棺椁在雨中缓缓而来。

棺椁有白顶相护，未曾落下分毫细雨，待到护着棺椁的人站定时，顾元白上前一步，在轻微的风、轻微的雨中，抬起越发沉重的衣袍。

衣衫打落了将落的水，顾元白双手相盖，举至身前，再缓缓落下。

脊背弯曲，朝着棺柩深深一拜。

唇上应当也沾染了雨水，乃至于说话时便尝到了一股令舌尖发苦的味道。

顾元白发上雨水沉沉，眼睫被雨水压得快要看不清宛太妃的棺柩。初冬的梅花糕最是香甜，盛夏树下的阴凉最为喜人。这些个回忆，也同棺柩一同压在了心头。顾元白唇微张，他又尝到了一嘴细雨绵绵，苦味变成了咸味，雨水不作美。

大恒的皇帝对着宛太妃的棺柩弯了好久的腰，而后低语："太妃安息。"

身后的百官同样举起手，同圣上一同弯腰而拜。

宛太妃的丧礼已是规制内最高的，而宛太妃的碑文，则是由顾元白亲自撰写的。这是顾元白第一次写这样的文章，大概是情到深处，他一挥而就。碑文出来后，看过之人无一不双目一湿，热泪盈眶。

　　吾与母久不见，亭下寻，其谆谆，颇言语，吾视旁之树神。树上有雏鸟，母与吾共视，则喟然叹曰："待雏长，岂有不离母之？"吾朝之视，母鬓有白发数根。前日，余又寻树，树之老鸟已复，惟长也茫然失措之于周旋雏，想其亦与吾同。

田福生看到这儿，更是泣不成声。

宛太妃下葬之后，罢朝三日。

整整三日，顾元白把自己关在了书房之中。每日直到天色将黑，他才从书房中走出来。

他的神色看起来还好，只眼角微红，犹如桃花披雨，似有似无地悲戚。

周围的人只当作不知，田福生伺候着圣上用了晚膳，瞧见圣上胃口不大好，便道："护送宛太妃棺柩而来的僧人，小的前去问过了，是北河名寺金禅寺的僧人。他们自发而来，今日还同小的请辞，当真是什么都不要，一个比一个心善。"

顾元白叹了一口气："你曾跟朕说过，他们从京城返回北河，又从北河跟着太妃回到京城。他们与太妃有缘，临走之前，带来同朕说说话。"

田福生应道："小的记下了。"

又一旬日过去。

夜晚，顾元白猛地从噩梦中惊醒，他大口地喘着粗气，捏着被褥的指头发白，不自然地痉挛。

睡在外室的薛远瞬息睁开了眼睛，翻身就跑去桌旁倒了杯水，递到顾元白的唇前。几口水下肚，顾元白拽着他，无措地仰头道："薛远，朕梦见——"

话语戛然而止。

薛远坦荡地看着他，上半身就裸在顾元白的眼前，刀疤隐约，徒增匪气，在暗光之下忽明忽暗，有他保护或许可以多点安全感。

顾元白低头看着茶杯，盯着里头晃晃悠悠的水光，先前的噩梦都变得零碎。他状似无意地抬起手揉揉鼻梁，道："怎么不穿衣服？"

薛远道："天有点热。"

顾元白闻言，从手指缝中偏头看他，薛远的这一身皮肉当真是绝了，紧实有力，有在刀剑生死之中用血水和战场锻炼出来的勃勃生机。

顾元白将手里的茶杯递给了薛远："再热，你也得讲规矩。"

薛远接过茶杯，没抓牢，茶杯掉落，摔到了绸缎被子之上，瞬息染湿了一片布料。

茶杯从顺滑的绸缎上滑下，轻轻在柔软的被子之上弹了一弹。

薛远一顿，低着头看着终于静止不动的茶杯，再抬头时，盯着顾元白的眼神已经变了。

顾元白面色平静，看了那片湿意一眼，镇定无比地道："拿床新被子来。"

薛远沉沉应了一声，站着不动。

黑夜里，站在床边的他有些吓人。

顾元白说信他，但真靠他保护时又头疼。想法是一件事，做与不做是另一件事，拿命去博一博想法，这还是不值当。

顾元白心里头还残留着被噩梦惊醒的后怕："别戳在朕的床边。"

薛远膝盖往床上一压，手臂往前一压，顾元白不自觉往后一退，靠在了墙面之上。察觉到自己做了什么之后，顾元白面色一黑：自己在躲什么，在躲薛远？

顾元白，你躲他干什么？难不成你还怕他吗？

他的语气转瞬硬了起来："薛九遥，你想要做什么？"

圣上缩在墙角处，语气却强势极了。

夜灯昏暗，薛远的眼睛逐渐适应了这样的亮度，他看得清清楚楚，圣上的眉间蹙着，唇角往下压着，发丝凌乱，跟个逞强的小可怜似的。

甚至眼角处，还有着这段时间以来的红意，眼皮都肿了。

顾元白每日一点一滴的变化逃不过薛远的眼睛，他清楚地知道这一双眼睛在这几日藏起来隐忍地哭了多少次。小皇帝是男儿，有泪不轻弹，他也不想要旁人见到他的狼狈，于是薛远便只能当作不知。

只是看他伤心，还是难受。

薛远道："臣这就去给您拿床被子来，很快，您等等臣。"

话音刚落，他便干净利落地起身，从床上退下，抱着湿了一片的绸缎被子离开。

顾元白靠在墙角处半晌，才抬起手摸了摸自己的眼。

他若有所思。

一场噩梦而已，竟然让他都失去判断冷热的能力了。顾元白躺在了床上，不远处柜门打开又合上的声音清晰入耳，他侧过头一看，黑暗中逐渐走过来一个身影，抱着床被褥，走到床旁夜灯处，人影缓缓清晰。

"朕不需要如此厚的被褥，"顾元白实话实说，"朕现在倒觉得有些热。"

热？薛远神色骤然一变，将被褥扔在一旁，上去便摸了摸顾元白的额头，还好，没什么吓人的炙热感。

但他还是不放心，正要沉着脸走出内殿叫人，却被顾元白拉住了手腕："你要去做什么？"

薛远语气里带出了一分焦躁："我去叫御医。"

"不必，"顾元白命令道，"朕的身体朕自己晓得。薛远，朕现在让你去睡觉。"

薛远默不作声地站了一会儿，五指捏到咯咯作响，半晌，他转过身，三五遍地试了顾元白额头的温度，才勉为其难地站在床边，站姿端正地盯着顾元白看。

顾元白被他看得心烦气躁，最后倏地起身，掐住薛远的下巴，恶狠狠地道："别看朕了。"

薛远表情一滞，他眼中复杂，又露出了那一种让顾元白看了就觉得压着一口气的表情来。

好像是被抛弃、被要了半条命一样。

顾元白唇角拉直，他手中用力，在薛远的下巴上留下一个红印，最后收手，直挺挺地躺在床上："算了。你想怎样就怎样吧。"

◆◇ 第十三章 ◆◇

薛远不应该露出这样的神情。

无论薛远是残忍还是嚣张，斯文还是狠辣，都不应该有这样的神情。

可怜、心酸，像是快死了一样，看得人呼吸一窒，顾元白连重话都说不出来。

顾元白闭着眼，在心烦意乱之间，睡了一个不安稳的觉。

第二日，他接见了来自金禅寺的北河僧人。

薛远在其中见到了曾在圣上院落之前三过而不入的僧人，他稍稍一指，圣上便抬眸看去，将那年轻僧人看得浑身一僵，紧张得不敢动弹。

圣上微微一笑："莫要拘谨，上前来说话。"

年轻僧人咽了咽口水，上前唤了声佛号，行礼道："小僧慧礼，拜见圣上。"

"无须多礼，"顾元白笑得很温和，"你瞧起来年纪不大，可有双十年纪？"

僧人一板一眼道："小僧已有二十一。"

顾元白笑了几声，随口问了一句："你在净尘寺时，曾徘徊在朕的院落之前三过而不入，是认错了谁？"

"小僧也是这会儿才知道那处的香客是您，"慧礼踌躇道，"还请圣上勿怪，小僧那时无状了。小僧倒也不是认错了谁，只是……只是小僧听到几位女施主口中说了一个名字，那名字好似与我师父少时家人名字相同，小僧一时游移，才在您院落之前三过不入。"

顾元白端起茶杯轻抿了一口温茶："巧了。是谁的名字？"

"姜八角。"慧礼忐忑地笑了笑，"我师父剃度前的俗家姓氏便是姜，师父少时还有一兄，师父的兄长曾经对他说过，若是以后生了女儿，孩子便以'八角''儿茶'为名。"

顾元白端着茶的手倏地一抖，猛地抬头朝着僧人看去。只听一旁"嘭"的一声巨响，田福生手中的茶壶乍然摔落，茶水溅了一地，老太监目露惊愕，嘴唇翕张，颤抖不已。

东翎卫在傍午时驾马从皇宫而出，出了京城后便奋力扬鞭，马蹄扬起湿泥，急速往北河而去。

这是救治圣上的最大希望了，绝对不能出现任何一点问题。皇宫之中，金禅寺的僧人茫然无措地被田福生安置在宫内，众人围聚在慧礼身旁："慧礼，你师父是怎么回事？圣上为何对我们如此优待？"

年龄相仿的年轻僧人们一句接着一句，慧礼挠了挠头，老老实实地摇了摇头："我也不知。"

金禅寺的僧人们不知，但知晓缘由的人却已经开始激动起来。

田福生为圣上奉茶的手都在颤抖，顾元白看他这样，不禁笑了，逗趣道："你这般心神激荡，若那僧人不是姜女医的叔祖，抑或是他早已失了医书不通医术，你岂不是要白白高兴一场了？"

田福生呼吸一窒："圣上，您可别拿这种事打趣小的！"

顾元白失笑地摇了摇头。

顾元白初听闻时也是惊喜，但很快，他就将惊喜压了下去。他开始去想最坏的结果，去做最坏的准备，只有这样，当现实真正不美好地发展时，他才能保持自己的风度。

金禅寺在北河省内深处，比避暑行宫要远得多，一来一回也需要半个月的时间。

在这半个月内，强制和亲王戒香的侍卫也曾来报，和亲王的戒断反应很是强烈，但和亲王都已咬着牙——坚持了下来，以他如今的意志来说，一年左右应当可彻底戒断。

顾元白沉默了良久，道："戒香成功之前，就不要拿他的事来同朕说了。"

侍卫应了声"是"。

顾元白的全副心神除了政务之外，都放在了北河金禅寺中。

除了圣上，姜女医也得了消息，每日都殷切盼望着金禅寺中的僧人便是自己的叔祖,更期盼叔祖手中有办法可救圣上一命。

宫中金禅寺的僧人,也有寺中长老带队。这几位老者比年轻僧人知晓的要多得多,田福生亲自来向他们打探多次,越是打探,便越是心中肯定,觉得姜女医的叔祖一定是去金禅寺当了和尚!

怪不得他们怎么也没有在北河找到人!

逃荒之时,饿殍遍地。金禅寺那时便放僧人出门,用寺庙之中的口粮能救一个人便救一个人。金禅寺寺庙小,依山而建,位置偏僻,正因为如此才能保留些许粮食。待荒乱结束,金禅寺也因此而成为北河名寺,人人对其敬佩非常。

寺中长老同田福生说,慧礼的师父空性,便是在那时以灾民之身孤身入寺的。

原来满心冰凉,冷风都可在心中呼啸,现在有了确切的消息,田福生还没见到人,就已激动地在夜中攥着衣角偷偷哭过好几回,满心都是欢喜。

等偶尔早上起床一看,哟,对面张大人的眼睛也是通红的。

在这种焦急的等待之中,终于,前往金禅寺的东翎卫带着一中年僧人与几包袱的医书,风尘仆仆地回京了。

事到临头,顾元白反倒不急了。

他只是一笑,轻描淡写地道:"奔波数日怎么能在这时强行让人带他来为朕把脉?东翎卫辛苦,那僧人也辛苦,回去休息两日,待缓过来后再进宫来见朕吧。"

"哎哟,圣上,"田福生急死了,"您先让人瞧瞧吧?"

当真是皇帝不急太监急,顾元白瞥了他一眼:"不瞧,两日后再说。"

任谁急,顾元白也不急这一两日的工夫。他好好地吃了晚膳,睡了一个好觉,待到第二日一早,出乎顾元白的意料,被东翎卫带着长途奔波的僧人空性,主动求旨面圣了。

顾元白眉头一挑,悠悠道:"请!"

过了片刻,一位身材清瘦、面容坚毅的中年僧人便走了进来,伏地行礼道:"小僧空性,见过圣上。"

圣上坐在桌后,声音清朗:"起。"

空性起身，拱手垂头，他身穿袈裟法衣，虽是一个小小僧人，但气质却非常人那般，当真有了几分世外高僧的风范。

"小僧已知晓圣上找来小僧的缘由，"空性坦然道，"小僧自从与兄分离，便将祖籍医书当作至宝，未曾有片刻懈怠。只是金禅寺位置偏僻，小僧除了诊治寺中众僧的风寒胃火之外，未曾给旁人诊过脉。"

顾元白一笑，风度翩翩："无论治不治得好，朕都不会降罪于你。"

空性神色一凝，肃然道："小僧必当竭力。"

顾元白面上再淡定再大气，等到空性为他把脉时，他还是不由得屏住了呼吸。察觉之后，他心中觉得好笑，又缓缓放松了身体，转身往周围一看，他身边的人都已目不转睛地盯着空性，个个屏息凝神，紧张得微微发颤，面色涨红。

薛九遥会是何样？

顾元白又往另一方侧头，薛远也正看着空性，好像察觉到了顾元白的视线，侧头对上了圣上的双眸，僵硬地笑了一下，无声安抚着顾元白："别紧张。"

紧张的是你吧，薛九遥？

脉搏跳动之声缓缓，好似过了一瞬，又好似过去了很久，空性起身："圣上，小僧冒犯了。"

他在顾元白身上的几处穴道按压了下，有些疼，有些却并无感觉。一番诊治之后，空性心中有了底，他面色稍缓，却不敢将话说得太满："小僧的医术之中似乎是有救治圣上的方子，但小僧却不敢全信书中所言。若是宫中的御医也在，小僧可将医书拿出，与其共同研习一番。"

这句话刚出，殿中紧绷的气氛一变，顿时喜悦了起来。

顾元白瞳孔紧缩一瞬，强自平静一笑："既然如此，便辛苦你了。"

"这怎么能是辛苦？"空性苦笑不已，"您不知道。小僧自从听闻您身子不好之后，便心中担忧不已，日夜都想要往京城来。小僧在一年之前，便将医书所得整理为了五册书，想要托人带到京城献给您，但小僧托付的人却在两个月之后将这五册书完璧带了回来，小僧那时才知晓自己想得太过简单，哪里是什么东西都能送到圣上面前的？"

顾元白一愣，追问道："去年？去年什么时候？"

"去年六月月初，"空性叹着气摇头，"京中的官员也不肯受百姓的礼，当真是廉洁奉公、正气凛然。"

顾元白懂了，那时正是反腐时节，百官都被吓傻，确实没一人敢在他眼皮子底下乱收东西。

顾元白一时哭笑不得，反腐一事促成了蝗灾之事的优势，却硬生生地推走了一次救治自己的机会。

但终究，老天还是眷顾他的。

顾元白让太医院的院使前来照顾空性，让其与太医院众人一同研制个能治愈他如此症状的章程来。

一直到了月底，顾元白从未催促过太医院半分，但御医和空性却很是着急，他们千百次地琢磨药方，因着圣上身体太过虚弱，又常年服用各种药物，所以顾忌良多，要去平衡药方又不能损害其药效，一直忙到八月，太医院才递上一个完备的章程。

顾元白觉得这个速度已然算快。

而这时，顾元白已经为宛太妃守孝两个多月了。

时间匆匆，宛太妃也已走了许久。顾元白偶尔想起她时，悲痛缓缓，温情存留心头。将太医院的章程拿在手中时，他突然恍然，宛太妃即便是死了，还是为顾元白带来了一份大礼，那便是在送她到京的僧人之中，找到了救治顾元白的生机。

盛夏，蝉鸣、鸟叫声不断，冰盘在殿中冒着袅袅凉气。圣上听到薛远焦急呼唤，才发觉自己已不知不觉之间泪流满面。

◇◆ 第十四章 ◆◇

薛远急得满头大汗："怎么突然哭了？"

顾元白从来没有在人前哭过。

但他此刻却默然无声地流了满脸的泪水，未发出分毫的声响，等薛远注意到时，惊愕之下，心都揪住了。

顾元白顺势抓着薛远的衣领，攥着衣衫的手指用力，玄衣在他手中皱起，团成了一块，直到猛然涌起的那股气消散，顾元白才松开手，喃喃："朕竟然哭了吗？"

薛远擦过他的眼角，顾元白不由得闭起了眼睛，盛夏的空气炙热，薛远的手一碰，泪水都好似被烫得停止了一样。

薛远从宫侍手中接过温热的巾帕："别哭了。"

模糊的视线逐渐清晰，顾元白缓缓闭了闭眼："无事。"

顾元白将骤然升起的失措情绪压下，再睁开眼时，便看到薛远的衣领已经被他攥得散乱开来，他面上的窘迫之色一闪而过。他伸手稍稍整理了薛远的衣襟，拿起巾帕。

顾元白将太医院递过来的东西重新看了起来，翻到最后，太医院含蓄地将其中弊端也一一列出。

顾元白的身体亏损太大，即便是养好，也无法繁衍子嗣。他的身体弱是天生的，又错过了少时根骨未开的最好时候，现如今只能尽力去补一补他的身子使寿命长久，不再如此提心吊胆，但大约是无法达到如普通人那般能跳能跑的健康状态了。

无法繁衍子嗣对一个帝王来说无疑是最大的打击，但顾元白却接受得良好。只要能比现在好，能使寿命延长，顾元白已经感谢天地了。

等顾元白领首之后，太医院便开始按着章程做起事来。

五天后，一个阴雨天气，有人冒雨前来禀报，和亲王妃在两日前腹痛，当日诞下一女，如今母女平安，正在和亲王府之中。

顾元白一愣，倏地站起："女孩？"

宫侍道："是个女孩。"

顾元白出神了一会儿，喃喃："女孩也很好，很好。"

他露出笑："派人去通知和亲王，再赐下赏赐，让王妃需要什么就说，朕为她们母女俩做主，谁也不能懈怠。"

说完，顾元白就在殿中来回踱步，他说不清是期盼着和亲王妃诞下男孩还是女孩，若是男孩，那必定要抱养在顾元白的膝下，王妃是不能亲自抚养了。

如今生的是个女孩，顾元白就需要在宗亲府上再找些其他的孩子。

他叹了一口气，但心中却微不可见地放松。顾召的孩子若是成为他的养子，以后会坐上他的皇位，他终究是……有些硌硬。

但女孩就不一样，甚至因为是女孩，王妃也要轻松一些。她若是想抚养自己的女儿，那便亲自抚养。若是她不喜欢这个女儿，那便送到宫中，顾元白会认其为女儿，会给她一国长公主的尊贵地位。

不过王妃向来坚韧，想必她会毫不犹豫地选择独身抚养女儿。

若是如此，顾元白会尽可能地补偿她们母女俩，代替和亲王作为她们的靠山。

顾元白能放和亲王去边关，已经是帝王的仁慈，是看在和亲王被人陷害到如此地步的分儿上。但和亲王既然选择了这条路，那就不要再妄想回京。

即便是和亲王妃求情也不可以，顾元白已然退步，再也不会更退一步。

等到休沐日，天气晴朗，顾元白便暗中去了和亲王府，探望刚刚出生的小婴儿。

稳婆将小丫头抱了出来："圣上，您瞧瞧，这便是咱们和亲王府的第一个小姐了。"

小婴儿还睡着觉，毛发稀疏，小手握成拳头放在耳朵两侧，小得好似连风吹都受不得，顾元白没有多看，便让人赶忙送了回去。

王妃现在不能见人，她便派了身边的侍女前来传话，一问如何处置和亲王，二问她是否可亲自养育女儿。

顾元白反问："问问你主子是想见还是不想见和亲王，想养还是不想养女儿。"

侍女跑回去问了和亲王妃，王妃抱着自己的女儿，温柔地将女儿的小手放在唇前亲了一下，回头道："我不想见王爷，我只想安稳地养大我的女儿。"

王妃在知道自己生下的是个女孩后，没人知道她心中的庆幸。

她知道这个孩子是怎么来的，若是个男孩，那必然要养在圣上的身边，可那样沉重又脏污的罪恶，连她都心中一颤、神经紧绷的秘密，圣上时时刻刻看着她的孩子，又怎么会心中不计较呢？

和亲王越是因为顾元白而想要一个儿子，王妃越是喜悦自己生的是女儿。

她的女儿不必承受来自父亲那样扭曲的情感，她是干干净净的，王妃看着小小的她，心中便软成了一块，幸福便生了出来。这样平静又温暖的生活，她不希望再被和亲王打破。

顾元白听到了王妃的回答之后，点了点头，道了一句："朕知道了。"

赏赐放下之后，顾元白便起身带着人离开了和亲王府。一路上，烈日炎炎，街道之上人来人往，薛远突然问道："圣上喜欢襁褓小儿？"

顾元白看了他一眼，薛远佯装随口一问，目光正在周围商贩的摊子上转悠，如同一点也不在意顾元白的回答。

顾元白学着薛远的样子，勾起一抹虚假的、客气的笑："朕喜欢幼童的程度，就如同薛将军喜欢女子素手一般。"

"说清楚，"薛远俊脸一板，不笑时便有阴煞在眉目蒸腾，"我何时说过喜欢女子的手了？"

田福生乐呵呵地给圣上擦了汗，面上带了喜色："圣上，您好像又长了一些，小的都快够不到您了。"

顾元白露出几分笑意："真的？"

"小的哪里敢说假话。"田福生当真是觉得圣上长高了，也好似是更瘦了，他给圣上挥着扇子，圣上的发丝在空中飞舞，被烈日照出几缕金灿灿的光芒来。田福生突然想到："小的还记得圣上有一把图画得顶好的扇子，山水之色跃然纸上，那把扇子去年在行宫时还被圣上带在了身上，但也不知从何时起，小的竟然找不到了。"

因为宛太妃的去世，所以今年圣上的寿辰和宫中的宴饮都不再举办。行宫避暑，顾元白一想起行宫就会想起宛太妃，他也不愿意前去。

如今已是八月，顾元白早已打算在京城熬过这个盛夏。

田福生一说，顾元白若有所思："可是褚卿曾献上的那一把折扇？"

田福生连连点头："褚大人那一把扇子当真是绝，十成十地耗尽了心思。那样的一把扇子有钱人家愿意花上千金去买一把。更何况褚大人的名声响亮，君子六艺，画技一绝，这是整个京城都知道的事。"

墨宝值千金，说的便是如此吧。顾元白感叹不已，也不由得可惜了一番："那扇子给朕的时候，朕还喜欢得很，但是可惜，如今早就不知丢失何处了。"

圣上的东西，无论哪一样都会被宫侍收好。这扇子十有八九是顾元白自己弄丢的，除了遗憾，也别无办法。

薛远在一旁听得默不作声，只笑意瘆人。

而在圣上坐镇京城的时候，远在沿海的水师，在海面上和扶国的水师激战正酣。

第三卷 收服扶国

◆ 第十五章 ◆

扶国收到了大恒皇帝已死的消息后，当即派遣战舰和水师从三方侵入大恒沿海，拿出家底同大恒一搏。

攻击福建的扶国水师大型船十艘，小型船二十艘，在夜中朝着福建沿海靠近。

大恒一方的海上战舰单是大型船便有三十艘，中、小型战船为五十艘，水师数万士兵吹响号角、打响锣鼓迎战。

扶国前来探查敌军消息的五艘小船一惊，即便黑夜妨碍了视线，他们也能看出连绵不断的大恒船只。敌我双方实力差距过大，扶国的探查船队看着一排又一排战船上的士兵举起的火把，转身驾驶着船向回跑去。

海面上波涛汹涌，东风阵阵，这猛烈的东风吹鼓了扶国大军的船帆，让他们的船只可以乘风快速到达大恒的海面之上。但等扶国的侦察船队想要逆风逃走时，就困难上了数倍，他们一动，就被在战船上举着火把的大恒士兵看到了。

高亢的吼声响起，船上的校尉一脸激昂，楼船之上的投石机掉转方向，在黑漆漆的夜中，士兵们拼命转动着船舵。

这五艘扶国的小型战舰很快就被大恒的船只包围，船上的总兵暴跳如雷："掉转方向！掉转方向！快找地方逃出包围圈！"

扶国士兵满脸大汗地转动着船舵，总兵盯着他们的眼睛血红，正当又要破口大骂时，传来破空之声，总兵仰头一看，大脑空白，整个人僵住了。

巨石划破长空，在黑黢黢的夜空下越来越大，最后狠狠地砸在了扶国战舰之上。

海水被汹涌溅起。

大恒水师很久没有进行过战斗了，他们七八艘装备着投石机的船只包围住敌军的五艘小船，七八个投石机对准中间，百来斤的重石被狠狠弹起，再毫不留情地落下。

木头做的船只彻底被击穿，木板漂浮在海面之上，又被一个个掉落海面的人压下浮起。船只上数百个士兵的惨叫声、哭号声骤起。战舰上的人在呆愣，在哭喊，可一拨又一拨，巨大的石头从四面八方袭来，将这些小型战舰彻底砸成了碎屑。

越来越多的士兵跳下战舰，但深海本就危险重重，尤其是夜晚的深海。大恒水师登上小船，去与这些掉落海里的扶国士兵斗争，脸上凶狠，下手也凶狠。

扶国的人同圣上有仇，对仇敌不需要手软。

各个副将、将军早已聚在不远处的楼船之上，他们迎着西风去看不远处扶国的水军，扶国也察觉到了这里的变化，开头的船只正往这边而来。

福建水师总将林知城此时激动得无法言说，他当机立断："周副将，你带着一队舰队从左侧包抄，带着五艘大船、十艘小船前去。"

周副将浑身一震，大声应道："是，末将领命。"

他挺直背咳咳嗓子，热血雄心在心中冉冉升起："人呢，都跟我走！"他大步离开，每一步都声声作响，步子急促，想要立功的心情火热。

甲板之上一共是五位副将，剩余的四位副将看他一走，连忙殷勤地看着总将，眼睛里头的着急和期待都快要比士兵手中的火把亮眼。

林知城也没有辜负他们的希望："刘副将，带着铁头船顶在最前头，我要你做开路的前锋，你敢不敢？"

刘副将当即激动得脸颊抖动，用力地捶了捶自己的胸口："那有什么不敢的？末将领命。"

楼船上的数百士兵都往这里看来，每一个人的眼睛都亮了起来。福建水师除了驱赶海盗，已经很久很久没有和别人战斗过了，他们的心情激动，看着那些已经跟着周副将、刘副将走了的兄弟，更是心中羡慕得不行。

他们也想要抢军功，也想要为大恒去打杀这些狼子野心的敌人。在知道这些敌人竟然敢在大恒贩毒之后，在亲眼看见圣上在沿海处禁毒后那些吸食香料人的惨状之后，福建水师总算是体会到了什么叫作咬牙切齿的恨意。

即便再有君子风范的人，也彻底变成了另外一副野兽模样。

太恨了，恨得都想要不要命地去和扶国人拼命，想要咬掉他们的肉、喝了他们的血！

林知城看着满船士兵燃烧着火焰的眼神，语速极快地做着部署。

"吴副将，你同样带着五艘大船、十艘小船从右侧围堵。"

"末将领命。"

"赵副将、程副将，我要你们带着车船跟在铁头船之后绞碎敌军大船，绞盘给我动起来，大胆地去毁了敌军的船！"

陈副将连忙追问："总将，我呢？"

"你留在这儿，跟我在这儿指挥，"林知城道，"咱们还得命令楼船，轰了他们！"

陈副将蔫儿了，强自打起精神来："末将领命。"

人人都动了起来，当扶国军踏入大恒士兵的射程范围，迎来的就是从天划过的巨石。

扶国水师乱了一刻，又连忙回击。他们自然也有投石机，但大恒的投石机是工程部最新改良过的军械，不只是射程更远，还要更为精准。

漫天乱石重重而降，黑暗之中，扶国水师离得远，第一拨只能让其产生慌乱。两拨巨石下去，林知城命令停止投石，站在楼船的最高甲板之上，高喝："全军出击。"

"向前——"

一道人声一道人声地将这条命令吼了出去，刘副将在最前头，带着铁头船挥舞大刀，脸色涨得通红，脖子青筋暴起，他用尽全力吼着："给我破开一条路！"

甲板上的水师奋力应声，不断摇着船橹，义无反顾地往前方冲去。

巨大而坚硬的铁头船逆风而上地撞上了敌军。现在的风向不站在大恒的这一边，开路的铁头船上的水兵们咬牙，舞着臂膀使劲地摇着船橹，加大力度，再加大力度，要一举撞碎敌人的船。

他们摇得手臂酸疼也不敢丝毫放慢速度，刘副将也在咬紧牙关，鼓舞着手下的兵："那群家伙竟然敢往我们大恒贩毒，总将也曾带你们去看过沿海的人毒瘾发作的场面，他们的心脏坏得很！都给我打起精神来，再用点力，圣上给我们的粮食和肉是要我们赢来胜利的，我们得给后面的兄弟破开一条路！"

水兵们埋头，汗珠子跑进眼里，眼睛生疼也不敢空出手去擦一下。

大人说得对，他们铁头船要给后面的船只开路，不能懈怠。

身后带领车船的赵副将和程副将也是心中着急，赵副将面色严肃："不行！我们船上的水兵都得支援铁头船，铁头船只有够快才能发挥威力。"

程副将严肃地点了点头："你尽管带着人去，我带人顶在后方，放心！"

赵副将转身就要离开，突然，被风吹得猛烈飞扬的发丝，竟然缓缓停了下来。

赵副将愕然，他骤然转身朝程副将看去，程副将双手颤抖，也同样在震惊地看着他。

发丝又被海风吹了起来。

东风又来了。

刘副将瞪大眼睛，近乎扯着嗓子吼道："扬帆！扬帆！"

手脚灵活的水兵们爬到桅杆上，解开绳索，只听"啪"的一声，巨大的帆布扬起。

越来越凶猛的东风将帆布吹鼓，铁头船越来越快，越来越快，最后轰然一下，彻底撞到敌人的船只。

开出了数条供庞然大物一般的车船绞碎敌船的路！

恐怖的绞盘转动，硕大的楼船跟在后方，在东风相助之下一点点把敌人逼向后方，深海中到处都是人和尸体，哭喊声和勇猛的打杀声不断。

终于，天边微亮。

扶国人后退，掉转船头准备逃回。各个副将聚在楼船上，每个人都是雄赳赳、气昂昂，经过一夜的厮杀，每个人的眼睛都已经红了。

"总将，我们追吗？"

追吗？

扶国水师逃走的地方不知道还会不会有接应，广南东、两浙之地的水师不知道有没有战胜他们所对付的扶国军，他们是应该去支援广南东和两浙之地还是应该乘胜追击？

林知城朝副将们的身上看过去。

每一个副将都满怀壮志雄心，眼底都藏着还未停止的对胜利的渴望。

林知城只觉得身体之中的血液也沸腾了起来，他的胸腔同太阳穴一起鼓动，铿锵有力道："追！"

大恒的海鹘如海燕一般掠过水面，在东风下扬帆起航，急速逼近扶国的水师。

扶国人大声喊着大恒人听不懂的话，不知道是在咒骂还是在求饶。在扶国的指挥船上，扶国的总将狰狞地拽住几个大恒人的衣领，吼道："你们不是说林知城没用了吗？福建水师败落了吗？！"

这些大恒人正是被朝廷剿匪之后与林知城背道而驰的海盗同伙。林知城接受了朝廷的招安，而他们则逃到了扶国。

被质问的海盗推开总将，怒道："谁能知道现在的皇帝竟然重用林知城了！你最好对我们有礼点，我们可是你们扶国的贵客，要是没有我们，你们怎么能发现东南口的花！"

在逃亡扶国时，这些海盗发现了一种奇特的花，他们把这些花带到了扶国，当作成为扶国贵客的礼物。这些花之后便做成了西尚的国香，供销周围的国家，此香让扶国积累了无比巨大的财富。

总将眼神阴冷，恶狠狠道："你们的消息让我们死了这么多的人，损失了这么多的战船！你们死了都不足惜！我回到国土就要去告诉皇上，让他们赐你们全都死，扔到海里喂鱼！"

他刚说完狠话，后方就有船只来报："大恒人追上来了！"

总将表情扭曲了起来："浑蛋！"

沿海百姓在半夜就听到了海面上的厮杀之声。

号角连天，鼓声浩荡，百姓们心情激动得睡不着觉，待到天边微亮，他们连忙跑到沿海边，看到的就是遮天蔽日的大恒船只。

帆布扬起，海边都被遮掩，一排一排的船只追着扶国的船只而去，近处的海面上满是战争留下的残屑……

远处还有逃得飞快的敌军！

他们福建水师赢了！！

第十六章

半个月后，出了孝期的顾元白便收到了沿海水师的捷报。

两浙、福建、广南东赢了，不仅赢了，他们的胆子还大得很，竟然一路追着扶国军到了一个他们停驻水师的岛上。

顾元白低估了大恒的水军和战舰的实力，三方水师紧追不舍，将扶国逃军包围后便采用了火攻，火势连绵，趁此时机一举占领了那个军装岛。

顾元白命人将王先生带了过来，让人将沿海情况一字一句地念给他听。王先生听着听着，冷静的神情被打碎，变得目眦尽裂，极力想挣开束缚着他的绳索。顾元白捧着温茶，出神地看着殿外秋景。

待到王先生一声声痛苦的呜咽逐渐变低，大恒的皇帝才转头朝他看去，唇角的笑温润："王先生，我朝的水师要多多谢谢你，还好有你，水师才能缴获扶国那么多的甲衣、粮食、火油。"

秋日的灿阳悠悠，大恒皇帝捧着杯子的手在这样的艳阳之下宛若透明，含笑的眼眸染上褐色的金光。

王先生喉内腥味浓重，有着这样一副人畜无害皮囊的皇帝，心竟然这么狠。

他告诉自己这都是假的，扶国做了如此久的准备，怎么可能就这么输了？

大恒天国，幅员辽阔的中原大国，即便是仓促应战，也有这样的底气吗？

顾元白觉得不够，又笑着道："扶国做错了事，我朝自然要去教诲扶国改正错误，走回正路。但这一路辛苦，扶国想要得到我朝的教诲，就要承担我军前往扶国一路上的军需，再给予大恒足够的补偿，如此，我中原大国便不惧辛劳多走一趟也罢。"

这话一出，田福生都不由得愣了一愣。

还、还能这样？

顾元白语毕，不再去看恨不得杀了他的王先生，说道："带下去吧。"

沿海的战争无法让远在千里之外的京城百姓感同身受，此番消息也未曾在《大恒国报》上刊登，甚至流传更为久远的，还是先前王先生在京城所传播的皇帝昏迷已久的消息。

在九月中旬，为了彻底打破谣言，顾元白在百姓面前现身，前往天台祭月。

皇帝一身衮服，白绸系于腕上，躬身下俯时腰背瘦弱，冕旒如雨珠相碰，一举一动皆能入画。

百姓远远看着圣上，禁军千万人长枪竖起，面色严肃。

圣上出行时，百姓可围观，但不可夹道呼唤、从高而盼。圣上点香时，手臂轻抬，挽住衣袖，行云流水之姿看着就觉得高高在上，不是寻常人可比肩。

百姓们说不出来什么好听的话，只觉得圣上不愧是圣上，做什么都独有一番威仪。

褚卫和同窗也在外围观着，层层叠叠的宫人和侍卫将圣上的身影遮挡得严实，只偶尔有袍脚从中一闪而过。

同窗看得久了，骤然觉得不对，连忙拽了拽褚卫的衣袖："子护，你觉得我等先前在状元楼底下瞧见的那个美儿郎与圣上是否有几分相像？"

褚卫淡淡道："那就是圣上。"

同窗静默片刻，猛地跳起："什么？！"

褚卫轻轻皱眉，同窗安静了下去，压低着声音道："你怎么不同我说那是圣上？！"

"你那时并不想要入朝为官，也不想同庙堂有所牵扯，"褚卫言简意赅，"何必同你多说？"

同窗一噎，无话可说地摇起了头，不断嘟囔："好你个褚子护……"

褚卫还在看着圣上。

今日的天气好，衮服用的便是春秋的衣袍，腰间的革带轻轻一束，正是因为离得远，反而能瞧出圣上的脖颈、手腕和身子瘦削。褚卫心头生出几分担忧，忧心圣上前些日子的昏迷，忧心他如今瞧起来好像更加虚弱了。

宛太妃的逝世也不知圣上能否承受得住。

但除了担忧之外……褚卫的喉结滚动，他垂下了眼，长睫遮下一片阴影。

修长的五指稍动，好像要搂住什么似的。

"褚卫！"

同窗的话猛然将他惊醒，褚卫将双手背在身后，面色不改地侧过头，抬眸道:"嗯?"

"圣上要走了,"同窗道,"此处人多,待会儿必然要堵住路,不如现在先走?"

褚卫却不动如松:"你先走。"

"我先走?"同窗讶然。

褚卫颔首,白袍将他的身形包裹得更显颀长:"我去面见圣上。"

圣上坐上了龙辇,前方的六匹骏马还未迈动蹄子,侍从就跑过来道:"圣上,褚卫褚大人想过来拜见您。"

顾元白看了一眼外头的天色:"让他来吧。"

薛远眉头一挑,神情自若:"圣上,您头上冕旒缠在一块儿了。"

顾元白动手拨弄了一下,珠子在他的碰触下脆响声不断,他的指头冰冷而又白皙,五指绕着绳子,玄色的细绳同通透的白玉珠子在长指上缠绵不清,如藕断丝连。若珠子是个人,怕是都要在他的指头上羞红了脸。顾元白问:"哪处?"

薛远翻身上了马车,屈膝跪地,小心翼翼地将两串缠在一块儿的琉珠慢慢解开。

顾元白单手撑着脸侧,微微低着头方便他动作。

褚卫走近后,入眼便是这样的一幕。他从容上前行礼:"臣拜见圣上。"

顾元白随意点了点头,懒声道:"薛九遥,你还未好?"

"臣这就好了。"薛远将琉珠顺好后才放下手,又当着褚卫的面正了正顾元白的衣袍,屈身跳下了马车。

褚卫黑眸定定,将薛远所做的事看得清清楚楚。片刻后,他唇角微微勾起,露出了一个浅笑来:"圣上这些时日身体可还安康?"

"都还不错。"顾元白笑了笑,"你家小四郎又如何?"

褚卫一一说了,他话虽少,但句句都不敷衍,顾元白待他讲完之后便点了点头,以为他说完话就会走了,但他却迟疑片刻:"圣上,臣前些日子得到了一幅李青云的画作,但只有下半部分。家父曾言,上半部分在户部尚书府中。臣去找了户部尚书后,汤大人告诉臣那半幅画在去年万寿节便献给了圣上。臣偶然得到的这半幅画卷也不知是真是假,便想借宫中的上半幅画卷一观。"

顾元白来了兴趣，这个李青云是前朝的大画家，被誉为前朝四大家之一，生平很少有画作流出。顾元白不懂得欣赏，但他知道李青云这个名字就代表着金灿灿、白花花的金子银子。

他仔细回想片刻，去年的万寿节，户部尚书确实献上了半卷画作。顾元白心里有了底，笑吟吟地看着褚卫："褚卿，上半幅画卷是在朕的库房之中。"

褚卫被他笑得出了些汗意："圣上手中的画卷必然是真迹，臣手中的却不一定了。"

顾元白故意道："如果是真的呢？"

"那便献给圣上，"褚卫语气里听不出半分不舍，"两幅画合为一体，也可相伴一世了。"

他说这话时，语气缓缓，声音清朗如珠落玉盘，真真是好听。

薛远脸色一冷。

顾元白忍不住笑了，褚卫两年前还是傲骨铮铮，如今却已知道变通了，知道来讨好他了。顾元白坦然受了臣子的这份心意："那朕便等着，明日就派人去你府上送画。"

褚卫摇了摇头，轻声道："臣亲自送往宫中便可。"

顾元白想了想，五指在膝上轻敲，颔首道："也好。"

褚卫行礼正要告退，却突然想起什么，抬头朝薛远看去："薛大人如今应当开始相看姑娘了吧？"

薛远眼睛一眯："什么？"

"家母这几日正在念叨臣的婚事，"褚卫叹了一口气，"臣一问才知，薛夫人近几个月来一直忙着为薛大人张罗婚事，竟未曾有过半分懈怠。薛夫人上府与家母叙旧得多了，家母便也开始着急了起来。"

薛远扯起嘴角，看着褚卫。

褚卫掀掀眼皮，也扯出一个冷笑来。他薄唇稍动，吐出了最后一句话："薛大人，你喜欢何样的女子？不如直说出来，臣也好告知家母，让家母也来帮一帮着急的薛夫人。"

顾元白有些愣神。

听到褚卫的这句话，他才回过神来，朝薛远看去。

是了。

薛远快要二十五岁了,这样的年岁,又不是和他一样身体虚弱、无法繁衍子嗣,家中自然要催促他成婚。

顾元白眉眼一压,煞气浮现,声音冷了下来:"褚卿若是说完了话,那就退下吧,朕乏了。"

褚卫一顿,应声退下。

转身的一瞬,褚卫脸上的笑意一闪而过。

骏马终于迈步,龙辇慢行于街市。

镶嵌金银玉器、雕刻龙凤图案的马车之中,圣上的语气里犹如掺杂着腊月里的冰碴子:"薛远,上来。"

晃动的马车颤动一下,片刻后,薛远跪在了顾元白的面前。

车窗、车门紧闭,龙辇之内昏暗,外头的街道两侧人头攒动,百姓的热闹喧嚣即使是龙辇也未曾挡住半分。

顾元白去了龙靴,轻轻地随着马车的颠簸动了几下,隐藏在黑暗中的脸被阴影划过又被光亮打下,唇色红了,眼眸黑了,眼神如刀,锐意和狠意交杂。

薛远闷哼出声,膝盖结结实实地贴在地上。

这惩罚,太过折磨人了。

他满头大汗,双眼之中已被逼红,从雾气和湿气之中穿过昏沉,直直地看着圣上。

顾元白语气缓缓:"薛九遥,娶妻?"

马车经过了拐角,百姓的呼声更近,几乎就在耳旁。

顾元白轻呵一声,直起身,弯腰探出黑暗,猛地拽住了薛远的领口,薛远猝不及防之下被拽得往前一摔,双手及时撑住车壁。

薛远的领口被捏得发紧。顾元白道:"朕问你。"

顾元白在他耳边带着嘲讽的笑意:"别人要是踩你一脚,你会怎样?"

◇◆ 第十七章 ◆◇

"别人敢踩我鞋面一下,"薛远压抑着,声线紧绷,"我都得废了他一条腿。"

薛远汗流浃背之间,突然觉出褚卫的好处来了。

这人现在先别杀,让他多出来蹦跶几日。

但转瞬,他就再也想不了其他了。

昏沉的马车之中,只有缝隙中偶尔有光亮闪过。空气之中的尘埃在光线下如飘飞的金色沙粒,偶尔从圣上的指尖上滑过,再滑过衣袍。

顾元白翻开了一本书,昏暗下其实看不清书上的内容,他只随意地翻着,高兴了便翻得快些,不高兴了就半天也不动一下。

薛远的脊背弯了起来,豆大的汗珠滴落:"圣上,臣从来没有相看过姑娘,薛夫人也从来没给我说过什么亲事,没有联姻的打算。"

马车倏地颠簸一下,薛远抬头,赤红着眼睛可怜道:"圣上,白爷。"

一个大名鼎鼎、威名远扬的年轻将军,在边关让人闻而生畏的少将军,被硬生生逼到这样弃甲丢盔的糟乱地步。

他的汗意已经浸透了衣衫,使衣袍变成了深浅不一的两种颜色。顾元白靠在车壁之上,每一次晃动,眼前的琉珠便会发出清脆的响声。

他在黑暗之中,目光定在薛远的身上。

"薛九遥,"圣上道,"记住你说过的话。"

薛远从喉咙里应了一声"是"。

薛远从马车上跳下来,秋日的风吹过他湿透的衣裳,冷意瞬间袭来。

他下颔紧绷,眉目之中充斥着戾气。侍卫长看着他胸前、背后汗湿的衣裳,迟疑片刻:"薛大人,你这……"

薛远转头看了他一眼,烫红的面色和布满血丝的眼底吓了侍卫长一跳:"薛大人,你这是怎么了?"

还能怎么。

薛远面上的阴煞更浓，身后动静响起，圣上要下马车。

薛远顿时忘了侍卫长，快步走到马车旁递出了手。

顾元白衮服整齐，发丝一丝不苟。他低头看了一眼薛远，眼角眉梢的红意稍稍勾起，白玉的手指搭上他，步步稳当地下了马车。

田福生跟在圣上身后，尽心尽力地道："圣上，太医院的御医和空性大师已等在殿外，今日的针灸得在正午时分进行。"

"朕注意着时辰了。"圣上的嗓子微微发哑，他轻咳了几声，再出声时已恢复原样，"不急，朕先沐浴。"

田福生仰头看了看天色："小的这就去准备。"

顾元白懒懒地应了一声，骨头里泛着惫懒。他突然想起来："明日褚卿会送来一幅画卷，你去找一个懂得李青云真迹的人来，看看他手中的那幅是不是真迹。"

田福生应下。

褚卫回到府，便把自己关在了书房之中，研墨作着画。

七年的游历或许让他变得愤世嫉俗，但也让他学会了许多，模仿一个前朝名声远扬的大画师的笔触，对他来说，也不过琢磨片刻的工夫。

褚卫落下了笔。

水墨在宣纸上成形，李青云作画喜欢豪爽地泼洒，用色喜朱砂、红丹、胭脂和石绿、石青几色，喜画重岩叠嶂的群山，再用铅白着层层溪流瀑布。户部尚书送予圣上的那半幅真迹，便是李青云的名作《千里河山图》。

巧了，褚卫游历时曾在一位隐居山田的大儒那里见到过《千里河山图》的下半卷，他对那幅画过目不忘，即便是一丛竹或是山水的波纹也清晰如在眼前。

他自然没有李青云的真迹，但这只是一个面圣的借口罢了，他也不需要真迹。

夜色披散，灯火点起。

一幅可以以假乱真的《千里河山图》在褚卫的笔下缓缓诞生。

褚卫放下了笔，看着画上未干的笔触，轻轻勾唇，将烛光灭掉，走出了书房歇息。

圣上的诊治，一次便要占去一日里近一半的时间。

太医院的御医已鬓角微湿，将长针一一收起。田福生小心喂着顾元白用药。

顾元白浑身无力，脸色苍白，额上也是细细密密的汗珠。

空性把完了圣上的脉搏，同御医们小声说着话，过了片刻，他们就将圣上今日身体如何据实说了出来。

这些话实在深奥，顾元白皱着眉，不懂的地方也不愿意糊弄过去，一个个问得仔细。

他的身体不好，如今的针灸和药物主要是为了拔除他体内的寒气。待到寒气拔除之后，便开始养着他疲弱的身子骨。

顾元白安心了，笑着道："待到朕身体好了那日，太医院诸位与空性大师便是头等的功劳。"

几人推辞不敢，笑呵呵地被田福生带出了宫殿。

薛远匆匆追了出去，拍着侍卫长的肩膀道："张大人，人有三急。"

一刻钟后，顾元白从诊治当中恢复了几分力气，伸出手，小太监连忙冲上来扶起了他。顾元白披着衣服起身，走到桌旁坐下。

今日的政务还未处理，顾元白勤勤恳恳地开始今日的工作，心中叹了好几次气：若是以后的诊治也需一下午的时间，那这些政务还要再下发一部分。

烛光下批阅政务终究是对眼睛不好，偶尔一次可以，长久必然不行。

顾元白两本奏折批阅完，田福生和薛远就一前一后地走了回来。田福生面色怪异，走到圣上身后默不作声。

顾元白倒是道："薛卿，你父亲来了折，过两日便可回到京城。"

薛远不惊不喜："臣知晓了。"

"你那几日便待在家中，好好陪一陪薛老将军，"顾元白笑了，"薛老将军若是看到你在殿前伺候，只怕会怨朕把你拘在面前，使你委屈了。"

"不委屈，"薛远真情实感道，"家父也只会感念圣上看重臣的恩德。"

只要进宫了，薛远就绝不给顾元白再次把自己赶出宫外的机会。

薛远幸灾乐祸地想，他是绝对不允许此事再发生的。

◆ 第十八章 ◆

次日早朝之后，褚卫便请旨入了宣政殿。

他身着官袍，手中抱着一卷放入布袋之中的画作。与他同行的还有御史台的一位官员，这官员素来痴迷李青云的画作，对其颇有了解。他被田福生一同请来，便是想看一看这一上、下两幅画是否同为真迹，能否合为一体。

今日正是阴雨天气，画作会泛些潮气，使纸张微微皱起。皇上库房之中的那幅画作已经摆在了案牍上，御史台的官员眼睛一亮，一个劲儿地往画作上看去。

顾元白笑了，打趣道："万卿这个眼神，都要将李青云的画给烧着了。"

万大人拘谨一笑，同褚卫一起行了礼。起身之后，褚卫便将怀里的布袋递给了太监。

《千里河山图》的上、下两卷，终于放在了一起。

顾元白一眼看去，便不由得失笑："褚卿，你这画必定是假的。"

虽然他不懂画，但他至少可以看出画作的新旧程度，若是单独看着还没什么，两幅画放在一起，新、旧的差别便倏地大了起来。

褚卫嘴唇翕张，最终抿直唇，垂眸看着桌上的画。

瞧起来有几分失望的模样。

万大人突然"咦"了一声，凑近去看褚卫的那幅画："圣上，这可当真奇怪，虽是新旧不同，但这幅画无论运笔还是山水走向，都是李青云作画的习惯。不看新旧，只看画，好似还真的是李青云画的一般。"

顾元白一愣，鼻尖微皱："当真？"

万大人不敢将话说满："臣再看看。"

阴雨天气，本就没有日光，万大人越看越像，心中也越觉得古怪。他将上、下两幅图连在了一起，瞧瞧，断开的地方无一丝缝隙，每一处都同上卷合在了一起。这若不是一幅画，仿画的人又是怎么做到的？

难不成只凭着下半幅画卷，就能毫不出错地与上半幅画卷对上吗？

"太像了，"万大人感叹，"即便臣知道这是仿画，也不敢说画里有什么不同。"

顾元白眼角一勾："有意思。"

他上前去,万大人退开。圣上弯腰俯身,看着褚卫献上来的那幅画。

褚卫下意识地快步上前。

圣上的眼神投在了褚卫的身上,褚卫君子如玉,镇定极了地道:"这画不知经过了多少人的手,还是莫要碰到圣上为好。"

顾元白笑了笑,直起身,拍了拍褚卫的手臂:"褚卿细心。"

褚卫收回手,眼中细微的笑意升起:"不敢。"

这画虽然是假的,但画中的内容却像是真的。顾元白被勾起了些兴趣,让褚卫将画留下,若是下次再遇上卖予他画的人,及时前来禀报。

而不久后,薛老将军果然回京了。

他先进宫与顾元白商议正事,边关互市开展得分外顺利,张氏对商路本就准备了许久,且买卖生意是他们的老本行,因此做出来的互市,要什么都能有,极大地勾起了游牧人对互市的兴趣和热情。

热情表现在,从边关引来的骏马一批一批地充入军队,边关的牛、羊一部分贩卖到了南方,一部分入了军营给士兵们添添荤腥。

加上先前西尚送来的马匹,军中便可再多组建一万骑兵。骑兵之中,重骑兵的装备和训练手法也在不断完善,粮食不缺,充足的肉类和蔬果便可喂养出足够健壮有力的体魄。

这么多的牛、羊一入军中,士兵们对顾元白的推崇和爱戴可谓更上一层楼。他们知道日子好坏,这样有肉有米的生活,他们在当兵之前从没体会过。

全天下,当兵之后能比当兵之前的日子更好,也只有大恒能做到。

军队太重要了,顾元白问了牛、羊、骏马一事后,又问了边关备守,薛老将军感慨良多,忍不住多说了一句:"臣带兵驻守边关时,边关士兵骨瘦如柴,边关的百姓更是人心惶惶,睡觉也睡不安稳。但等臣这次回京时,"他忍不住露出一个笑,"百姓夹道相送,泪洒十里,给臣同将士们送的东西太多,以致我们都带不了。"

"还有边关的士卒们,"薛将军忍不住眼睛酸涩,"去年连绵大雪,边关的房屋坍塌数所,士兵连夜去救人清雪。大雪连下了数十日,路都被封了,但边关的士卒们却未曾冻死一个人。

"我们喝着老鸭汤，裹着圣上您给的棉衣，都安安全全地过了整个冬。"

顾元白被他说得心头暖意生起，笑了笑，又忽然真心实意道："这便是朕生平最想要看到的场景。"

"安得广厦千万间，"圣上低声，"大庇天下寒士俱欢颜。"

此言一出，薛老将军顿时泪流满面。

薛老将军一路眼含热泪地出了京城，圣上特意让薛远陪他一同回府。薛远看了薛老将军一眼，头疼道："薛将军，你能别哭了吗？"

薛老将军的袖口已经被眼泪擦湿："圣上实在是太好了，圣上太好了。"

薛远脸上露出笑意："圣上自然好。"

薛老将军直到回了府，胸腔之中的激荡和感动才逐渐平静，他在儿子面前哭了这么久，一时有些尴尬，便咳了咳嗓子："过些时日，你就要二十五了，都快要到而立之年了。薛远，你什么时候能给你老子我娶回来一个媳妇？"

薛远认真思索了一番："难。"

薛将军长吁短叹，只以为他是不想多说："你父二十岁便有了你，又两年之后，林哥儿出生。如今我已过不惑之年，却连个孙儿也没抱上。"

薛远懒懒道："简单。明日我便找几个愿意给薛二生孩子的姑娘，把她们和薛二关在一起。什么时候怀胎了，什么时候再从房里出来。"

薛老将军沉下了脸："回头我就要你娘给你张罗婚事。"

薛远面不改色："薛将军，我身体不行。"

薛老将军彻底忍不住怒火，暴喝道："你身体不行？薛九遥，你长本事了你，为了不娶妻，你连这种话都能说得出来！"

这一声怒吼，让恭迎老爷回府的奴仆们都吓了一大跳。

薛夫人赶来时正好听到了这一句话，她的脸色骤变，将仆人们赶走之后上前："这是怎么了？"

"你看看你的好儿子，"薛老将军气得双手颤抖，"他竟然能说出这样糊涂的话！"

薛夫人一怔，随即看向了薛远。

薛远咧嘴一笑："老父亲，国未定，儿子不会考虑这件事。"

薛老将军一怔。

薛远舒展着身子，想着一会儿会有哪几样家法，能不能护住背："我自然是无法给你生孙儿了。我看薛二就不错，你不是想要孙儿，让薛二生上十个八个，能养得起。"

薛将军目光沉沉地看着他，压抑着道："你再说一遍。"

老将军这样的神情，才是真真正正地生出了怒火。

薛夫人眼中含上了泪水，担忧地看着儿子。

上次薛老将军这么愤怒的时候，可是将薛二公子打了个半死。

薛远"啧"了一声。

他嘴上不急不缓道："薛将军，我说最后一次，你要听好了。"

他眼眸一抬："我已将自己许身大恒。"

第二日，薛远果然没有进宫。

顾元白心中早已料到，但偶尔唤人的时候，还是下意识地喊道："薛远。"

田福生同他说，埋伏在薛府的人来报，说薛远昨日夜里被薛老将军用了家法，并已在祠堂中被带伤关了一整夜。

田福生话音刚落，顾元白就冷下脸。他的面色难看，眼底暗沉，田福生战战兢兢道："圣上？"

"备马。"半晌，顾元白冷冷道，"去薛府。"

◆ 第十九章 ◆

半个时辰之后，皇上的马车停在了薛府的门口。

圣上从马车上下来，面色有些凝重。他实打实地受了薛将军一个礼，才扯起唇角，问："薛卿，朕今日打扰了。"

薛老将军受宠若惊："圣上驾临乃是臣的荣幸，臣倍觉欣喜。"

顾元白笑了笑，越过了他往薛府里面走去。薛将军连忙跟上，浩浩荡荡的人群手忙脚乱，顾元白疾步如飞，语气里听不出喜怒："薛卿，薛九遥怎么不出来见朕？"

薛将军面色一僵，吞吞吐吐："这，他……"

顾元白步子猛地一停。

薛老将军也赶紧停下。圣上从身前转回了头，侧脸在日光之中看不清神情，面容被阴影遮掩，细发飞扬，薛老将军总觉得圣上放在他身上的目光沉沉的，压得他心中不上不下。

片刻，圣上唇角勾起，柔声道："薛卿人在边关时，薛九遥便在京中撑起了整个薛府。前几个月，宛太妃逝去，朕身子不好，也都是他自请在殿前伺候，事事亲力亲为。他堂堂将军，数月如一日地勤恳，不骄不躁，实属难得。"

薛将军理所当然道："圣上谬赞，犬子做这些事也实属应该。"

"实属应该？"顾元白扯唇，"薛卿，薛九遥做事合朕的心意，是行军打仗的好苗子，有将帅之才。他在殿前做这样的小事，旁人都觉得朕是在大材小用，薛卿不觉得朕委屈了他？"

薛将军哪里会这样想？他连忙摇摇头："能在圣上跟前伺候着是犬子的福分，若是他坏了什么规矩，圣上直接惩罚就是，无须念着老臣。"

顾元白深深地看了薛老将军一眼，转身继续往前走去："薛卿，你这么说朕也就放心了。朕实话实说，薛九遥用来很是顺朕的心意，既然如此，他便过两日就回殿前来吧。"

薛老将军一滞："圣上，这——"

顾元白好似没有听见，又问了一遍："薛卿，薛九遥人呢？"

薛老将军支支吾吾，说不出话来。

"让他来见驾，"圣上好像知道什么似的，眼瞳黝黑，定在薛老将军身上，笑意缓缓，"若是不能见驾，薛卿，你就得同朕好好说说不能见的缘由了。"

薛远还被关在祠堂之中，薛老将军将圣上带到了祠堂的窗口处，往里面一望，便能看见沉沉黑暗下一个跪地的模糊身影。

顾元白的鼻子灵敏，窗户打开的一刻，他便闻到了血腥味。

冷笑。

呵。

薛九遥被人打了。

顾元白最器重的人，就这么被薛平老将军动用了家法，还见血了。

"薛将军，"顾元白看着黑暗中的那个身影，低低道，"薛九遥是做了什么事，能让你如此怒火滔天？"

薛将军面上闪过难堪，本来看到薛远这副模样而生出的心疼转瞬又变成了怒火，他冷哼一声："圣上，小子顽劣，他罪有应得！"

"罪有应得？"这四个字在顾元白的舌尖上玩味地打转。

田福生听着圣上这语气，浑身的皮都已绷紧，小心翼翼地后退了一步。

但薛老将军终究不是长久陪伴在圣上身边的奴仆，他毫无察觉地点了点头，隐含怒火地道："他若是不改过来，一日不认错，那就一日别出祠堂。莫说打成这样了，打死都是给祖宗赔罪！"

顾元白压低声音笑了。

笑了一会儿，他突然叹了口气。

"薛将军，"圣上缓声，"天下都是朕的。"

圣上指尖抬起，轻轻指了下祠堂中的薛远，插入袖中的手平静地放着："天下是朕的天下，人是朕的人。薛九遥自然也是朕的。"

圣上笑了笑，转过头来笑看着薛老将军，眼神柔和："薛卿，没有朕的允许，你怎么能把他打成这番模样呢？"

薛老将军愣在了原地，半响才匆忙解释道："圣上，臣事出有因。"

圣上语重心长道："再怎么有因，你都不应该下这么重的手。"

"天地君亲师，"顾元白转回了头，从窗口看进祠堂，晦暗的光影下人影越发朦胧，他轻轻道，"但薛将军，你把他打坏了，朕还能用谁？薛九遥在朕的身边，好坏朕自己教训着，犯了什么错，薛将军手下留情些，别在朕不知道的时候，人就被打坏了。明白了吗？"

祠堂的门从外被打开。

薛远嘴中干渴，唇上起皮。他抬起眼皮迎着盛光看去，心道：是送饭送水的人来了吗？

茶壶中的水声响起，茶香和浓郁的饭菜香味混在一块儿。薛远眼睛微微睁大，看着圣上踏光而来，披风猎猎扬起，转瞬被圣上盖在了他的身上。

红色披风边角缓缓落下，顾元白蹲在身前："傻了？"

薛远："圣上……"

顾元白勾起唇，上下打量了番薛远。

薛远本就身强体壮，如今在祠堂中待了一夜，面上也看不出什么。他比顾元白想象之中要好，顾元白安了心，轻轻拍了下掌心。宫侍在薛远的前方放下一个精巧的矮桌，食盒中用热水温着的菜肴仍冒着热气。佳肴美食、热汤摆于桌上，御医上前，查看着薛远身上的伤处。

薛远被人塞了一双玉箸后才回过了神，看着坐于软垫之上的圣上，半晌，才张嘴说话："圣上怎么来了？"

顾元白言简意赅："你先用膳。"

薛远想笑，笑声到了喉咙就成了闷声的咳嗽，身后的御医连忙道："薛大人慢些，动作小心点，我等为你上药，莫要扯到伤口。"

"我知晓了，"薛远喝了一口茶压下咳嗽，眼睛不离顾元白，又想笑了，"吃，这就吃。"

他从饭菜中夹了一筷子热乎乎的肉块放在了圣上的碗里："圣上也吃。"

顾元白拿起筷子，随意吃了一口。

御医给薛远疗伤的时候，薛远一直在给圣上夹菜，他生平最喜欢吃肉，给顾元白夹的也都是他钟爱的肉菜。这些肉菜做得寡淡，顾元白吃腻了，正想让薛远别再给他夹菜，抬头一看，就见薛远嚼着片菜叶子，傻笑地看着他。

顾元白嘴巴一闭，低头吃着肉。

等吃饱喝足，一些小的伤口已被御医包扎起来。宫人在祠堂之中整理出了被褥、床铺，薛远被扶着趴在其上，御医拿着小刀划破他身后的衣衫，去处理伤较重的地方。

木棍打出来的层层伤痕遍布其上，轻点的是皮下瘀血，重些的就是皮开肉绽。顾元白站在旁边看着，脸色逐渐沉了下去。

在两个御医忙碌完了之后，他才屈身，指尖轻轻碰上了薛远的脊背。

薛远背上一紧。

顾元白只以为他疼了,手指一抬,压抑着道:"他打你,你不知道跑?"

薛远头埋在臂膀上,肌肉紧绷,他的声音沉闷,听起来好似疼得很了一样:"总得让薛将军出出气。"

顾元白面无表情:"当真是孝顺。"

"不是孝顺。"薛远侧过头,低声道,"圣上,让人都出去,臣同您说说心里话。"

顾元白看了他一会儿,依言让人都走了出去。

祠堂的门一关,屋里只有宫侍特意放下的烛灯亮着。薛远深深喟叹一声:"圣上,你可知薛将军为何生气?"

顾元白层叠的衣袍盖了薛远一身,他注意着别压着薛远的伤处,漫不经心道:"不知。"

薛远在他耳边笑了,故意压低着声音,像是说着一个天大的秘密:"因为我跟老头子说……"

他用着气音:"我已身许大恒,忠诚于圣上,并无心成家。"

顾元白一愣。

"薛将军不信,想让我给他生个孙儿,"薛远低头,"臣惹怒了薛将军,薛府都不一定让臣进了,我现在只能跟着圣上您了,您去哪儿,我就跟着去哪儿。"

顾元白心道:当朕信你的鬼话?

"信也罢,不信也罢,"薛远好似听到他的心里话一般,低声道,"挡不住我守护你,你要什么我就去找什么。我已同我父母直言过了,他们听不听是他们的事,与此相比,我更想知道,圣上,臣的忠心您应该看到了吧?"

鼻尖的血腥味更浓,顾元白仰着脖子去呼吸干净的空气,白皙修长的脖颈紧绷成一条漂亮的线。

顾元白起身,就要出去叫来御医。

在他快要走到祠堂门边上时,他突然道:"半个月后,伤能好吗?"

脸上隐隐有血色浮上的薛远一怔,随即眼睛一亮:"能!"

"背上会留疤吗?"

薛远深呼吸一口气:"绝对不会。"

"那就到时候再说。"顾元白低声咳了一下,"好好养伤,你要是能好,朕有事要交给你。"

"你要是不能好，"圣上回头看他，眉头轻挑，"那堂堂大将军薛九遥，就独自躺床上养伤吧。"

顾元白忍不住一笑："外强中干，怕是你受不住。"

◆ 第二十章 ◆

顾元白当日就把薛远带回了宫。

薛将军恭送圣上时，看着自己的儿子进了马车，心中复杂良多。

圣上为自己的儿子生了气，那样的怒火让薛将军心底又欢喜又惶恐。圣上如此看重薛远，这是他没有想到的。儿子有圣眷，眷顾还这么高，薛将军心底的高兴、喜悦不用说。但他同样惶恐于这样的圣恩，一旦反噬是否又会祸及薛府？

是福不是祸，是祸躲不过。圣上能为儿子呵斥薛老将军，薛老将军实打实地觉得受宠若惊，只希望薛远能回报圣上如此厚爱。

马车逐渐离去，薛老将军乐呵了一会儿，又突然板起了脸，跟着薛夫人道："我倒要看看，他真能一辈子不成家？"

日子一天一天地过去，月底的时候便是圣上的生辰，薛远总算是让顾元白品尝到了他亲手煮出来的一碗长寿面。

转眼就到了半个月后。

两浙的盐矿开采一事一直在秘密地进行着，约莫年后便可投入官盐之中贩卖。白日里，顾元白与各位大臣商议着国政，扶国被他们占据了一个岛屿，那岛屿位置重要，是扶国对外贸易和武装准备的小岛。

扶国主动提出赔偿，想用真金白银换回岛屿，他们甚至同意和大恒约法三章，大恒的臣子们正在讨论该不该同意和扶国进行交换。

扶国的香料一事实在恶心，即便是平日里最古板的老夫子也对其恨得咬牙切齿，期待能狠狠给他们重击，让虎狼之心的扶国好好看看大恒的本事。

这事谈论来谈论去，最后顾元白拍板定音——谈、换。

扶国的地方实在是少，除了害人的香料之外实在是穷，因为距离遥远，打下他们也不好管制，更何况这几年对外战争频发，后方还有西尚虎视眈眈，这笔生意不值当。

但顾元白绝对不能让扶国这么逍遥。林知城从前方来报，扶国的香料来源在南边的群岛，这一块要完全烧掉；对其国内，更是要多方制约。

毁了它的香料来源，扶国就只能变成以往的那个贫穷落后的国家。更因此一役，周边被迫害的国家没几个愿意给扶国好脸。

与臣子们谈论完之后，顾元白出了些汗，他抹去汗意，为自己日渐好转的身体不禁露出笑颜。

"田福生，沐浴。"

沐浴出来，天色已暗。十月的天已经寒意渐起，顾元白一身白袍，走出泉殿后，就见薛远蹲在泉殿两侧的细流之旁，不知在沉思什么。

细流中的水是泉池里放走的圣上的洗澡水，顾元白眉头一挑，唤道："薛远。"

薛远回头，看见顾元白后果然又愣了神。

圣上被他的神情逗笑，被水敷红的唇角勾起，眼波带笑，睨了薛远一眼："呆子。"

薛远脚底一滑，"扑通"一下掉落进了圣上的洗澡水里。

顾元白彻底压不住，哈哈大笑了起来。

他带着笑意回到了寝宫，宫人将床铺整理好。顾元白上了床，鼻尖是沐浴后的清香，他心中突然一动，叫住了准备退下的田福生："给朕点起熏香来。"

田福生讶然，自从被西尚国香迫害之后，圣上便对香料有些排斥，这可是自那之后，圣上第一次要点起熏香。

田福生忙去准备香料，特意准备了助眠的香，希望圣上今夜能睡个好觉。

香味袅袅，缓缓蔓延。

顾元白攥着被子，逐渐入了眠。

第二日早上，太阳高悬，顾元白才勉强睁开了双眼。他无力地眨了眨眼，动了一动，骨子里都是怠懒。

门被打开，薛远从外走进。他手里端着热水和巾帕，瞧见圣上醒来，准备伺候圣上更衣。

早上，御医已经等在殿外，顾元白拉起衣袖让他们把脉。

等到御医收了手后，薛远立刻上前，拿出帕子反复擦过顾元白的手腕。

薛远的手糙，手帕擦过两三次后，顾元白便皱着眉，低声道："疼。"

薛远丢了帕子，深深皱眉。那副样子，好像有人在他心口插了一刀似的。

顾元白心道：又在装了。

◆ 第二十一章 ◆

当晚，顾元白起了低烧，被迫用了药，躺在床上安歇。

三日后，顾元白才从床上起身。他被田福生暗中劝说了好几次："圣上，万不可过于劳累伤了身体。"

老太监不只如此，还故意当着薛远的面挤对他太过缠人，语中埋怨良多。顾元白没忍住，伏在案牍上笑得脊背微颤。

薛远站在一旁，冷硬的眼神扫过田福生。

又过了几日，顾元白收到了来自西尚皇帝的信。

如今西尚的皇帝，正是之前西尚的二皇子，那个被顾元白打断了一条腿的怯懦皇子。

李昂奕信中的口吻无奈："您写给孤父的那封信，着实是让孤那段时日寸步艰难。"

他自然没有说得如此直接，只不过细节之中便是这样的含义。整封信看完之后，顾元白的神情缓缓严肃，从中看出了西尚二皇子的诸多试探。

李昂奕已知晓了扶国和大恒的海战，打算出手了吗？

顾元白沉思了一晚，睡觉时也在想着西尚二皇子的事。

薛远看出来了："圣上同臣说说，谁惹您没心情了？臣这就去把他砍了。"

"那就多了，"顾元白指着他，"你就当数第一。"

薛远闭嘴了。

片刻的寂静之后，反倒是顾元白先开了口："朕在想西尚皇帝。"

薛远嗤笑一声："我记得，那个被我打断腿的二皇子。"

"是，"顾元白缓声道，"不久之后，西北与西尚交接之处必定会发生战争，那时，朕打算御驾亲征。"

薛远猛地心里一震。

顾元白抿了抿唇，侧头面对面地看着他，掰碎了跟薛远讲他为何决定御驾亲征："如今国内安稳，沿海之地的胜利终究离内地遥远，朕行反腐之事的时候，便曾想过用一场胜利来宣扬威势，地方的官员离皇帝远，皇帝的威严对他们来讲已经削弱良多。朕曾同你说过这一事，你那时同朕说，主将的威仪愈大，士卒才会信服，才会听话。"

薛远深吸了一口气，点头："是。"

"所以朕需要一场必赢的战争来威慑地方，来震撼西北。目前的震慑强度还是不够。"顾元白干净利落道，"对西尚一战的胜利，朕十拿九稳，既然如此，就更加不能放过这次御驾亲征的机会。"

"更何况，"顾元白顿了顿，压低了声音道，"西尚一战之后，朕便打算实行学派改革。只有御驾亲征回来，那些人才会在朕的胜利余威下胆怯，会害怕地不断退避朕。

"到了那时，学派改革便能趁此时机一举而成了。"

顾元白心中的章程一样一样地来，若是身体没办法得到诊治，那他自然不会选择御驾亲征，遥远的路途他都不一定能受得住。但现在一切都不同了，身体有办法活得更好更久，顾元白的野心跟着身体开始燃烧，他说着这些话时，眼睛之中都好似有亮光在跳。

"圣上，"薛远气音低低，"说好了的，您不管去哪儿，都得带上臣。"

顾元白嘴角不由勾起，带笑道："若是听话了，朕就带你去。"

当晚，薛远又做了一模一样的噩梦，梦醒后想到如今圣上已经放下了对自己的猜疑，梦中山崩地裂、泥尘飞扬之中的可怖场景缓缓散去。

十几日之后，西北军已从沿海水师之中回到了西北。前方也来了信，禀明西尚国内士卒聚首，恐要从后方进攻大恒。

顾元白在早朝上，坦然言明了他要御驾亲征。

朝堂哗然。

一个又一个大臣出来阻止，纷纷跪地恳求。下朝之后，大臣们更是接连不断地三三两两一伙，前往宣政殿劝谏。

可圣上去意已决，他无法将学派改革一事拿出来说服众人，便将其余的理由一一说出。如今已景平十年，快要到景平十一年了，大恒的皇帝两代未曾率兵亲征过，帝王的威仪逐渐被忽视，这样的机会，在顾元白眼中倍为难得，他不可能错过。

能说服的人都被圣上说服了，不能说服的人也无须强制说服，他们愿意退一步，但仍然担忧圣上安危。

顾元白不是听不进臣子们建议的人，臣子们忧虑他出事，即便顾元白有足够的信心，也要给臣子们留下一个安稳的保证。

过了两日，他从宗亲府中挑出了五个孩童入宫。

宗亲府隐隐约约地察觉到了什么，因此很是激动，反复叮嘱孩子要以圣上为尊，将圣上当作父母一般亲近尊重，要懂事要有礼，万不可耍小孩子脾气。

五个孩童被教训得心中胆怯，进宫面见顾元白的一路，更是头也不敢抬，生怕自己是不听话的那一个。

但圣上却和颜悦色，不只陪他们好好地在御花园中逛了一圈，还留他们用了晚膳，桌上都是适合孩子们食用的饭菜。

五个孩子逐渐放松，与圣上交谈时也露出了些活泼本性。待他们该出宫回去时，圣上又赏了他们许多东西，含笑看着他们离开。

孩子们抱着赏赐的东西，小脸红扑扑地牵着宫人的手离开，打从心底露出了欢喜神色。

宫人收拾碗筷，田福生给圣上送了一杯茶："圣上觉得这几位小公子如何？"

顾元白摇了摇头，叹了口气。

第二日，宗亲府中的另外五个孩童入了宫。这次顾元白早已等在御花园的凉亭之中，凉亭四面被围住，火盆燃起，暖如初春。

孩童们到达凉亭之外时，顾元白吃掉嘴里黏腻的花瓣："一日半袋，不可再多。"

薛远珍惜地数着花瓣，苦恼道："圣上，臣那里就剩三袋半的干花瓣了。"

顾元白一惊："朕给你晒了千百余株名花！"

薛远"啧"了一声："少了。"

外头的声音越来越近，顾元白让薛远出去。薛远掀起厚重的棉布，走出去后便与一个小童对上了目光。他剑眉一皱，觉得这孩子有几分熟悉，孩童瞧见薛远在看他，规规矩矩地行了礼。

奇了，宗亲府中的孩童都是皇族，应当只对占了侯爵之位的臣子或者皇族之中的人按辈分和职位高低行礼。薛远既不是皇族，也没有受爵，他挑挑眉，上前一步居高临下地看着这个孩子："你认得我？"

"将军班师回朝那日，我正好瞧见了，"小孩不急不缓地说着话，"将军英勇非常，惹人向往不已。"

他嘴上说着向往，表情却很平静，瞧起来不过五六岁，却已经可以脸不红心不跳地说着奉承话，着实是个人才。

而这孩童身上，隐隐能看出几分效仿圣上的影子。薛远勾唇，故意道："圣上也曾这么说过我。"

小孩猛地抬头，神情讶然，小心翼翼却又压不住激动道："圣上也同我一般这么夸赞将军了吗？"

"圣上也夸了我英勇非常，"薛远意味深长地道，"让我不要懈怠，再登高峰。"

孩童为自己和圣上说了一样的话而倍感雀跃，傻傻地笑了起来，随即板起了脸，又慢吞吞道："薛将军，正是如此，你要勇登高峰。"

这孩子可真是敬佩喜欢极了顾元白。

薛远觉得理所当然，顾元白那么好，一个小小的孩童崇敬他是自然的。这还不够，天下人都应该如此崇敬爱戴顾元白。

薛远让开了路，让这些宗亲府的孩童进了凉亭。

五个孩童一进来，圣上放下手中的书，朝着他们微微一笑："可受了冷？"

孩童们都憋红了脸，拘谨地摇了摇头。顾元白让他们上前来，几个人一一见过圣上，其中一个孩童叫了一声"皇叔"时，顾元白骤然一怔："朕是不是在哪里瞧见过你？"

一本正经的孩子朝顾元白行了礼，耳朵尖却已经红了："皇叔，侄儿曾在避暑行宫中见过您。"

顾元白想起来了。

他被薛远扶着到宛太妃的卧房门前时，那一堆宗亲府的孩童之中，有一个人倍为惊喜地叫了一声："皇叔来了！"

便是这个孩子。

顾元白想起了宛太妃，压下惆怅，笑意更温和了几分。他摸了摸这孩子的头："你叫什么？"

孩童竭力想要做出平静模样："皇叔，侄儿叫顾然。"

"顾然，"顾元白轻轻颔首，笑道，"好名字。"

◆ 第二十二章 ◆

顾元白要在宗亲中挑出一个孩子养在膝下，这个孩子的品行、年龄、面貌、八字，甚至能否活得长久都要考虑到。

顾元白审视了一个又一个的孩子，顺带去审视其背后的宗亲府。圣上从来不是好糊弄的人，若是打着贪婪恶心的想法，顾元白不介意再来一次血洗。

所幸之前黑甲禁军威逼宗亲府的一幕还给皇室宗亲们留了深入骨髓的恐惧，他们老老实实、安分守己地送了孩子来，再将孩子接走。

十日后，顾元白宣旨，招瑞王之孙顾然进宫暂居庆宫。

庆宫在大恒皇宫东侧，故称之为东宫。圣上只将顾然安置在东宫，却未曾给予明面上一字半句的承认，态度着实暧昧。

顾然进宫这日，瑞王将顾然叫到身前，瑞王府中的一大家端坐在正厅之中，听着瑞王苍老沉重的训斥。

"你进宫之后，唯独一点要谨记，"瑞王指了指顾然的父亲，"他不再是你父，我也不再是你祖父。若是你之后有福，幸得圣上眷顾，那便要受我等大礼。你亲近他，便屈身称呼他为一声'三叔'，称呼我为'瑞王爷'，然哥儿，可懂？"

顾然行了一礼，慢吞吞道："我懂的。"

"不只如此，"瑞王道，"待我身死，或是你生父母身死，你都不可守孝于前，那时，你便不是我瑞王府的人，只是宫中的人。无论瑞王府的人求你办何事、是何人求你，你都无须多做顾忌，也无须关照他们。若是有拿不定主意的时候，尽管去同圣上言明，请教如何行事。"

顾然忍不住露出一个小小的笑："圣上厉害。"

瑞王严正的面容稍缓，他也哈哈笑了："圣上正是因为厉害，我等才不可暗藏不恭之心。我们宗亲正是因为圣上的厉害才有今日这般安稳富贵的日子，卢风掌权时那样苟且偷生的日子难道真的有人忘记了吗？要是谁敢借然哥儿之事伸手到圣上面前，我必定不会轻饶他！"

瑞王倏地拍了拍桌子，沉闷声响忽起。

心中原本藏着小心思的人低下了头，肝胆一颤。

稍后，顾然的生父，瑞王的三儿子顾何亲自将儿子送出了府。

顾何向来觉得小儿子可有可无，平日里与顾然自然算不得熟悉，更遑论什么父子亲情。但他此刻却万分后悔，恨不得时光倒流回到从前，好与顾然亲近。将顾然送出门的一路上，他更是嘘寒问暖，到最后竟然哭了，涕泪横流，口口声声说舍不得顾然。

平日里对顾然冷嘲热讽的兄长们更是泪流满面，抽泣不断。

但他们遮掩在袖袍下的双眼，藏的分明是忌妒和恶毒。

顾然沉默不语，他年纪虽小，但看事却比一些成年人还要通透。瑞王府只要瑞王活着，便没人敢作妖，至于之后，若是顾然当真有幸被圣上养在膝下，瑞王府的事情，想必圣上都会为顾然处理得没有后顾之忧。

顾然这么确信着，无比地信任圣上。说起来虽是不孝，但顾然知道自己被圣上挑中之后，他心中便偷偷有雀跃之情升起。圣上在顾然眼中威严极了，这样的人竟然真的要成了他的父亲，只要一想之后或许会称呼圣上为"父皇"，顾然便忍不住羞赧和扭捏。

他压抑不住地激动开心。

顾然入宫时，圣上特意抽出了时间。他陪着顾然用了膳，去看了宫中供皇室孩子学习的弘文房，笑道："待明日，你便可与诸位兄长在此学习了。"

顾然的余光从圣上的衣袍处滑过，想要说些感恩的话，但又想起圣上先前同他说的"莫要拘谨"，眉头纠结，尚有儿童肥嫩的脸皱在了一块。

圣上轻笑了几声，弯身牵起顾然的手，摸了摸他的头顶，带着他悠然逛起了御花园。

顾然眼睛微微睁大，片刻后，脸已成了冒着热气的红苹果，看着圣上的眼神满是藏不住的崇仰。

但御花园才走了半圈，便飘落起了如柳絮般的雪花。

薛远拿起披风大步上前，将圣上严严实实地裹在披风之中，抬手挡在圣上头顶："快回去！"

雪片还未落在顾元白的身上，他已经如临大敌。

顾元白没忍住一笑，朝着田福生招了招手，接过老太监送上来的小披风，为顾然在脖间系好。

风起，雪花骤然变大。薛远"啧"了一声，便弯腰单手抱起了顾然，和圣上一起往宫殿里赶去："圣上，您能让臣少些担忧吗？"

他忍不住自得起来，低声道："要是没有我，你该怎么办啊？"

"没有你，还有王九遥、郑九遥、李九遥，"薛远的表情随着圣上的话越发阴沉，顾元白悠悠抽出手，披风被风雪吹得猎猎作响，他在披风遮掩下，像是在安抚即将暴起的雄狮，"但他们都没有你好。"

薛远腰背挺得更直。

晚膳后，顾然被宫侍带回了庆宫，顾元白从政务中抬起头，便见薛远和侍卫长正在外头对练。

薛远年轻气盛，他唇薄，鼻梁又高挺，单是从面相便能看出火气旺盛。张氏弟子一眼就能看出薛远是个内火强盛的人，事实也确实如此。

薛远会找些其他途径来发泄精力，早上打拳，中午耍刀，晚上和侍卫们对练，偶然去东翎卫中碾压那些精英，杀杀他们的劲头。

汗水湿了衣襟，身姿的线条越发漂亮，颀长和强悍，说的便是这样的身形。

顾元白走到宫殿外的廊道之中看着他们两人。侍卫们一半为侍卫长叫好，一半为薛远叫好，两个人你来我往，场面精彩绝伦。

薛远转身一瞧，正对上了廊下圣上的目光。

薛远扬唇，大把的力气从四肢窜进，他朝着圣上走去，最后愈走愈快，已经跑了起来，最后又猛地停在了廊道之外。

顾元白不由道："怎么不过来？"

薛远道："怕身上的寒气冲撞了圣上。"

顾元白抿了抿唇，低声道："快穿上衣裳，别受冷了。"

薛远接过厚衣穿好，终于踏进了廊道，缓缓走到了圣上的身旁。

大军未动，粮草先行。

在筹备粮草前往西北的时候，顾元白抽出了时间，特意牵着顾然，光明正大地出现在了孔奕林与米大人小女儿的喜宴之上。

孔奕林受宠若惊，当即起身在众人面前给圣上行了一个一丝不苟的大礼。

顾元白喝了敬酒，在米大人惊喜的眼神之中写下"天赐良缘"四个字，顾然依偎在圣上的身旁，看着这些字，没忍住笑了："父皇，您的字真好看。"

宴席上，围在圣上身边的臣子们听到"父皇"二字，面色骤然一惊。顾元白却不急不缓，悠悠道："一手好字瞧着便心中愉悦，然哥儿，你年岁尚小，但也要从这时起便勤为练习，才能写出满意的字，知晓了吗？"

顾然认真道："儿子谨记。"

不久后，顾元白便牵着顾然走出了孔府，孔奕林坚持要送圣上出府，顾元白瞧他一身红衣，打趣道："就把新娘子丢在那儿了？"

孔奕林微微一笑："臣得先来恭送圣上。"

"回去吧，"顾元白道，"再过几日大军便要直指西北，你要同朕前去，那时你与你妻子怕是新婚便要别离了。"

"臣是一定要同您去西北的，"孔奕林神色一正，"西尚皇帝登基后稳定国内大乱的第一件事，便是大举朝大恒发兵，他必定也需要一场胜仗来奠定威势。西尚皇帝御驾亲征一事重大，圣上便是再有全胜的把握，臣也得跟上去，至少也可帮着出谋划策。"

顾元白笑了："那你就好好珍惜这几日的时光。莫送了，回去吧。"

孔奕林在府门前停住脚步，看着圣上被薛大人扶上了马车。

他的心头微热。

千里马常有，而伯乐不常有。圣上对他有再造之恩，但孔奕林也没有想到，圣上竟然会亲临他的成亲宴席。

为这样的君主，死又何妨呢？

孔奕林带着笑走了回去。宴席上的人接连成群地向他敬酒，他们脸上的笑意更加真诚，比之前热情了许多。朝着米大人敬酒的人更是一个接着一个，个个大笑着夸赞米大人找了一个好贤婿，米大人严肃的面容已经笑得见牙不见眼，自谦称着："不敢当不敢当。"

圣上的亲临是一个高潮，顾元白自然也知道。他坐在马车上，衣袍搭在膝上，问着顾然："你可知为父为何要亲自前去孔卿家中贺喜？"

顾然想了想："儿子不知道想的是错还是对。"

顾元白鼓励道："说上一说。"

顾然慢慢地说了三点：一是彰显圣上爱臣；二是对孔大人看重；三则是趁此时机，暗示顾然已成为圣上养子。

顾元白挑了挑眉，待顾然说完之后，他摇了摇头："还有一些。"

顾然面上全然是疑惑："父皇？"

顾元白借此机会，细细地给他灌输帝王之道。

马车缓缓驶进了皇宫。外头驾着高头大马的薛远叹了口气。

身旁的侍卫有人奇怪道："薛大人，怎么凭空叹气？可是见到孔大人娶妻，你也心痒了？"

周围几人低低笑了起来。

他又沉重地叹了口气，看向侍卫们："我瞧着是不是憔悴极了？"

侍卫们齐齐摇了摇头："你看着不仅不憔悴，还精神十足。"

薛远眉头一压："行吧。"

薛大将军纠结着怎么让圣上少操心，圣上已经精神饱满、气宇轩昂地准备出征了。

月底，经过充足的战前准备，大军英姿勃发，经过各个将军操练的大恒士兵们身带杀气，知晓这次是跟随圣上亲征，更是一个个眼睛发亮，兴奋无比。

圣上祭拜祈福整整一日，第二日一早，便身着甲衣，高发束起，看着城外绵延百里的士兵。

这些士兵每一个人吃的都是顾元白给的粮食，穿的都是今年补上来的棉衣。他们人人孔武有力，看着圣上的眼神饱含敬仰。

顾元白在军中士兵们心中的地位无法言说，这一点顾元白也知道，挑选东翎卫时，禁军数万人看着他的热烈目光他到现在也未曾忘记。

以往都是主帅说出战前的誓词，但是这次，是由顾元白来说。

号角声和鼓声猛烈响起，急促的鼓点敲击得令人热血沸腾。百官站在圣上身后，看着对面士兵脸上颤抖的肌肉。

圣上走上前，将军和队伍之中的军官竖起耳朵，要及时将圣上的每一句话传往后方，确保让每一位士兵都能听到。

"将士们，"顾元白目光平静地看着战士，看着高空，"朕曾听闻田间老农的愿望，他想要耕种的每一株稻、黍，多一粒米。朕也曾问过身处破屋的匠人，他想要一块削木更快的锯齿。万民朴实，只要多一粒米、多块锯齿便可满足。朕之后又问了从战场上回来的士卒们，他们却同朕说，他们想活着。"

将军与军官们一句句地大喊着往后传话，这一句"想活着"转眼便响彻城外。

"朕也有一个愿望，"顾元白道，"朕现在就说与你们听，朕想要的是什么！

"朕想要一个人人衣食无忧的大恒，朕想要一个无人敢欺的大恒，愿饥饿、恐慌、死亡远离我大恒，愿我大恒子民因我大恒而骄傲，因我大恒而被外人敬仰。丹启、昌远、甘东、西尚，朕要你们在任何外敌面前抬起脊梁，做个铁骨铮铮的好儿郎！"

顾元白深吸一口气，目光灼灼："朕要胜利，朕要千军万马踏过，人人成为英雄！"

士兵们涨红了脸，青筋凸起，握着武器的手都在颤抖。

军官们高昂的声音一声声往后传着，士卒们被圣上的话煽动，他们眼底憋得红了，数百人、数万人逐渐喊出了一种声音："胜利！胜利！！胜利！！！"

在高声大喊之间，众人眼睛都饱含热泪。

大军直指西尚！

第四卷 御驾亲征

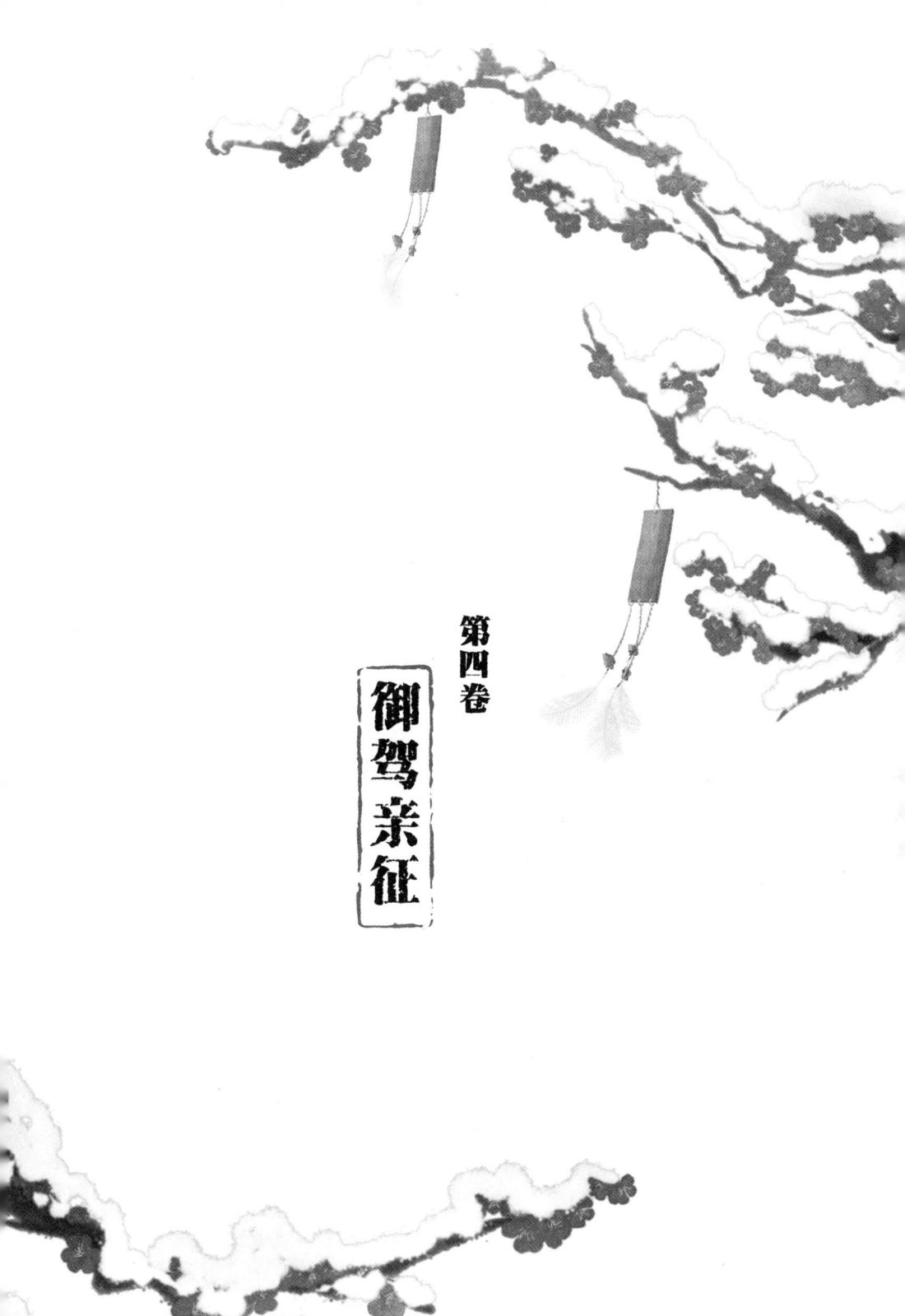

◆ 第二十三章 ◆

大军出征时，顾然没忍住，哭了。鼻头红红，这小大人一般的孩子一边打着嗝，一边竭力维持在父皇面前的形象："父皇，嗝，儿子等您回来。"

太可爱了。

顾元白故意忧愁地抿了抿唇："若是为父回不来了，然哥儿，你要担起为父身上的担子。"

顾然一愣，彻底忍不住，仰头号啕大哭了起来。

顾元白："咳……朕逗你玩儿呢。"

等安抚好养子之后，在百官含泪行礼之中，顾元白最后看了一眼威武辉煌的京城，毅然决然转身离开。

后方的夹道百姓人头攒动，手中挥舞着一个个平安符，着急地挤在一块儿："官爷官爷，我们求了平安符，能把平安符给圣上和将士们吗？"

路边拦着百姓的官差耐心道："不能拿过去。"

许老汉一家就在其中看着大军出去，嘴里不断念叨着"凯旋、凯旋"。他的婆娘和几个儿子儿媳都挤在这里，婆娘脸色红润，比去年胖了许多，不断拿着衣袖擦着眼泪。旁人有不知道的，上前安慰道："大娘，里头有你儿子啊？"

"里头有穿着我做的棉衣的儿郎！"许老汉的婆娘大声道，又擦了下眼角，"希望这些儿郎都能好好地跟着圣上回来。"

周围的几个今年也被朝廷召集做棉衣的女人双手合十求着神佛，不断喃喃："圣上一定要安康，都回来，全都好好地回来。"

路边的官差听得多了，忍不住说道："你们不去关心庄稼，也不去关心今儿个中午吃什么，怎么都在这儿关心士兵来了？"

几个婆娘瞪了他一眼，人群中的爷们儿喊道："你吃着官家的饭，怎么能说这种话！"

官差只是好奇一问，顿时便人人喊打，他狼狈地转过了头，一看，左右同僚都皱眉看着他，神色不善。

他讪讪一笑,回头一看,大军渐渐看不见影了。

北风呼啸,二十日之后,十万大军在西北边界处安营扎寨。

主帅是骠骑将军张虎成,到达地方之后,张虎成前来同圣上请示,随即便安排人下去挖战壕、垒高城墙,做好战前准备。

西北的城墙数座,顾元白在城墙之上俯瞰万里时,才恍然想起,原著之中西尚不就是从西北处攻占了大恒的五六座城池吗?

而现在,一切都已经变了。

这场战斗的目的不是为了战胜西尚,而是一举占领西尚。冬日的恶劣环境让后续运送军需和粮食的后勤线压力倍增,任何一个环节都不能出现问题,后方的人要确保前线的军需补给安全。

而留在后方的人,都是顾元白极其信任的人。

顾元白认为这次战斗的最大敌人,已经不是西尚,而是西北的恶劣环境和后勤补充。

稍后,薛远带着侦察兵前去探察地势,将探察结果上禀,将领和参谋们依据地势进行攻占推演,将与西尚战役中会发生的各种情况进行了不同的应对准备。

孔奕林话少,但眼神极为尖利,每次一出口便直戳要害。

顾元白的将领们,经过这两年来接连不断的胜利已经积攒了足够的自信和战意,他们信任自己的能力,信任自己的士兵和后方战线。顾元白担心骄兵必败,但看完他们的状态之后,最后这一点担忧也彻底落回了肚子里。

他的将领们都保持了理智和清醒,要的是脚踏实地的胜利。

西北黄沙漫天,城墙都是泥沙的颜色。冬日寒冷,以防士兵们受了风寒,军中日日都会督促人马轮流烧热水,卫生一定要干净,每日都要用热水洗手、洗脸和洗脚,火头兵供姜汤,士兵们每日都要喝上一碗热乎乎的姜汤。

士兵们开始还嫌麻烦,但等知道圣上会时不时带着将领来到他们营帐巡视时,便着急忙慌地开始抢着热水洗脚。

总不能臭着圣上吧?

顾元白不知道他们的小心思,他亲切温和地巡察了几个大营,从营帐里面出来时,狠狠吸了几口新鲜空气。

薛远在一旁，还有些纳闷地道："这群兔崽子还知道干净了，味儿都轻了不少。"

顾元白揉了揉鼻子。

这叫味儿轻？那以前得是多重？

顾元白一想，也有可能是他的鼻子现在太过娇贵的问题。他多吸了几口没臭味的空气，道："染病一事重中之重，一定要万分注意！白日将营帐通风，姜汤每日不可断。吩咐下去，让每一个伍长对手下士兵多加督促，一旦有了热病或是风寒，即刻送往军医处诊治。"

骠骑将军与中郎将等人齐声应道："是！"

顾元白还未说完："朕使万民为西北战士缝制衣物时，也使其缝制了数万布囊，布囊之中已放有含止血疗伤之用的药物，明日便将这些布囊下发，上到主帅，下到士卒，都要将其牢牢系于腰间，万不可丢失。"

张虎成与诸位将领面色一肃，沉声道："臣明日亲自监督其发放。"

顾元白颔首，往回程的方向走去："张卿，你与诸位将领论起作战，要比朕有本事得多。朕只熟读了几本兵书，排兵布阵确实不可。你只管放心大胆地去做，攻防推演，众人一心才能查漏补缺。"

张虎成有些诚惶诚恐："圣上无论文治还是武功皆是战果累累，臣惶恐，望圣上莫要再说这话。"

顾元白失笑，思虑片刻，问："你可知道薛平将军之子薛九遥？"

张虎成乐了："臣和薛老将军以往曾一同出战，薛九遥小小年纪便入了军营之中，臣自然知道。"

薛远闷声咳了几声。

张虎成看向他，感慨良多："远哥儿如今都已比老臣高壮了，臣即便与边关相隔百里，也曾听闻薛九遥的名声。待我等老将百年之后，武将也是后继有人了。"

顾元白闻言，回首看看薛远。他确实比这些将领还要高大了。盔甲加身，眉眼锐利，将领们该有的成熟模样他有，将领们逐渐失去的强健体魄和攻击侵略的欲望，在他身上也浓稠入骨。

将领们因着张虎成这话感触良多，三三两两地交谈了起来。

周围的将领中忽然有人问道:"圣上,您觉得怎样?"

话音刚落,周围巡逻的士兵们就亮起了火把,在火光之中,圣上的面色好像透了层朦胧的薄红:"甚好。"

将领无人察觉,也跟着笑:"军中的防备措施一项项做下来,臣等也觉得好。"

顾元白沉吟着点点头,一副镇定的模样。

"薛九遥要学的东西还有很多,"顾元白接着刚才的话说,"但他有将帅之才,天赋异禀。无论是剿匪、镇压反叛军,还是边关战事,都能从中看出一二。朕将他交予你,作战之事你可随意派遣他,让他也好跟着你磨炼一番。"

张虎成苦笑道:"先不说臣能教给薛九遥什么,单单是西尚战役,臣曾问过他是何想法,但远哥儿却说他只保护在圣上身边,作战一事,不要来找他。"

顾元白一愣,抬头看着薛远。

薛远面色不变,好似没有听到张虎成的话。

"这等建功立业的机会,旁人都是抢着上,薛九遥平日里在战场上也是冲锋陷阵最狠的那一个,谁也拦不住他,他能说出这些话,臣都觉得讶然。"张虎成摇头,"他说立功的机会以后多的是,不急这次。"

顾元白慢吞吞地应了一声:"嗯。"

用脚想,都能知道薛远是为了谁。

他佯装不经意地往旁边一看。

薛远垂眼,静静地看着他。

嗜血嗜战的人为了一个人放弃军功,看着其他人上阵杀敌的时候宁愿待在顾元白身边保护。

真是……心绪复杂。

晚上,太监送来热水。顾元白擦过手、脸,简单地擦了身子,坐在床边泡着脚。

薛远进来伸手试了试水温:"有点凉了,我再去端些热水来。"

帐门扬起放下,薛远很快回来,他蹲下身将圣上的脚从水桶里拿出。他单手倒着热水,觉得水温差不多便停下,用手轻拨清水:"我的手比以往粗了些,只觉得水温尚好,你试一试?"

顾元白觉得不错："可以。"

薛远皱眉："圣上好像瘦了。"

"一连喝了好久的药，受了好久的针灸，"顾元白安抚道，"瘦了不奇怪。"

薛远叹了口气："再瘦就没肉了。"

"你应当去看一看太医院的那些御医，"顾元白扬唇笑了，"他们从未行过如此远的路程，又担惊受怕于朕的身体，这一路来，人人都瘦了一圈。"

薛远敷衍地应了一声："让火头兵给他们多做些饭菜。"

"火头兵的手艺还可以，"顾元白道，"料子放足了，什么都有味。"

"你不能这么吃，"薛远不允，"我早就问过了御医，谁都能这么吃，你不能这么吃。"

顾元白："总不能在西北还如在京城那般讲究。远哥儿，再加些热水。"

薛远加了热水，忽地上前一探："叫九遥君。"

◇◆ 第二十四章 ◆◇

顾元白轻飘飘一个眼神看过去，薛九遥脸色便骤然一变："白爷，好白爷，我说着玩的。"

顾元白嘴角一弯："朕还没说什么，你怎么就认错了？"

薛远轻咳一声："胆子变小了。"

说完，他端着木桶出去了。

薛远说话当真是不打草稿，谁的胆子小，薛远的胆子也不可能小。

顾元白躺在床上，脑中一会儿是百万里的黄沙漫天，一会儿是火把星星点点，城墙高大，沟壑通达，一会儿又想，薛远若是看着别人立功，自己却两手空空，他会后悔吗？

次日，西北竟然下起了大雪。

主将的营帐之中，顾元白和将领看着外头的大雪，人人神色凝重非常。

派发布囊的将领积雪重重地回到营帐："圣上，将军，前方来报，西尚大军已驻扎在我军一百里之外。"

"一百里。"顾元白喃喃，眉间染上寒霜。

谋臣和将领们已在沙盘上将西尚大军位置点出，一个时辰后，侦察军回报，将更为详细的消息上禀。

西尚大军同样号称十万战士，但除去后勤人马和炊事兵等不能参与战争的士兵，将领们确信其作战的人不到五万。

西尚国情和大恒不同，光是先前西尚皇帝登基，西尚便混乱成了一团。李昂奕的国香源头一断，国内政敌之中已吸食香料成瘾的人不用他动手便会痛苦致死。

他们国内如此，后勤军需必然紧张。说不定此次行军中所用的钱财，便是李昂奕私自掏的自家库存。

敌我双方差距过大，战线拉得越长越是对大恒的损耗。众位将领想法一致，出击，主动攻上前。

顾元白颔首同意。

可接下来，大雪却连绵下了数十日。

这大雪下得人眼睛跟着一片茫茫，每日一份的姜汤也转为了两份。还好战前的准备充足，粮草堆满数个粮仓，大恒人穿着保暖的棉衣，心中安稳，无法察觉将领心中的着急。

顾元白一整日无所事事，时不时就起身去看外头的大雪是否停了。到了夜间，薛远怕他憋出个好歹，硬是给他披上狐裘大衣，戴上皮质手套和绒帽，带着他走出了营帐。

雪日夜不停，顾元白身上沉重，一步一个脚印。狐裘细毛随风雪飘舞，白色点雪如棉絮，纵然它连绵十几日已耽误不少粮食，但夜中看雪，雪只会更加美妙无辜。

顾元白鼻尖红红，垂眸，小心地在雪中稳住身子。

薛远看着他，十分担心，但下一刻，他的神色便缓缓收敛，眉头竖起，脸侧的发丝随风而起。

风向骤变，混乱无序。

脚边有黑影窜去,薛远火把一放,是几只慌忙逃窜的老鼠。

他原地站了片刻,不知在想些什么,忽地拉住顾元白,转身回去。

顾元白抓着他的衣袖:"怎么?"

"今晚恐有暴雪,"薛远抬头看了一眼黑蒙蒙的天空,若有所思,"有些不对。"

顾元白当机立断:"立刻唤人来!"

主帐的灯光亮了一夜,即便薛远只是说有下暴雪的可能,但顾元白觉得不能抱有侥幸心理。士兵被叫起,响动逐渐变大,奔跑声和呼喊声顿起,火把四处飞快窜过。

神经紧绷的一夜过去,第二天早上,大雪却停了。

这本应该是大好事,人人都在欢喜雀跃。但薛远却看着闪着白光的雪地默不作声。

张虎成将军连续数日的着急神情终于放下,他哈哈大笑地拍着薛远的肩膀:"远哥儿,昨夜你可想错了!"

薛远鼻音漫不经心:"嗯。"

张虎成见他还在看着门外景象,跟着看去:"那里有什么?"

"没什么,"薛远呼出一口浊气,眼皮一抬,天上的太阳灼灼,"这样的好天气,西尚大军应当也要动起来了。"

张虎成将手缓缓背到身后,眼中精光闪闪:"双方交战的这一日,终于要来了。"

数十日的连绵大雪,同样将西尚逼到退无可退的地步。在晴空当顶的第二日,西尚便排兵布阵,号角、大鼓响起,大军踏着沉重的脚步往西北城墙而去。

西尚士兵号称军纪规整,主帅不说撤退便绝不会有士兵溃逃。但比起大恒,西尚的后勤便是一大弱处,这场大雪已将西尚逼到退无可退的地步,他们只能赢,不能败。

李昂奕身披盔甲,带领五万士兵踩过厚雪和黄沙。身边的统帅说道:"陛下,前方大恒的旗帜已经竖起来了。"

李昂奕定睛一看,远处有一方旗帜正随风飘扬,上方一个"恒"字清清楚楚,直冲入眼底。

他眼中一闪："记住，孤要佯败，诱大恒士兵深入后方。"

统帅恭敬道："是。"

"大恒士兵号称十万，但从京城到达西北之地，路途遥远，又天降大雪，他们的军粮消耗必定超出想象，"李昂奕道，"即便不能攻占西北的城池，也要将其粮食耗尽，使其陷入进退两难之地。"

"大恒去年才发生蝗灾，前不久又与扶国开战，"统帅沉吟，"便是大恒退兵，其国内也粮仓空虚，恐怕会饥荒四起，百姓陷入暴乱之中。"

李昂奕笑了："这正是孤所希望看到的局面。"

大恒士兵却和西尚皇帝想象之中的模样有着天差地别。

他们这些时日照样吃得饱、穿得暖，浑身都是力气，闲下来的数日已经快要闲出毛病了。此刻听闻终于开战，个个眼冒绿光，凶悍地要直扑敌人。

张虎成将军整队完毕，看着己方杀气腾腾的将领和士兵，胸腔之中的热血开始沸腾。士兵有这样的状态，又何须害怕拿不下胜利？

"将军！"身边的将领豪气万千，"前些日子沿海水师可是出了天大的风头，这会儿总算是轮到我们了！看我拿下西尚统帅头颅立功！"

当即有人不满道："别抢我人头！"

张虎成仰天长笑，精神抖擞："那我就看你们谁能抢到头功！"

两方大军对峙时，在后方营帐之中，薛远的眼皮却跳个不停。

顾元白瞧出了他的不对："薛远？"

薛远深吸一口气，将圣上拉起："我们出去。"

顾元白一路被他拽着走，皱眉问："去哪儿？"

"我也不知道，"薛远无神道，"先跑。"

顾元白正要让他停下，不远处看守水井的士兵却惊声叫道："这水怎么混浊了？"

薛远突地停住脚，大步往水井迈去，低头往水中一看，昨日清晨还清澈的水已然混着泥沙混浊成了一片。薛远沉沉看了片刻，飞快往马厩奔去。

还未到达马厩，途中所遇见的牛羊都已焦躁无比地挣扎了起来。看守的士兵满头大汗，手足无措地看着嚎叫不停的牛羊。

如此场面，看得顾元白眉心一跳。

薛远额上已冒出汗珠，他吹了声响亮的口哨，高喝："红云！烈风！"

顾元白被他的声音震得双耳欲聋，薛远脖子上的青筋都已偾张。远处的马厩之中，两匹颇通人性的千里马仰头嘶吼出声，硬是撞开了木门往薛远所在之处奔来。

顾元白的心突然开始狂跳。

然而千里马还未到达眼前，薛远就忽地蹲下身，将手掌放在地面之上。

顾元白屏住呼吸，正要学着他的样子去碰触地面，却蓦然一僵，盯着地上开始颤动的石粒。肉眼可见，黄沙开始在地面跳动。

是什么？

薛远猛地起身拉着顾元白就跑，冷风如刀割在顾元白的脸上，身后不远处的马厩轰然倒塌，雪泥扬起，又重重砸落在地。

顾元白瞳孔紧缩，他看着那一个个呆愣在原地的士兵，用尽了全身力气喊道："跑到空旷之地！快跑！"

话音刚落，地动山摇，山岳怒吼，城墙化作巨石滚落，白雪成了污浊的脏色，顷刻间黄沙漫天，沙土凹陷，地面裂缝乍然裂开数米，牛羊嚎叫，与战马惊恐地陷入裂缝之中。

轰然之声响彻整个耳朵。

是地震。

地震来了！

◆ 第二十五章 ◆

这一场地震来得突然，连绵百里，吞噬了大恒和西尚两方的大军。

周围的惨叫声、呼救声同巨石滚落，侍卫和东翎卫，还有许许多多的普通士兵在向顾元白冲来。

未曾受到波及的人勉强站稳，肝胆俱颤："保护圣上！！"

"圣上！"

顾元白被薛远护着。

所有的声音开始虚化，耳旁听到的，只有一沉再沉的呼吸声。

陷落到裂缝中的士兵，被飞滚的巨石砸在身上的士兵，被埋进雪里窒息的士兵——

每一个都是顾元白的心血。

他的双目逐渐漫上红丝，却知道这个时候最重要的就是保证自己活下去。

越来越多的人朝着顾元白跑来，嘶吼道："圣上在这儿！！"

他们越过裂缝，却被巨石挡住。越过石头，又塌陷一方。御前侍卫们和东翎卫的精英们面色狰狞，只想赶快到达圣上的身边。

但他们自保也难。

顾元白抬眸往远处一看，天已经变得阴沉，粮仓倒塌，粮食被压在废墟之下。

薛远的呼吸声越来越重。

还好这里没有雪山。

"你不能死，薛远，"顾元白头脑闷闷，不断喃喃，"你同朕都不能死。"

薛远的脚步迈得飞快，即便换着顾元白也未曾落下步子。身后落下的人咬着牙叫："薛九遥，保护好圣上！"

不用他们说，薛远就会这么做。就像此刻，他的手臂已然绷如硬石，泛着用尽全身力道的血红色。

山崩地裂，尘土飞扬。先前做过的噩梦之中，顾元白就迷失在这样的场景之中。

而今天，梦变为了现实。

薛远牙咬紧牙关："我不死，更不会让你死。"

城门倒塌，守卫城门的士兵已成了巨石下的尸体。薛远换了一条路，可未过几秒，就听一声闷响，脚下地面突然凹陷。薛远身体扭曲，硬生生地转过身躲过如深渊般的裂缝，却平衡不稳，重重摔倒在了地上。

顾元白被他带倒在黄沙雪地之上，瞳孔骤然紧缩。

泥墙倒塌，从天而落！

墙面越来越近，薛远倏地往前一扑，完完全全地把顾元白罩在他的身体之下。

轰然一声，泥墙摔落身旁，瞬息坍塌在两人身上。

薛远闷哼一声，撑在两侧的手臂猛地一松，他重重压在了顾元白的身上。

顾元白在尘土飞扬的黑暗之中声音也跟着发抖："薛远，你怎么样？"

薛远的手指动了几下，血沫味浓重，顾元白呼吸一窒，大脑几近空白："薛九遥，你不能死。"

"喀，"薛远的声音含混响起，"还没……死。"

粗重的声音，一张口顾元白就闻到了浓重的血腥味，顾元白仓促扯扯唇，勉强理智地着急去探寻薛远的鼻腔，粗重的呼吸和稠黏的血液沾了一手。

薛远受伤了。

顾元白强迫自己冷静下来，他想要去看看薛远伤在了哪里，可身上的重量让他无法动弹，甚至让他开始呼吸困难。又是一声巨响，碎石跟着压下，薛远整个人都已砸在顾元白的身上。

顾元白喉间漫上血腥。

他咬着牙，咽下血味，低声叫着薛远。空气稀薄，刚刚还能应声的薛远现在却连声都不吭。顾元白一声比一声急，颤着道："薛九遥——！"

薛远猛地咳嗽了起来。

在这种时候，这几声咳嗽听在顾元白的耳朵里就好像是天籁。顾元白的眼睛忽地湿润，低声道："别死。"

薛九遥不能死。

顾元白的手往腰间探去，一点一点去够自己腰间的布囊。

布囊中有药。

顾元白以为自己很冷静，衣衫皱起，好似成了重峦叠嶂，那个布囊应该很近，但在"重峦叠嶂"之间，藏在了不知道哪座深山中。

找不到，摸不着。

他的手指痉挛，却有什么温热的东西一滴滴落到了脸上，从脸滑到鬓角，拉出一道血色的痕迹。

顾元白的心猛地揪起，胸腔之中沉重得仿若已经没了可供呼吸的氧气，他想要取笑地问薛九遥是不是哭了，可声音却发紧："薛九遥。"

没人应声。

"薛九遥，"顾元白艰难地发出声音，气息微弱，"出声。"

薛九遥是男主角。

天之骄子。

不会死的。顾元白死了他也不会死。薛九遥不说话只是因为他晕倒了。顾元白更应该在这个时候想办法出去，不能急，人还有救，得赶紧救人。

手着急地摩挲衣衫中的布囊。突然有人呼喊："圣上！"

外头遥远的声音忽近忽远，顷刻间到达了坍塌处之外。薛远好像被这个声音惊醒，嘴唇动了动，气音低弱，下意识地叫道："顾敛。"

顾元白"唰"的一下，眼泪冲刷掉脸上属于薛九遥的那些血痕。

"嗯。"

声音带着颤，薛远压低声音，破碎的语调混着虚弱："别哭。"

侍卫们开始挖废墟，着急忙慌地搬动着外层的石块。很快，一丝光亮逐渐变大，顾元白不适地眨眨眼，侍卫们跪在地上，脑袋往石头块底下探。

他们看到顾元白之后，眼圈顿时红了，更加奋力地挖着石块，不久，顾元白面前的石头块就被清理干净。

震感不见了，地震应该过去了，但还是会有余震。顾元白和薛远需要在余震之前逃离这个废墟。

侍卫朝着圣上奋力伸手，可薛远身上还压着一大块无法搬动的泥墙，他连同泥墙压在顾元白的身上，顾元白根本无法动弹片刻。

顾元白的呼吸声越来越弱。

薛远知道，没时间了。

若是先把他身上的东西移走，顾元白的身体弱，或许会在这过程之中先被薛远和薛远身上的这些石头块压死。

他的小皇帝承受不住这些重量。

薛远眨眨眼，眼角一滴血珠落在顾元白的眼睛上。顾元白下意识地闭上了眼，薛远呼出一口浊气，手指用力，混着泥沙、鲜血的厚雪从指缝中压出。他咽下血水，看向那些侍卫："你们抬起石块，我撑起来。你，趁机将圣上拽出去。"

对上他眼睛的侍卫红着眼眶点头。

薛远低头，顾元白的脸，已经被压得惨白了。

周围的人围住了泥墙，带血带伤的手撑起泥墙，只等着里外合力一起将圣上救出。

薛远脊背绷起，他要用力。

顾元白大脑缺氧，他下意识道："不……"

不能，不。

薛远深呼吸一口气，无力的双臂再次撑起，血水从臂膀下滑，肌肉鼓胀。

必须起来，薛远，你必须撑起来。

否则小皇帝，就要被你压死了。

他会窒息而死。

薛远用力，再用些力。泥墙发出咯吱摩擦的恐怖声响，外头的人憋红了脸使劲搬起泥墙，薛远的臂膀逐渐打直，巨大的重量压在他的背上，空隙一点一点变大，终于让顾元白有了喘息的空间。

前头的侍卫及时伸出手，拽着圣上的衣衫便将圣上从挖出的洞口拽了出来，清冷的雪气扑面而来，血腥味被扫开，尘土飘扬。顾元白却睁大了眼。

他匆匆往后去看，薛远撑着手臂，不知是血水还是汗水，从脸侧凝成珠子，陡然滴落在泥地之上。

"薛远！！"

薛远失力摔倒，少了他的支撑，外头的侍卫猝不及防之下就要被泥墙带倒，在顾元白眼睁睁的注视中，那些石头块和泥墙，几乎又要砸落在薛远的身上。

眨眼之间，时间都好似放慢了。

心跳几乎停止，风吹的声音如雷鸣般鼓噪，顾元白伸出手，手臂抬起的速度都慢极了。

这样慢的速度，怎么能救薛九遥？

不！

忽的一下，面前有红影闪过，一身棕红的千里马奔过，极快地探进头咬住薛远的衣衫，带着他转瞬从石块下跑出。

下一刻便轰然一声，泥墙摔落在地。

顾元白看着被红云拽在嘴里拉出石块堆的薛远，心脏重新开始跳动。他们躺在地上，侍卫们大口喘着气，高呼："圣上在这儿！圣上无事！"

顾元白手脚无力，没法起身去看一看薛远如何，但已经有侍卫跑了过去，大声喊着："薛将军还醒着，快来人！"

余光中，太医院的御医正满脸热泪地在士兵保护下跌跌撞撞地跑来。

"红云，好样的，"顾元白闭了闭眼，咧嘴笑了，"好样的。"

千里马仰天嘶吼一声，走到顾元白的身边，低头舔了舔顾元白脸上的血迹和泪水痕迹。

"朕感谢你，"顾元白缓了缓力气，勉强抬起手，摸着红云的头，认真地道，"朕感谢你救了薛九遥。"

天灾人祸，顾元白由衷庆幸自己和薛九遥还活着。可到处断壁残垣，又让这样的庆幸掺杂了悲戚。

活着的、可以行动的士兵们，都往圣上的方向赶来。他们的神色茫然，无助地寻着主心骨。

圣上就是这个主心骨。

顾元白知道自己要立即站起来，去安稳人心，占据地震后的绝对优势。

他最后摸了一把红云的头，还活着的御医颤抖着跪在了顾元白的身前，顾元白对他们道："朕没有受伤。"

薛远将他保护得极好，除了那短暂的窒息，没有让他受到任何的伤害。

顾元白沉默地指了指薛远："去看看他。"

他则坐在原地，看着御医诊治薛远。

薛远身边围着一层又一层的人，顾元白的身边也都是人。他看不见薛远，薛远也看不见他。

顾元白一直没有说话，直到御医转回来跟顾元白说了一句"圣上放心"后，顾元白才收回了视线，在旁人搀扶之下缓缓站了起来。

眼睛一转，入目便是一张张脏污的脸。

这些脸的神情或是害怕，或是空白，绝望和血腥在周身环绕。人人都看着顾元白。这些是大恒的士兵，是为顾元白卖命的人。

"将士们，"顾元白咳了一声，忍下嗓间的疼痛，"你们摸一摸腰间的布囊，那里救命的药物还在不在你们的身上？"

士卒们伸手摸到了腰间，参差不齐地道："在！"

"还在身上！"

"朕无比庆幸，朕准备了这些布囊，让你们将其带在了身上。"顾元白一字一顿，"死去的那些士兵是你们的战友，是大恒的战士，他们在天灾中死去，活着的你们，还有朕，不能就这样白白地陷入惶恐之中！我们要带着他们的遗愿，去更加坚毅地活下去，活着回京城，活着去见你们的亲人与好友！"

士兵们攥紧了手，已经有人发出了抽泣之声。

"人祸可免，天灾难防，"顾元白指着天，激烈的情绪让他的指尖颤抖，"但如此天灾也不能使我大恒折服！我们有药！我们有粮！你们转头看看，那些粮仓的石块之下是什么？是足够让天灾无法奈何我们的口粮！"

士兵们转过头，疮痍之间，粮仓已经坍塌，但石头块压不坏粮食，只要将废墟清理，粮食都还在。

顾元白道："我们不只有这些。"

士兵们回过头看着圣上，眼睛开始有神，开始发亮。

"我们还有大恒，还有绵绵不绝、数之不尽从后方往前线送的粮，"顾元白铿锵有力道，"朕问你们，这些够是不够？！"

人群之中的将领率先挥臂，泪流满面地吼道："够了！"

士兵们被这一声带动，他们开始挥手，也一声声用命喊着："够了！够了！"

他们喊着喊着，便浑身颤抖，泪水夺眶而出。

顾元白的眼睛再次湿润了起来，他等人群情绪缓和下来之后，才掷地有声道："诸将领，上前一步！"

驻守在营中的将领们走出。

"未受伤的士卒由你们统帅，分为五方人马行动：其一，跟随军医对受伤士兵进行救治包扎；其二，去清理废墟，尽可能地救出遇害之人；其三，挖出粮食和水井，去牲畜圈巡查活着的马、牛、羊等牲畜；其四，记下死去士兵姓名、籍贯，找到尸首后烧火掩埋；其五，去废墟之中找出尚且有用之物，小到士卒的锅碗瓢盆，尽数放于空地之上。火头兵听令，震后用水必要煮沸，不可心存侥幸。"

将领们抱拳："末将领命！"

士卒一个个行动起来，军医和太医院的御医忙成一团。临时的救灾营帐搭起，伤员一个个被送入营帐之中，装满药材的车辆最先被找出，全部运送到营帐之外。

人来人往之间匆忙却有序，顾元白在营帐之中送去一个将领又迎来另一个将领。侍卫和东翎卫的人早已被他派出去探查两军交锋情况和西尚驻扎地情况，待他们前来回报消息的时候，才知道西尚后方还有一队数量两万以上的人马埋伏在断壁之上，他们原本想要诱大恒士兵深入，却在地震和雪崩之中死伤惨重。

西北平原之地，他们偏偏选了一处断壁残崖之上埋伏，可谓惨上加惨。

地震不分敌我，无情的天灾不会偏向于任何一个人。但至少，大恒士兵们的身上比西尚人多了一布囊的药。

他们只要躲过去了，就多一分活下来的希望。

张虎成带着颓靡的大军回来，见到圣上之后，他心中的惶恐终于安定，双腿一软，跪在圣上面前痛哭流涕。

跟随张虎成回来的将领们同样跪了一片，号啕不止。

后方的士兵一一跪下，黑压压成了一片。他们的哭声震天，既是在哭死去的人，也是在哭心中的恐惧。

顾元白看着黑沉的天，看着凄惨的断壁残垣，仰头忍住了泪，而后道："都给朕起来！"

"朕同你们说过的话你们都忘了吗？"顾元白道，"朕要你们在一切外敌面前，给朕挺起脊梁，做个铁骨铮铮的好儿郎！"

"天灾已停，你们在地震面前难道甘愿就此认输吗？"顾元白眼中闪着星星之火，"给朕站起来，谁胜谁败，现在还未可知。"

震后两个时辰，侦察军回报："圣上，西尚皇帝李昂奕不知所终。"

震后三个时辰，东翎卫趁夜踏上回程，他们带回来了一个满面鲜血的人。这人勉强在灯光下睁开了眼，看见了顾元白之后，苦笑两声道："未曾想到再见到您，是在这样的场景之下。"

◆ 第二十六章 ◆

来人是西尚皇帝。

顾元白看了他半响，才勾起唇角，露出一个冷漠的笑来。李昂奕抹了把头顶的鲜血，轻叹口气："还请您看在孤这副模样的分儿上，派个军医给我疗个伤。"

顾元白道："来人。"

两刻钟后，李昂奕头上的伤已简单包扎完毕。东翎卫是在战场上发现的李昂奕，彼时，他正被压在一骏马尸首之下，与裂缝深渊不过一臂之距。

营帐之中的烛光被冷风吹拂晃动，在两国皇帝的脸上映出阴暗不明的光影。

李昂奕不用多想便能知道这个营帐门前会有多少兵马驻守，千万人防守他一人，哪怕李昂奕有三头六臂，也逃不出这大恒军营。

他又叹了口气，索性放松下来，靠在椅子上，如久别重逢的好友那般看着顾元白："您看起来倒是没受什么伤。"

顾元白整了整衣袍，闻言眼皮一撩，似笑非笑："确实要比你好上一些。"

"天命难测。"李昂奕眼中露出些无可奈何的神色，他无神了片刻，突然道，"今夜月色不错，不如一同出去走一走？"

营帐之中的护卫精神紧绷，握上了腰间佩刀。

顾元白直接起身："走吧。"

月色当空，大恒军营却还未陷入沉睡，执着火把的士兵四处巡逻，救灾条理，井然有序。

李昂奕看了眼高悬的明月，悠悠道："天灾大难之后，月光却还如此皎洁，当真是无情。地龙翻身来得也太过突然，偏偏是在你我御驾亲征时降下，听起来倒是有几分鬼神之罚的意味。"

顾元白迈过碎石，语调缓缓："你不信？"

"孤信，"李昂奕偏过头，深深看着顾元白，"孤信极了。"

顾元白双眼一眯。

"在孤去大恒之前，您或许就听闻过孤'命硬'的说法，"李昂奕微微一笑，透着几分暗讽，在唇舌间把玩着这个词，"命硬，听着真让孤难受。"

顾元白没有说话，李昂奕也没有想让他应和的想法，只是如喃喃自语般，轻声说着自己想说的话："您或许不知道，孤是在茅房中出生的。孤的母亲身份低贱，偏偏却好运地一次便怀上了龙种。她生怕有人毁了她的通天路，每日躲在茅房之中吃，躲在茅房之中喝，就这样，在她胆战心惊的躲避之下，后宫的那些蛇蝎竟然当真没有发现她。"

"但一个低贱的宫女躲着宫中嫔妃诞下低贱的二皇子，让人觉得她不懂事得该死，"李昂奕唏嘘，薄情冷漠的模样好似话中的那个人不是他的生母一般，"野心大过了能力，行事又这般恶心，她不死又谁死？

"在茅房中混着血和臭味的二皇子，也实在该死。"

"因为他太脏了。"李昂奕道。

顾元白淡淡道："你的母妃如今却被你追封为了太后。"

李昂奕笑了："因为她有一个命硬的好儿子。"

"您别急，孤的话还没说完，"李昂奕双手放在身前，微鬈的黑发被血液凝结成了块，"孤自小长到大，日子实在是过得艰难。百姓愁一日三餐，愁子孙温饱，孤也跟着愁饭食，愁活命。单说这双手，"他拿起手在顾元白面前一晃而过，"这双手，曾被宫中娘娘踩在脚底下。因她觉得石子硌脚，便让孤拿手给她铺着路。那条石子路不长，可当时年纪小，便以为走不到尽头。孤尚且还记得那时的场景，孤趴在地上，像条狗一样，待宫中娘娘抬起后面的脚，孤就得赶快把被踩过的那一只手放到前面，让娘娘及时踩到孤的手上，周而复始。

"您可知这娘娘为何这么待孤？因为孤实在是命硬，也实在是好运，竟赶在她儿子出生前的五日从孤低贱的母妃肚子里生出，越过了她的儿子成了西尚的二皇子。"

李昂奕自言自语："也合该她看孤不顺心。"

"人或是迫于活命，或是迫于权势，总要去做一些自己不愿意做的事，"李昂奕停住了脚步，寒风突起，吹过众人的衣袍，"这些事有好有坏，逼着你一步步地向前。你若是不做，那便活不下去。没人不想活着，您不想活着吗？您自然是想活着，从出生到权臣降世，您几乎没有受过多少磨难。生平最烦恼的应当就是大权旁落和这一副病弱的身子，您能这么快地发现香料问题，能这么快注意到身体的不适，这样想活着的想法，您应当懂得该是多么强烈。"

顾元白默不作声。

寒风吹起他鬓角的发丝，他的脸侧还有石粒摩擦过的细小伤口。

李昂奕随风苦笑，轻轻地道："孤想活着，被人看作是一个人一般地活着。"

"孤想要穿上符合孤皇子身份的衣服，想要上桌吃饭，想要旁人不再耻笑地朝茅房里丢一个馒头，再让孤捡起来吃掉。"李昂奕道，"嗯，孤得诚实说一句，再好吃的东西在茅房里滚上一圈，都让人难以下咽了。"

顾元白与他对视，他站在断壁残垣前，目中好像有幽色在发着光，两国的皇帝陛下静静地对视着。

李昂奕面上的笑意收敛，他变得面无表情。

西尚的七皇子俊美，李昂奕与李昂顺有三分相像，但他的相貌却普通得多。收敛笑意之后，普通的面容便浮现出了非一般的阴郁冷酷："孤先学成个牲畜，才能在污浊的西尚后宫中活到现在。在那条石子路上，孤的双手被后宫娘娘踩得鲜血直流，她恨不得废了孤的手。而她身边的宫女，则呵斥孤弄脏了石子路，当众给了孤五个巴掌。孤用胸前背后的衣衫去擦掉那些鲜血时，孤决定，孤一定要做个人。"

"做一个真正的人，一个能把所有害孤、打孤的人全部报复回去的人。"李昂奕沉着脸，"后宫的人最怕谁当皇帝？他们最怕孤。因为只有孤受尽了所有人的欺辱。谁都想要拽下孤，因为他们知道，只要孤出头了，他们就会死。

"大皇子傲慢，将孤当作马奴，他该死。三皇子温和，私下却让孤食滚烫的香灰，他和他母亲都该死。四皇子、五皇子一母同胞，他们兄弟相帮，也该死……至于七皇子，蠢货一个，倒是绝佳的好矛子。"

李昂奕："您猜猜，孤登帝之后，他们都是何样的神情？"

顾元白："朕猜，他们害怕了。"

李昂奕没忍住笑出了声，他胸腔闷闷，笑得脊背弯曲："您说对了。"

火把上的油脂炸开，火花被吹散，又猛地剧烈燃烧。

李昂奕直起身，冷下声音："但孤好不容易做成了人，现在却又输了。"

"孤自然信苍天，可苍天却不眷顾于孤！"李昂奕眼中血色慢慢升起，"它不让孤好好活着！孤耗尽了所有的心血，孤的数万大军，千百万两的银子，整个西尚被孤掌控并会在孤手上慢慢复生，但苍天却不让孤这么做！"

他猛地指着顾元白，吼道："苍天眷顾的是你！你受过什么？万民百官爱戴你，你要什么便会有什么！甚至连你要孤的命，孤都得断一条腿来自保！"

侍卫、东翎卫和士卒们倏地拔出大刀长矛，瞬息包围住顾元白，尖锐的武器对准李昂奕。

寒光跳跃，火光闪现危险。

李昂奕激昂的情绪转瞬便平静了下来，他还是那般苦笑："天降大难，你无事，孤却身陷敌营。这都是天意，是孤的命。顾敛，"他轻轻地、一字一顿地道，"孤没有输给你，孤是输给了苍天。

"天要孤亡，孤不得不亡。"

顾元白直到此刻，才突然笑了，他喜怒不定地道："你觉得你不是输给了朕，是输给了天？"

李昂奕坦然地道："是。"

"那朕就要你看看你究竟输给了谁。"顾元白转身，衣袍伴随着大步飞舞，"带上他。"

震后第二日，顾元白带着大军到了西尚军驻地之外。

西尚人惶然，城门被紧紧关闭，城墙上头站着密密麻麻的西尚士兵。

西尚没有足够的伤药，他们因为后方的埋伏，伤兵足有两三万。加上西尚皇帝失踪不见，西尚的将领惶惶不安，连夜带人循着皇帝踪影，他们连搜寻粮食都来不及做，完好未曾受伤的士兵被将领带出。这座城内的，都是受伤了的西尚人。

看着远在射程之外的大恒军，地震后一滴水也未进的他们心中绝望渐起。

为何震后的第二日，大恒人便可以举兵来到西尚城下？

顾元白身披盔甲，看着这道城门，平静道："张将军，传朕的话。"

张虎成将军领命："是！"

顾元白道："城中的人，朕知道你们是满城的伤兵。"

张虎成提嗓，用西尚语将话传到了西尚城墙之上。

"伤病无药可医只能等死,你们经过连日的大雪和天灾,到了现在,或许连粮食都已不够撑上几日。"顾元白道,"战场上的士兵一旦受伤是什么样的后果,你们不会不知道。口粮会先供给未曾受伤的士兵,而你们,你们缺胳膊断腿,只会被抛弃,成为战争下的无名尸体。转身去看一看你们身后的废墟,那里还有你们众多的战友掩埋在下等待着救治,可你们却没有办法去救他们,因为你们自身也难保。"

"你们的皇帝、你们的将领无法保你们平安,"顾元白笑了一下,"他不是个好皇帝,他们也不是好的将领。"

人群之中被钳制住的李昂奕脸色微微一变。

大恒士兵也在听着圣上的话,他们抬头看着西尚城墙上敌对的士兵们,看着对方脸上的脏污甚至还没擦去,脚底下的城墙破破烂烂得仿若一撞就会坍塌。

显然一夜的时间过去,他们只匆匆架起了城墙。

和大恒根本没得比。

西尚士兵明知道不该听大恒皇帝的话,应该反驳,但他们却沉默着,把这一句句话都听进了心里。

"来人。"顾元白突然道。

后方的士兵将车辆推出,手甫一松开,堆放得满满当当的车立刻翘起车把,车上的东西滑落在地。

士兵将布袋一一解开,里面是满满的粮食和草药。

顾元白提气,高声道:"投降者救!不投降者杀!"

大军震动,数万人吼道:"投降者救!不投降者杀!"

高昂的声音让地面和城墙都在颤抖。

整个城池中的西尚人都听到了这一声声冲破云霄的喊话,他们忍着身上的疼痛,三三两两地与同伴面面相觑。

墙角废墟上,许多人都还在痛不欲生地呻吟,他们的生命在快速流失,血液染红了地面。

更多的人则被掩埋在断壁残垣之下,在绝望地等待着死亡。

灰暗的城墙内处处都是这样孤独无助的场景。

没人管他们,没人救他们。

药材和粮食，就是士兵的命。

"哐当"一声，不知是谁手中的武器掉落在了地上。这一声响动好像惊醒了整座城池，接二连三的铁器丢落声响起。

顾元白带着大军，看着西尚的城门在他们面前缓缓打开。

顾元白呼出一口浊气，看着那些忐忑不安的西尚人，转身同诸位将领言简意赅道："救人。"

大批的人马冲入了西尚城池内，在西尚人戒备惶恐的目光之中将躺在地上痛苦呻吟的人抬到军医面前。废墟被一样样抬起清理，偶尔见到伤得不重的人，大恒士兵便直接将腰间布囊扯下，交予其用药草止血。

处处条理分明，不急不缓。

顾元白骑在千里马之上，转过头，看着人群之中的李昂奕。

"放了他。"

李昂奕被推出了人群，站到了大恒军队的面前。

顾元白居高临下地看着他，道："天灾无情，它也没有饶过朕。去看看你城中的景象，与朕城中有何不一样？我大恒绝不乘人之危，朕放你走，朕要让你看看，究竟是谁在亡你。"

"你救不了的兵，朕救。你护不了的人，"顾元白俯身，黑眸幽幽，直视李昂奕，"朕来护。"

顾元白直起身，铿锵有力道："你信天命，而朕踏凌霄。"

◇◆ 第二十七章 ◆◇

顾元白的目的从来不单单是为了赢西尚一场战争。

他一是要用一场大胜来震慑地方，实施回国后的一系列变法；二是要借机进兵西尚，把这个正处于疲弱时期又有诸多好东西的国家收为己有。

名声、民心，顾元白很贪心，到目前为止，这些他都想要。

用某种众望所归的方式减轻大恒内的军需压力，并且可以去镇压地震带给他的负面影响。

至于放了李昂奕……

顾元白眯着眼，看着李昂奕独自离开的背影。

他撑起弓箭，利箭对准了李昂奕，木弓撑满，他又面色平静地放下。

顾元白还要拿西尚皇帝的死亡做一个幌子。

李昂奕还有一点用，大恒仁厚的帝王可以给他多一日的活命时间。

待李昂奕死的时候，他会派人亲自去告知。相比虚妄的天命，李昂奕输给的是为这一日、为这一场战争已经准备良久的顾元白。

天命哪有这么看得起你，看得起你的是顾元白。

两个月后。

西尚惠宁城太守府。

丁堰从厚重冬衣中抬起了头，轻敲了下太守府的门。

太守韩揾已备好酒席等着他，丁堰脱下披风和大衣交予小厮，外人悄声退下，屋中只留他们二人。

韩太守举杯与丁堰示意，感叹道："子岩兄，你之前说的话是对的。还好我听了你的话提前闭了城，离边界近的那些城池都已经被大恒人攻破了。"

化名刘贤的丁堰微微一笑，也举杯与他同饮："是韩兄你相信于我。"

说完，丁堰似乎想起了那些不被人信任的日子，沉重地叹了口气。

韩揾出言安抚了他几句，丁堰摇了摇头，不想再谈："国破家亡就在眼前，兴庆府却还在花天酒地，诸事不管。"

兴庆府乃西尚的王城，此刻王城的主人，便是先帝最小的一个儿子的母亲，旁人称其为小王夫人。

韩太守闻言，不由得神色一暗："陛下死讯传来不到半月，他们竟然已将王城折腾成了这般模样。"

丁堰叹了口气："韩兄，你一直待在惠宁城闭门不出，自然不知外头的情况。兴庆府说是花天酒地，实则不过是自欺欺人。大恒皇帝太得人心，听说不少边界被攻破的城池之中，都是太守、县令自己打开了城门。照这样下去，大恒的军队早晚会打到惠宁城来。"

韩太守沉着脸抿了一口温酒："他要打便打，陛下对我有恩，我死了也要守住惠宁城。惠宁城易守难攻，给他五个月他都攻不下来！"

丁堰心中道：确实太难攻了。

"您还不知道吗？"丁堰举起杯子挡在唇边，压低声音道，"陛下御驾亲征，大雪连绵二十日挡住他的去路，待到好不容易艳阳高照，陛下派兵往大恒处进攻，却又逢地龙翻身。大难之后，大恒人抓住了陛下，然大恒皇帝仁善，觉得此举乃乘人之危，着实不义，便命人放了陛下。谁想到在放了陛下的第二日，陛下反倒是被我朝武将郑哲沛以一箭矢杀害。"

韩太守猛地将酒杯放下，怒不可遏："我怎能不知道！大恒有一名常玉言的文人，写文章嘲讽陛下犯了天罚，又是大雪又是地龙，全都降罪于我陛下。那文章都已从大恒传到了西尚，我看了当真是怒火中烧，那当真是一派胡言！"

他说完便看向丁堰，想要寻求认同："子岩兄，你说说，这是不是欲加之罪？"

丁堰却沉默了。

韩太守一愣："子岩兄？"

良久，丁堰才道："韩兄，若是我没记错，你曾同武将郑哲沛一同因为劝谏先帝禁香一事而被关押在大牢之中过？"

韩太守点了点头。

"我从兴庆府回来时，郑将军府中正被抄家斩首，其大儿子郑文才声名远扬，原本对陛下很是崇敬，感恩陛下除清众人污名又禁了国香一事，还写了多篇文章来称颂陛下恩德和远见。但他被斩首那日，却面目狰狞，咆哮道陛下有眼无珠，说……"

韩太守催促："说什么？"

"说在西尚贩卖毒香，让先帝及众多臣民深陷毒香之瘾的人，正是当今陛下。"丁堰一语惊人。

韩太守倏地站起："不可能！"

"韩兄莫急，在下也觉得此乃无稽之谈，"丁堰平静道，"陛下温和，于你我皆有恩。只是在下却想不通，郑将军一向有仇报仇、有恩报恩，他手中的兵权二话不说便交予了陛下，为何此时却朝着陛下放了冷箭？我左思右想不得，也不相信郑家的话，只觉得莫不是小王夫人使了什么阴私，让郑将军不得不如此行事？"

"对，对对，"韩太守神情不属地坐下，"必定是她使了什么手段。"

丁堰默默吃着酒，待酒足饭饱，便先退一步前去休息。

夜晚，韩太守仍然在想着丁堰的话，每每想到那句陛下是贩毒之人便觉得全身发寒。他翻来覆去地睡不着觉，将身旁的夫人也给生生吵醒。

夫人不耐烦地拍了他一下："你不睡觉又是在想什么？"

韩太守忍不住将白日与丁堰所言告知于她："子岩兄亲耳听到郑哲沛的大儿子说了这么一番话……"

夫人沉默了半晌："相公，我说上一句话你莫要生气。不管这毒香同陛下有没有关系，他未称帝时是一种模样，称帝后又是一种模样。谁能想到登基的是他？这个人实在高深莫测，你啊，小心一不留神就要踏入泥潭。"

韩太守肃颜："胡说。"

"我胡不胡说你心里头明白，"夫人道，"不管陛下和国香有没有关系，如今的西尚是乱得很了。你想要替王城的人死守惠宁城，还不如等大恒的士兵打来时主动开了城门。对待投降的城池，大恒人有礼又仁义，士兵一等一地规矩，不拿百姓一根鸡毛。他们至少比土匪强盗要好，比反叛军要好，这些事儿天下人都知道。你要是想为逝去的陛下尽忠，也总要看看城中百姓是否有陪你死守城池的念头。"

韩太守说不出话了。

西尚本就因为国香一事受到了重击，四处大小动乱皆起。现又有陛下身死、王城兴风作浪一事，大恒人的入侵反倒是给深受苦难的百姓一个解脱的希望。

甚至更多的百姓，都在翘首以盼仁义之师的到来。

韩太守辗转反侧了一夜。

第二日，他便同丁堰一起深入百姓之中。

接连五日下来，韩太守憔悴极了。正在这时，王城又发生了一件丧尽天良的大事。

小王夫人派去抵御大恒的军队失败了，她竟然将主帅、将军及后方运送粮食等军需的大臣通通杀尽，朝廷官员如今已人人自危。

韩太守叹息声不绝，而他效忠感恩的陛下和西尚国香之间的关系，更让他觉得沉重。这些怀疑像是开始生长的大树，越是回想，就越是觉得蹊跷。

当真不关陛下的事吗？

大恒军队气势高涨，与十万守备军会合之后，更是一支昂扬军队。

这支军队在三个月后才到达惠宁城。城中百姓躲在房门之中，从窗口和门缝看着大恒军队。原本打算占据地势之优誓死守卫城池的太守韩揾，则沉默地打开了城门。

顾元白给了他礼遇，大恒的士兵也一如传闻中那般纪律严明。

韩揾太守原本以为要变得里外不是人的局面没有出现，忧心大恒抢掠强夺百姓的一幕也没有发生。

他诚惶诚恐地招待了大恒的皇帝陛下，与顾元白多番交谈后，多次想要交出惠宁城的统治权。

顾元白则是笑笑，道："不急。"

顾元白每占领一个城池，都要停留一段时间。

统计户籍，排查隐患。为了以后的学派改革，趁此机会须建起官学。大恒的政策对百姓优待良多，每一座城池都要将政策废而重立。大恒的官员要赶到此处为官，原本的官员要么征调，要么看其能力判断其可否留于原地。但为了免去麻烦，顾元白一般都会将主动投降的官员调到另一处任职。

还有一些占据国家资源，已成为毒瘤的势豪。

土地重新分配给到百姓，对西尚的整顿要比对大恒的爽利舒服得多，二十万大军就在城外，谁敢不听话？

而百姓，他们实打实地拿到了好处之后，便会对大恒死心塌地。

在大恒军队整顿惠宁城时，化名刘贤的丁堰暗中见过了圣上，便披上大衣，风尘仆仆地出了城。

顾元白在看着薛远吃药。

五个月前只能躺在床上动弹不得的薛远，现在伤早已好了。他被顾元白盯得指节僵硬，头皮泛着麻意，无可奈何道："圣上，能不吃了吗？"

"不可，"顾元白抬袖，腕骨微露，眉眼温和，"你伤还未好。"

薛远下意识道："那点小伤，早在三个月前便好——"

他眼睁睁地看着顾元白垂下了眼，阴影浅浅一遮，便是几分难掩伤心之意。

"——我吃。"薛远连一弹指的时间也未曾坚持住，他扔了勺子，埋头两三口喝完了一白瓷碗的药水，小心翼翼道，"我吃完了，你别伤心。"

良久的长途跋涉未曾给圣上带去分毫的风沙之色。锋利的宝石被打磨得更加圆润，闪着沁入人心的暖光。

顾元白往药碗里看了一眼，愉悦地弯起了双眸。

薛远不由得上前："我当真好了。"

"伤筋动骨一百天，"顾元白起身去处理政务，"你要听朕的。"

"好，听你的，"薛远跟上去，"圣上让我吃到何时我就吃到何时。"

顾元白嘴角一勾，抽出一份奏折道："今日之后便可以停了。"

薛远眼睛一亮："当真？"

"当真，"顾元白指腹摩挲着指骨，玉扳指温润如旧，他笑话薛远道，"你才吃了几个月的药汁，日日都是这般苦着脸的模样。"

薛远否认："这不是担心满嘴的苦味会臭着圣上吗？"

顾元白闻言，抬头看了他一眼，目光如一条红色丝线，圈在了薛远的身上："朕喝了许多年的药，这些时日也从来没断过，难不成朕也臭了？"

"这……臣也不知道。"薛远慢吞吞地道。

◇◆ 第二十八章 ◆◇

晚膳时，圣上忙着翻阅韩太守送上来的卷宗。

薛远一身玄衣，腰间别着一把金玉扇子，身材高挑，长靴紧身，不说话时便显得压迫感很强。但在圣上面前，薛远的唇角勾着，阴煞气消散，只显得丰神俊朗。

田福生留在了宫中，跟着圣上身边伺候的是田福生的小徒弟。

小太监欲言又止，瞧着薛远把圣上用过的东西一样样地收到怀里："张大人，薛大人如此行事，您当真不说些什么吗？"

侍卫长剑眉一敛："曹公公不喜薛大人？"

小太监的头和手一起摇了起来。

侍卫长神色稍缓，语重心长道："薛大人为护圣上安危，都已将自己的生死置之度外。薛大人如此只是敬仰圣上，圣上都未曾说些什么，曹公公以后还是莫要再说这样的话，免得伤了薛大人的心。"

小太监惶然："小的晓得了。"

饭后，顾元白同薛远一起散着步。

薛远走到半路，突然面色扭曲一瞬，顾元白问："怎么了？"

"伤口痒。"薛远紧绷不动。

顾元白随意道："痒了就挠一挠。"

伤在背后，挠的话姿势不好看。薛远被痒意折磨得难受，后退一步到顾元白看不到的地方，趁机挠了一下。

顾元白轻咳一声，刚要说话，薛远却被吓住："咳嗽了？"

"无事，"顾元白嗓子又痒了，慢吞吞道，"朕只是清清嗓子。"

薛远余光瞥到假山之后藏起来的一角衣衫。他英气不凡的眉眼之间倏地戾气横生："圣上，臣去处理些宵小。"他快步走上前抓住了假山背后的人。

藏起来的人是个小厮，见到薛远过来时眼神闪躲、神色慌张。薛远掐着他的脖子，不悦地沉沉道："你在看什么？"

小厮掰着薛远的手腕，却还想要狡辩："我凑巧而过，哪里敢看什么！贵客不要冤枉人！"

薛远放开了他的脖颈，小厮尚未来得及庆幸，薛远便拽住了他的头发，猛地将他撞到了假山之上。

血顺着小厮额角滑落，薛远面无表情地又问了一遍："谁派你来的？"

小厮这时才惊恐起来，浑身颤抖地道："是府里的珍夫人。"

"珍夫人？"薛远阴冷道，"你看到了什么？"

小厮牙齿战栗："小人、小人……"

薛远若有所思，喃喃自语道："你留不得了。"

小厮的话语卡在嗓子中。

匕首在手间转了几圈，插入又拔出，小厮没有气息地摔落在地。薛远余光瞥见小皇帝走近，蹲下身在小厮身上擦去匕首和五指上的血污，笑着走出去："圣上。"

顾元白朝着假山看了两眼："什么人？"

薛远揽着他的肩往回走，低身道："一个小厮，应当是府里的珍夫人派来的。"

顾元白皱眉，侧过头看了一眼："小厮人呢？"

"臣发现得及时，那小厮什么都没看见，"薛远道，"那个小厮都被臣吓得尿裤子了，脏污，圣上不能看。"

顾元白嗤笑一声，睨他一眼："你将人吓得尿裤子？"

薛远认真颔首。

顾元白乐了，勾唇笑了起来。

稍后，韩太守便知晓了这件事。

珍夫人是韩太守府中的二夫人，她派遣小厮过去也只是想提前太守夫人一步，瞧瞧大恒贵客可有什么需要，显出自己的体贴贤惠。这番举动着实让韩太守脸上蒙羞，他亲自去拜访了顾元白，行大礼致歉，言明会惩治珍夫人，还请陛下勿怪。

顾元白原谅了他。

当晚，小厮便被发现投湖自杀。珍夫人去湖边看了，湖面一角泛着血腥气，小厮的面容隐约可见，她捂着嘴，打心里反胃恶心。

韩太守怒斥她良久："死了也好，你也不要再出现在我的面前。像这样的大罪，你是想要整个太守府都为你赔命吗？"

珍夫人抽泣不断，骨子里沁着凉意，越想越觉得古怪。

那小厮贪生怕死，怎么会投湖自尽呢？

圣上的住处仍一片安宁。

顾元白走到桌旁坐下，拿出了一张宣纸来。薛远悄无声息地跟了上去，顾元白将笔蘸了墨："西尚如今已被朕攻占了不少城池，但仍有一些负隅顽抗。攻城不易，往往要耗费众多时间，一座城，就可能拖垮后方战线。若非实属无奈之举，朕当真不愿攻城。"

两个人坐在一起，仔细梳理西尚如今的情况。

等到月亮当空，才放下纸笔休憩。

攻城为下，攻心为上。若是城池中的人下定决心死守，那攻城的大军当真没有什么好方法。

西尚的王城兴庆府中，小王夫人对权力的占有和渴望越发疯狂。她这样仿若临死之前的疯狂，恰好是顾元白撬动西尚城池的缝隙。

丁堰带着监察处的人辗转在西尚的城池之间，随着一座座城池被打上大恒的印记，城中的百姓也立即被安排下田。

攻下的城池一派免于战火纷争的安稳平静的景象，人们在大恒士兵的保护下安然地忙着农事。安宁的生活对百姓来说有着强大的吸引力，许多百姓逃亡到后方的城池之中。随着时日的推移，王城之中的人终于在花天酒地之外觉出了惊惧。

西尚只是一个小地方，放在大恒的地盘上也不过是两个州的大小，五个州已经被占据了三个，还怎么打？

在蝉鸣鸟叫之时，顾元白亲手书写了一封劝降信，派人送到了兴庆府。

小王夫人拿到了这封信，当即唤来心腹诵读，书信之中的大致含义为：只要你主动投降认输，朕可封当今西尚皇帝为夏国公，享食三千石，赏赐万千。于大恒京城之中赐夏国公宅，允其母一同共住，保荣华富贵，衣食无忧。

只要认输，虽西尚没了，但是西尚皇帝却可以被封为大恒的夏国公，在大恒皇帝的眼皮底下过上富贵无忧的生活。

小王夫人倏地站起身，大步走过去从心腹手中夺过信纸，反反复复看了好几遍，确定这就是一封劝降信。

她抬头看着心腹们，众人神色各异："夫人，这……"

"李昂奕都死了，"小王夫人难得心平气和，"诸位，我儿尚且年幼，只有我代为掌政。可如今战乱四起，我们西尚连续派遣的四十万大兵全部败于将领反叛或是敌军铁骑之下。大恒的军队不断朝王城逼来，他们是要实打实地将西尚灭国。大恒如此之大啊，这样的庞然大物，我们母子两个怎么去对抗？"

有人劝道："夫人，你要是接了这封信，就要成了被载入史册的罪人了啊。"

小王夫人怒道："笑话！难道非得我母子二人葬身敌军手中，才能让天下人满足吗？！他们是何样想法与我一个弱小的女流之辈有何关系？他们不能给我夏国公的好日子，大恒皇帝能！"

争吵越来越大，心腹董志严突然道："西尚的青盐在大恒卖不动了。"

往日里两国交战，西尚都会避开大恒内的青盐贩卖之地，大恒也未曾大范围禁止盐商进出西尚。

除了小王夫人，其余人大惊失色，齐齐看向他。

董志严面色憔悴："若是平日里西尚与大恒开战，大恒贩卖青盐的盐商便会站在我们这边，可如今大恒内前来买我朝青盐的商贩越来越少，再这样下去，王城便连吃喝也没有钱财了。"

小王夫人冷笑一声，抖了抖手中的信纸："国库中的钱财到现在早已被军队用完。李昂奕的私库？谁知道他的私库在哪里！你们要是不想投降，那就拿出自己的钱财来，拿出米粮来，谁拿得多，我们就听谁的话！"

没人出声，宫殿里一时静默了。

小王夫人珍惜地将劝降书折起，道："大恒皇帝只给了兴庆府半个月的思考时间。"

到时候是遗臭万年地投降去享生前的福，还是抵抗至死？

小王夫人心中早已定夺，她也相信这些人心中也已定夺。

顾元白御驾亲征到了如今，冬日晃晃悠悠变为了盛夏。

每次从京城运来的政务之中，必然少不了顾然的书信。

顾然年纪尚小，手腕提笔写字时没有足够的力道，便显出几分软绵的迹象。但随着时间的推移，字迹上的进步显著。他不曾懈怠于习字一事。

最新的一封信中，顾然小心翼翼地问："父皇何时踏上回程？"

顾元白看着信，几乎能想象出顾然的神情。他也生出了些对皇城的想念，想念京城的百姓、京城的熟人。

"再过一个月，朕就要回去了，"顾元白轻声道，"朕亲征的时间太久，不可再拖延。"

一旁埋头写着檄文的孔奕林抬起了头，眼底青黑："圣上，您放心回去便是。如今西尚已收入囊中，后续的整顿和土地的分配臣等都会按着章程来，您一切安心。"

"一切尽快，"顾元白道，"西尚之中的有才之士不少，其中大多娴熟研习过大恒的学识。待到明年科举，朕要在其中看到西尚人的影子。"

孔奕林与诸位文臣沉声应了"是"。

顾元白轻轻颔首，起身从桌后走出，快要走出门槛时，后方政事堂的一位官员想起什么，及时起身问道："圣上，待收服西尚之后，不知西尚新名为何？"

顾元白顿了一下，迎着高升的烈日，缓声道："西尚五州，一州并入陇西之内，两州并合名为甘宁。余下两州，改西为宁，取安宁之意，便唤为宁尚。"

臣子们喃喃："好名字。"

顾元白笑了笑，对着朝日呼出一口浊气，大步迈了出去。

景平十二年夏，大恒朝灭西尚，设宁尚府路，取安宁之意，"宁尚"由此而来。

是年八月中旬，恒高宗顾敛返京，百姓夹道欢呼，所过之处万民手舞足蹈，与天下乐。

至此，大恒面临的外敌威胁基本消灭。

第五卷

断句之法

◇◆ 第二十九章 ◆◇

回京的马车上。

郊外密林交错，树影绰绰。马车偶尔晃动之间，骏马喷了个响鼻。

"圣上，"薛远忍不住问道，"臣现在值得完全信任了吗？"

顾元白眉头一挑，手指覆上衣领收紧："你觉得呢？"

薛远回神，难得不自在。他握拳低咳了好几声，面色看着平静，顾元白看着他浑身不对劲的模样，不知不觉，已经有了些笑意。

薛远扭捏了好一会儿，掷地有声地说："生死之交。"

他的眼眸有神，亮堂。

马车中沉静，只这一声长远，仿若亘古通今，绵延千百里不断。

顾元白身体内有什么东西跳动得越发快了。

薛远继续道："不谈婚论嫁，我会一直守护圣上，就一辈子可好？"

一辈子。

他怎么什么都敢说。

顾元白突然问道："若你父母以身逼迫你成家？"

薛远沉沉笑了起来："他们不敢。"

顾元白想到了薛远的疯劲，薛远许久未曾在他面前犯浑，他都忘了这人骨子里的桀骜。薛远说不敢，薛老将军夫妻俩便当真奈何不了他。

顾元白："把窗户打开。"

薛远一手将窗户打开，外头的侍卫长与他目光相触，含笑点了点头。

凉风从左右吹进，顾元白头脑逐渐冷静，他看着窗外的绿意，每一棵树繁茂苍苍，微风一动，所有的枝叶都开始晃动起来。

"若是没有看见生的希望，朕不会御驾亲征，"圣上笑了笑，"也不愿意耽误旁人。可你一而再，再而三地不听话，那时真是让朕困扰。"

薛远听不得他说这话，但还是忍着，听他说完。

"朕暗中从未停止寻找名医，天无绝人之路，既然朕来了，总得给朕留一线生机，"顾元白道，"但朕也是人，人都有失望的时候。朕想活着，但天下如此之大，生机如此渺茫，若是朕到死了还没找到活下去的机会，朕甘心吗？"

"时光短暂，如白驹过隙，那些宝贵的时间，朕不能拿来沉迷于情爱，"马车忽地颠了一下，顾元白后仰，"朕想活着，很想活着。用尽一切办法寻找活下去的可能，如今终于有了活下去的希望，可征战之后，胜利之下还是会有一些无根浮萍般的空虚。"

顾元白看着蓝天白云。

他自言自语："朕真的很感谢你愿意不顾一切辅佐朕，所以你得想办法，把朕好好拽住。"

拽在这片土地上。

百官于皇城之外，恭迎圣上回京。

顾元白下了马车，太监高呼一声，便是百官叩拜，高呼三声"吾皇万岁"。

臣子们神情激动，眼中含着热泪，每一次呼声和叩拜都用尽了力气。田福生跟着顾然上前，顾然双手合起俯身一拜，小小的个头未曾长高多少，字正腔圆道："恭贺父皇凯旋！"

顾元白摸了摸他的脑袋，远眺皇城，突然一笑，提气道："众卿平身。"

他一手牵着顾然，缓缓从百官之中走过。

百官恭敬地弯着身，老臣们颤颤巍巍，年轻的臣子激动高亢。这一条通畅的大道，直达皇帝的宫殿。

顾然仰头看着两旁的百官，又仰头看着顾元白。

父皇衣冠简单，步子缓缓，每一步都沉稳极了，江山河水，就在这一步步间踏出万里安宁。

顾然握紧了父皇的手。

他平静地眨了眨眼，也学着父皇的模样，直直看着前头，慢慢走着脚下的路。目不斜视，只看着前方。

他看起来会和父皇一样潇洒吗？

圣上回京之后足足忙到了月底，京城沸腾的情绪才缓缓平静下来。

顾元白的日子恢复到了以往的节奏，往扶国同游牧之地办学一事全权交由了政事堂和枢密院，他只需了解进度即可。

宁尚各地方的整顿办学缓缓走上正轨，不少官员陆续调往了宁尚任职。两浙的食盐大量投入市场后，盐价降低，再加上国家大力打击私盐贩卖，户部尚书这些时日笑得见牙不见眼，金银财宝大批大批地往国库送去。顾元白每次去看国库款项，心情都会变得奇好。

日子便这样舒缓地走向九月。

九月初的时候，顾元白带着顾然去看了和亲王妃的女儿，小郡主顾安儿。

在安姐儿满三个月时，顾元白便给她赐了封号，多次表示对其的喜爱。来自皇帝的庇护让王妃的日子过得很是惬意，她如今面色红润了许多，每日逗着女儿玩，待到天气晴朗，便带着女儿爬山上香，总是有诸多乐趣。

小郡主被养得极好，白白胖胖，手上的肉轻轻一按，便是一个小小肉坑。

顾然看着小妹妹见到父皇后乐得口水都流出来的样子，眉头一蹙，暗暗拽上了父皇的衣襟。

顾元白没有注意到他的小动作。顾元白虽然喜欢逗哭小孩，但也仅限于对男孩。对于香香软软的小姑娘，那是怎么宠怎么来。顾元白轻柔地给小郡主擦干净了口水，又在怀中抱了她好一会儿。

小郡主没见过顾元白几次，如此年纪应当也记不住人，但对他欢喜极了，黏糊糊地在顾元白脸上留下一个个的口水印，说是亲，其实就是啃。

顾元白笑了几声，将小郡主递了回去。他招过顾然来，揉了揉顾然的脑袋："然哥儿，过来见见安妹妹。"

顾然看着在乳母怀中奋力朝顾元白张开双手的小郡主，眉头一皱："安妹妹好。"

半个时辰后，一行人才从和亲王府出来。

今日晴空万里，顾元白想了想，低头问顾然："想同父皇去爬山上香吗？"

顾然丧气的模样一扫而空，他倏地抬起头，眼中发亮，重重点了点头。

◆ 第三十章 ◆

顾元白让人将红云牵来，准备骑马前去皇家寺庙。

红云步调慵懒，顾元白见到它便上前道："薛九遥，快来瞧瞧你的恩人。"

薛远走过来："它回京的这些日子，喂马是臣喂的，洗马是臣洗的，够报恩的了。"

红云转过头，朝着薛远喷了一个响鼻。

顾元白替红云道："报恩哪有这么简单。对了，另一匹千里马呢？"

薛远一本正经道："臣担心圣上还是骑不了马，便打算与圣上同乘一匹。另一匹没托田总管带来，只红云一匹就够。"

红云早就习惯戴上马具，顾元白秋狩时骑马也没出现过什么问题，他轻瞥了薛远一眼，故意道："红云不愿意带你。"

说完，他便翻身上了马。

薛远无奈，左右看了一圈，从熟识的侍卫手中要来一匹良马。御马到圣上身边时，便见到顾然仰着头，跟顾元白道："父皇，儿子不会骑马，您可以带着臣吗？"

薛远眼睛一眯，俯身拽住顾然的衣领，抱起他放在自己的马背上，笑眯眯道："小殿下，臣来带您。"

顾然一顿，回头看了他一眼，慢吞吞道："多谢将军。"

一行人启程到半路，薛远突然神情一怔："圣上，你背后飞上了一只虫子。"

顾元白侧头，皱眉："哪里？朕怎么没看到？"

顾然也睁着眼去看，乖乖道："儿子也没有看到。"

"爬到马背上去了。"薛远勒紧缰绳，放慢驾到侍卫长身侧，手臂用力，转瞬将顾然换了个地方："张大人，招呼好小殿下，我去瞧瞧圣上马背上的那只虫子。"

侍卫长连忙护住顾然，再抬头看去时，薛远已经朝着圣上奔了过去。

仗着身手好，胯下骏马还未靠近红云，薛远便起身一踩，翻身坐到了圣上背后。

顾元白骤然沉了眉眼:"薛远,你在干什么?"

薛远道:"圣上,臣过来给您抓虫。"

圣上:"滚下去。"

薛远入鬓长眉皱起,沉默,倔强不动。

顾元白倏地扬起鞭子:"红云,走!"

千里马兴奋地扬起蹄子,离弦之箭般破空而去。

未奔几下,薛远沉着脸抢走了缰绳,狠狠一勒,红云不满地嘶吼,强行被他压制在身下。薛远道:"圣上,您别拿自己身子胡闹。"

"你也知道不能拿自己身体胡闹,"顾元白眼中含霜,"你的马在动,朕的马也在动。红云性子烈,跑得又快,你换马的时候一不小心就会被马蹄践踏而死。薛九遥,你是不是活够了?"

薛远张张嘴,说不出来话。

身后的人追了上来,顾元白深吸一口气,说道:"你或许认为是朕小题大做,但……"

他的手颤抖起来。

"地龙翻身时,你护在朕的身上,朕叫你,你不说话,血滴了朕一脸。石头压在你背上,朕几乎觉察不到你的呼吸深浅,朕以为你快要死了——你怎么,你能不能护着点自己的命?"

薛远怔住,蓦然手足无措:"别生气,我错了,我再也不这样了。"

顾元白疲惫道:"算了。"

薛远不是顾元白,永远不会知晓那时顾元白的感觉。

他健康,身上功夫好,又是个在生死之间搏命的将军,自然不会注意这些。

就像是对顾元白来说,即便知道要劳逸结合,他也总是在忙碌。

没法说,但很是憋屈。

"不能算!"薛远猛地激动起来,"我错了,再也不会这样了,这次原谅我好不好?白爷。"

顾元白抿抿唇:"先去成宝寺。"

薛远一僵,放松了缰绳。

圣上是个冷静的人。

从成宝寺回来之后,他便和薛远说:"你平日里注意些便好,朕不会在这些事上拘束你。"

薛远却想得多了。

一行人回到京城,薛远带着圣上往薛府而去,托付侍卫长道:"张大人,圣上今夜宿在臣的府中,宫中就交予你和田总管照顾了。"

侍卫长朝圣上看去,圣上眉心微蹙,还是点了头。

薛远一路默不作声地带着圣上回了薛府,未曾惊动其他人。

薛府今日的晚膳用得晚了些。

派去叫薛远用膳的小厮被骂了回来,灰头土脸地道:"老爷,大公子只让人送过去了两份饭,不让我们进去,他也不过来。"

薛将军正要说"随他去",突然眉头一竖:"两个人?"

"是,"小厮老实道,"大公子的院子里还拴了一匹浑身棕毛的汗血宝马。"

薛将军脑子一转,想到大儿子在两年前的万寿节时期,确实拿了几匹马同异国人换来了一匹汗血宝马。只是后来他再问薛远时,薛远却说送人了。

究竟是带了什么人回来?!

薛将军猛地站起,气得饭都吃不下去,快步往薛远的院中赶去。还没推门,就已经暴喝出声:"薛远,你这个小兔崽——"

"薛卿?"屋里传来一个嘶哑的声音。

薛将军的一声怒骂戛然而止,他惊惧交加:"圣上?!"

竟然是圣上!

圣上什么时候来的薛府,他怎么毫不知情?

"臣竟不知圣上驾临,臣惶恐,"薛老将军忐忑,"臣有罪。"

圣上声音低低,透过门扉时更是低弱,许多字眼还未传到薛将军的耳朵里,就已消散在风中:"薛卿莫要惊慌,朕……"声音更低,很疲惫似的,"朕同薛远有些要事商议,便暂居薛府一夜。"

薛将军连忙行礼道:"是,臣这就去整理主卧,一会儿劳烦圣上移步。不知圣上可曾用膳?臣这就去吩咐厨子,重新做上一轮膳食。"

"不用,"圣上道,"随意些。薛卿,朕下榻的事……莫要让旁人知晓,你只管当作不知。"

薛将军神色一肃,连忙看看左右:"是,臣知晓了。"

过了一会儿,薛将军试探道:"那臣先行告退?"

圣上好像松了一口气:"退下吧。"

薛将军就要退下,忽地想起什么,气沉丹田地高吼一声:"薛远,好好伺候圣上!"

脚步声逐渐远去。

◆◇ 第三十一章 ◆◇

次日一早,顾元白低调地在薛远的房中传了早膳。薛老将军听闻后,想来想去还是觉得大不敬,一早就往薛远的院落走去,等在前头请求面圣。

片刻,小厮奉命把薛老将军带进院中。薛老将军未走几步,一眼便见到了府中仆人昨日所说的千里马。

骏马被拴在树上,通体无一丝杂毛。这是一匹好马,但不是薛远曾经买来的那匹马,薛远买的那匹马四只蹄子上都有一圈深色的毛,犹如黑色的圈绳一般醒目,英姿飒爽至极。薛老将军多看了这匹马两眼,走到了房门前。

房门"咯吱"一声,饭香味随之而来。顾元白正坐在桌后,指了指面前的位子:"薛卿,坐。"

薛老将军恭敬地上前坐下,薛远为老父亲递上碗筷。薛老将军一看他就心烦手痒,但在圣上面前,只板下了脸。

早膳应当吃得清淡一些,但圣上所用的饭菜也太过清淡了。薛老将军尝了两口,实在是吃不下去,担忧道:"府中奴仆当真懈怠,圣上怎么能吃这些东西?"

顾元白吃了一口没滋没味的清汤,笑了笑:"薛卿,偶尔尝一尝清粥小菜也不错。不说这个,今早正巧你过来了,那就同朕走一走,朕有些事需交予你做。"

薛老将军立即道:"臣领旨。"

饭后，薛远小心扶起圣上，往外头走去。

府外已经备好薛府的马车，薛远上去看了看，皱眉跳下来往府中跑去："圣上等等臣。"

不过片刻，他便抱来了三床棉花被子，忙里忙外地铺在马车之中。

顾元白面不改色地站在马车旁，身姿笔挺。

薛远不在身边，没有人敢上前靠近威严无比的圣上。整齐衣袍之下，这些无力都被遮掩得严严实实。

薛将军站在一旁疑惑地喃喃自语："哪里用得着三床被子？"

顾元白心头漫上尴尬，还好未过一会儿，薛远便铺好了被子："圣上，臣扶您上车。"

他小心翼翼，步子缓慢，时不时问一句："臣走得快不快？您先看看舒不舒适。圣上渴不渴？脚累不累？"

薛远声音逐渐变低。圣上道："闭嘴。"

薛老将军原地愣了半晌，才骑马跟了上去。

顾元白去的地方，正是他的太子太傅李保的府上。

李府。

亭中摆放着一张古琴，众人坐在亭中，暖茶被丫鬟送上，李保颤颤巍巍伸出手，想要亲手为圣上倒一杯温茶。

圣上温和地阻止了他："太傅年龄大了，这等小事怎么能让太傅做？"

圣上话音刚落，薛远便及时起身，端起茶壶飞快倒了四杯茶水。

他倒茶的模样也是牛嚼牡丹，半分不懂什么茶饮之道，顾元白眼皮一跳，依然笑着接过茶杯，浅浅品了一口。

但一桌子的人，谁都没有在意薛远倒茶的动作。

李保有些不安，也有些急切。圣上却缓缓悠悠地同他说了一番庭院中的景色，又念了两句诗："这首诗从江南传遍了大江南北，若是朕没记错，这才子曾拜太傅为师。"

李保道："是，这孩子灵气十足，于诗赋上确实有些天资。"

顾元白笑了："太傅教书育人数十年，桃李满天下，个个学识不凡。被太傅赞誉的人，朕确信其一定是个人才。"

"圣上，"李保为圣上的话而感动，"臣惭愧，臣幼子……圣上，您如此信任于臣，臣着实愧不敢当。"

"太傅莫要过谦，"圣上笑眯眯，"你幼子是年少无知做错了事，只要他知错就改，朕便可以不予计较。"

薛远若有所思，目光深邃地看着圣上和太子太傅。

太子太傅的幼子曾经得罪过圣上？

李保大喜过望，当即要跪下谢恩。顾元白拦住了他，从衣袖中抽出一个信封，笑着道："太傅，你先来瞧瞧这个。"

信纸上，便是一篇用标点符号来断句的《曹刿论战》。

李保看了第一句，便注意到了文字之间夹杂着的小小东西，他惊讶地抬头看着圣上，圣上点头道："看下去。"

这位当朝大儒便收敛心神，接着看了下去。

李保看完后，静默良久不语，顾元白不急不缓地喝了一口茶，才问："太傅认为这篇文章如何？"

李保难言，复杂万分地道："这……"

"这叫作标点符号，"顾元白缓缓道，"太傅看完这一篇文章之后，应当知晓其作用了。"

昨晚顾元白写完这篇文章之后，拿给薛远看，薛远这个"文化人"都能看出这些标点符号的大致作用，更不用说名满天下的帝师李保。

李保嘴巴翕张数次："圣上，臣——"

顾元白摇摇头，只笑着问："太傅，你只需同朕说，这是不是一个好东西？"

李保脸上颤抖，良久，他艰难地道："这是个好东西。"

顾元白将文章拿了过来："朕怕太傅未曾看懂，再给太傅好好讲上一遍。这弯曲的符号叫作'逗号'，用于话句之中未曾结尾的短句分割……"

——讲下来，李保握着拐杖的手都在发着颤，顾元白佯装没有看见，讲完后笑着同李保说："太傅同朕一样，都认为这是一个好东西。既然是好东西，朕就得推行天下，惠及百姓，太傅说是不是？"

李保："……"

他骤然睁大眼。

这个世界上,得到了权得到了钱的人,最怕的就是有人上来分钱,有人上来分权。

科举,是一条真正通往上层、改变出身的通天之道。这条道路,已经当官的人无法将其斩断,无法阻止其他人上来分散自己的权力,只能找到另外一个办法,用科举最基础的东西——句读,来斩断一部分人的通天之路。

句读之说,是读书的关键,不明句读就不会读书。门生、学派,便是用各样的句读之别来壮大自身。读书人投入其中学习句读做官,便在朝廷上与自己学派的人自成一派。像李保这样的大儒和帝师,身后便是有名的"尚学"学派。

圣上所用的这些标点符号,基本碰触了所有已经做官的、各学派上层人物的蛋糕。

谁都在遵循这个潜规则,权力怎么分都在学派之中壮大,我愿意分给你权力,是因为你是我的人。当官的不再排斥科举,有钱的知道钱财终究会回到自己的手里。但这样的结果,长久下去只会使皇帝危险。

结党营私,抱团,这样的事情层出不穷,哪里都避免不了这样的事。

李保答不上来,顾元白就把目光转到了薛老将军的身上,笑着问道:"薛卿,你说于国于民有用的东西,朕是不是应当推广天下?"

薛老将军不明所以,但还是铿锵有力地点点头:"臣认为理当如此!"

李保苍老的额头上,有一滴冷汗顺着皱纹深入到了鬓角。

"圣上,这东西是好东西,"他欲言又止,含蓄地道,"只是怕有才之士……对这等新奇物接受不了。"

顾元白深深看了他一眼,放下茶杯:"太傅想得对,既然如此,那就叫来几个有才之士,朕亲自问问他们,看他们是觉得能接受还是不能接受。"

"来人,"不待李保阻拦,顾元白便道,"唤褚卫、常玉言前来。"

褚卫和常玉言两人,一个是靠自身的才气实打实地打出了名声,另一个是被圣上捧起,才名在宁尚都倍为响亮。他们二人站在李保面前时,李保便心生不妙,不停擦着头上冷汗。

两个长身鹤立的年轻才俊将这一封文章来回传看,神色或是疑惑,或是恍然大悟，然后陷入沉思之中。

这两人作为顾元白看重的人才，身后自然是干干净净。等顾元白问他们二人对标点符号的看法时，褚卫率先直言："对天下寒士而言，便是天堑变通途。"

他说完，又忍不住道："句读如此辨别，乃好事一件。"

常玉言放下文章，也难得和褚卫站在一条线上，连忙接道："圣上，臣也认为如此。"

顾元白转头看向李保，虽是笑着，但眼中却好像藏着刀剑："太傅，咱们大恒的有才之士，都认为这是一个好东西。"

李保颓废地叹了口气，低声道："圣上，臣不怕同您直说，这东西确实是好东西，可是不能用。"

"朕说能用便能用，"顾元白道，"太傅桃李满天下，只要太傅觉得好，这便是真的好。"

李保瞬息明白，这是圣上想推他出去做出头鸟的意思。

他的脸色煞白，下意识地想要推拒。但是手刚伸出去，他便对上了圣上的眼睛。

圣上眼眸黝黑，静静地看着他。

李保脑中念头一闪，倏地想到了圣上先前说的那些话，想到了他的幼子。

幼子私闯宫闱，这便是死罪，抄家也不为过。可圣上却大张旗鼓地将幼子送了回来，天下人都知晓圣上对他的仁义和宽容，他当真拒绝得了圣上吗？

还是说圣上在那时，便已算好今日了？

李保越想越是头晕眼花，觉得恐惧。圣上关切地问："太傅这是怎么了？"

"无事。"李保脸色苍白地摇头，嘴唇也跟着在抖，"臣无事。"

那些年轻人，以及薛老将军已被顾元白支开，他们在亭下说着话。亭子之中，只有顾元白和李保两人。

顾元白轻笑："太傅怕什么？这东西是便利万民和后世的好东西，功绩注定要名留青史，备受敬仰。"

"李卿，你是天下人都知晓的大儒，"顾元白声音低了下去，"你学的是孔子之言，是圣人之言，但你做到了圣人所说的话了吗？你号称大儒，是朕的太傅，你对得起'帝师'这个名头吗？"

李保拄着拐杖，就要下跪。

顾元白道："好好坐着。"

李保只能停住。

顾元白冷哼一声："天下寒士，想要读书却不知句读，他们要学到句读之法，你可知道有多难？这标点符号之法一旦推广，寒士便可不再穷极办法地去学句读，天下的俊才会更多，大恒会更好。朕知道你怕的点在哪儿，朕就这么告诉你，你心中若是有天下百姓，朕就在身后护着你，你那几个碌碌无为的儿子，朕能容你李府三代不散。若是你只把圣人之言当作获取名利的手段……"

威逼，利诱。

李保的脑子匆匆转动，其实供他选择的结果只有一个。李府在天下人心中，是他们亏欠圣上，是圣上因为李保而饶了李府，正因为如此，死都死得无话说。

朝廷众官，各大学派……李保终究低下头来："圣上所言，臣明白了。臣学了大半辈子的圣人之言，自然应当……应当用之于民。"

顾元白笑了："好，这才是朕的好太傅。"

◆ 第三十二章 ◆

亭子外。

薛老将军一直在夸赞褚卫和常玉言年轻有为，薛远站在一旁，双手背在身后看着亭中的人。

常玉言突然笑着道："九遥，你可看了圣上的那篇文章？"

薛远懒洋洋地道："看了。"

"此法当真妙不可言，"常玉言感叹不已，"小小一个东西，就能起到句读之用。这要是惠及天下百姓，世上哪里还会有不会读书的人？"

薛远没有说话。常玉言上前几步走到他身侧，掩手低声道："九遥，这法子当真是李太傅想出来的？"

薛远这才掀起眼皮，赏了他一个眼神："你想说什么？"

"这法子好是好,但不招人喜欢,"常玉言道,"不说其他,单说圣人之言,句读不同便可将圣人之言转为不同意思。说得难听些,这便是满足自己私欲的一个幌子。我族中先生就曾用圣人之言冠冕堂皇地来为自己牟利。自古以来,圣人之言被曲解了多少?谁也不知这是对还是错,双方各执一词,若是当真要用此法,那要遵循哪派的断句?更何况不只是圣人之言,世上圣贤书者众,若是每本书都用了此法,那各族各派的人不都要对其恨之入骨了?"

薛远眼中一闪:"若这真是李太傅想出来的?"

常玉言笑了一声,幸灾乐祸:"那可当真是心系天下的当今大儒,我比不上,我写再多的诗句都比不上。"

"你写诗不是为了天下,是为了激怒你父亲和族人,为了名和利。"薛远道,"我看你读了这么多的圣人之言,也全都喂到了狗肚子里。"

"这便是上梁不正下梁歪了,"常玉言倒是平静,"教我读书的先生也只把这些话挂在嘴上,未曾放在心里。浑水里的人谁也不比谁好,你当这东西容易推广出去吗?只怕一旦传出来,便会触了众怒。"

薛远笑了一下,道:"所以圣上才把你同褚大人叫来了。"

常玉言一怔。

对寒士有利对上层无利的东西,自然要用上层打上层,圣上要借力打力,寒士与百姓只需要在背后摇旗呐喊就可。

褚卫和常玉言出身官宦人家,又有才名在身,是坚定不移的保皇党,他们不出头薛远都觉得可惜。

薛远含笑看了他一眼,上前走到一旁,抓住李府的一个小厮,询问其李府幼子。

常玉言愣了好一会儿,才缓步跟上来:"李府幼子,名为李焕,我倒是知道这个人。"

小厮战战兢兢道:"是,这位大人说得对。"

薛远松开小厮,朝着凉亭看去。圣上已与李保说完了话,老人家神色憔悴地被仆人扶了下去,领口的衣衫都已被汗水打湿了一圈。

顾元白在亭中往下方看了一眼,正巧和他对上了眼,唇角微勾,转到旁人身上:"都来朕身边坐。"

几个人上前来，薛远明明在最远，却三步并作两步，快速擦过众人跃上了台阶，坐在圣上的身边，压低声："累不累？"

顾元白道："尚可。"

薛远想了想："圣上认得李府幼子李焕？"

顾元白冷哼一声："有脸没脑子，一个蠢货罢了。"

圣上很少会这么苛刻地说话，即便是对薛林那个没脑子的东西，顾元白被狠吓着之后也是风度翩翩。薛远若无其事地换了个话题，心中却更加在意。

顾元白则是看向两位青年才俊："两位爱卿，标点符号一事事关重大，有关太傅安危，你们现下莫要将此事宣扬出去。"

常玉言同褚卫皆点了点头。

圣上又吩咐了几样事，两人一一记住，退下后，褚卫突然如有所感，出了凉亭便回头一看。

褚卫这一眼看了良久，俊挺的眉目之间有些茫然，待到常玉言疑惑地想一同回头看看时，褚卫骤然回神，躲避一般往前快步走去："常兄，我们该走了。"

常玉言什么也未察觉，道："好。"

五日后的早朝，群臣议事完毕，圣上却没有散了早朝，而是感慨一般地说起了圣人之言。

"朕有感于孔圣人的仁爱，"圣上道，"孔圣人之所言，句句皆是传世之作。众人慕我大恒人才辈出，克己复礼，圣人之言在其中的作用不可忽视。"

朝中的儒学大家不由得露出了自谦的神色。

圣上话锋一转："朕时常感念无法让天下人都能学习到圣人之言，朕的太傅也如朕一般有此忧虑。李保乃是天下大儒，研习孔圣人之理有数十年之久，他如今年纪大了，但为了能让天下百姓聆听圣人之言，能让天下读书人习得圣人的学识，便想出了一个好办法。"

"来人，"圣上道，"请朕的太傅上朝。"

百官没有想到会有这样一幕，他们转头朝后看去，神情讶然。

早已白发苍苍的帝师李保，一步步走到了大殿之中。

他老了，身体也跟着老了。年轻时若是还有些壮志，现在也早已被衰弱的生命熄灭。但一个文人对名留青史的追求，连李保也逃脱不过。

在史册上长生，备受后人赞誉。

有死亡和家族繁荣逼在身后，圣上的每一句话都戳在了李保的心窝里。

李保拄着拐杖，每一步都哆哆嗦嗦。他的目光从脚下殷红的宫廷地毯上滑过，富丽堂皇的宫殿还是以往那般威严高大，金柱上是龙凤翻腾、十二纹章。

他慢慢看着周围的官员。

他们都穿着官袍，都还能走得动路。深色的官袍加身，静穆之中是沉压压的威仪。

这都是圣上让李保对付的人。

其中有不少人曾来过李保府上请李保为其斧正文章。这些人中，很多都是越来越有名气的才子、大儒，是各派的代表人。

李保从他们身上收回目光，终于走到了大殿前，扔掉拐杖，颤巍巍地下跪。

"臣李保拜见圣上！"

"起吧。"顾元白道，"来人，扶太傅起身。"

李保被太监搀扶着站起来之后，便高举手中一沓厚厚的纸张："圣上，这便是臣想要献上的东西！"

太监上前接过，顾元白随意抽出一张看了看，嘴角一扯，看着李保的眼神越发温和，侧头对着太监道："将这些交予诸位大臣手中。"

五个太监从一旁鱼贯而出，顷刻间便将这些纸张交到了诸位大臣的手里。百官或不解或好奇，低头看完之后，便是心脏一缩，不敢置信。

李保大喘了几口气，在圣上的目光之中，将这些标点符号的作用说了出来。

顾元白时不时点头，一副极其赞同欣赏之意。

纸张上的不是顾元白那日写的《曹刿论战》，而是李保自己用标点符号尝试着写出来的《战国策》里的两段话。

两段话很少，虽然简洁但已经说明了一切。

等到李保解释完之后，整个大殿之中静得好似还有余音存在。

有人惊愕到出声："这怎么能用？！"

"这怎么不能用？"圣上轻飘飘地看向他，"朕觉得李卿说得好，方法也好，有了此法，天下百姓都可不再耗费心力和时间去学习句读。于万民有好处的东西，岂不正是孔圣人所说的有教无类？"

问话者哑口无言。

李保嘴唇颤抖："圣上所言极是！此法、此法……臣恳请圣上用此法来做句读之用，以普及万民！"

此言一出，百官哗然。

一个个官员神情激昂地站了出来，大声同圣上说着不可，可要是问他们为何不可，他们又说不出其他的话来。朝廷之中的一些寒士官员面露纠结，但在他们站出来前，有些在前些日子与圣上谈过话的大臣，就毅然决然地站了出来。

整个朝堂吵得如同菜市。

顾元白看着下方丝毫形象都不要的百官，有的人甚至已经撸起袖子涨得满脸通红，孔圣人所言的礼仪都被抛到了脑后。看看吧，这就是满口仁义礼智信的官员。

他们看重的根本就不是圣人，而是圣人背后所代表的名利。

天下熙熙，皆为利来，天下攘攘，皆为利往。

纯粹的儒家学者不是没有，但在官场沉浮的人，很少还能保持初心。

圣上撑着龙椅缓缓起身，身边的太监高呼一声："肃静——"

百官好像才反应过来这是在大殿之上，他们倏地闭了嘴，脸色煞白。

顾元白一步步从台阶上下来，指着一群混乱的官员，平静之中的怒火隐隐："看看你们！枉费你们读过了那么多的圣贤书，你们看看你们如今这个样子！与市井泼皮何异？！"

"这袖子撸起来是要干什么？是要当着朕的面打得头破血流吗？！"顾元白的面容终于不再冷静，怒火在眉眼之中霍霍燃烧，"荒唐！荒唐至极！"

被圣上指着鼻子怒骂的官员们脸上一白，又羞愧得红了。

"满嘴的仁义道德，满嘴的为国为民，朕瞧着你们这样都觉得可笑。"顾元白重重一声冷哼，胸膛仍然剧烈地起伏，"你们说不好，那就说出来不好在何处。朕看你们不是觉得不好，是你们的一己私欲作祟。看着太傅拿来的这些标点符号，你们眼中的不是圣人之言，不是天下万民，是你们只愿意看到的权力的'权'字和名利的'利'字！"

百官呼吸一窒，着急忙慌地跪地，响起参差不齐的十几声闷响。众人冷汗浸透脊背，惶恐道："臣等不敢！"

"不敢？"顾元白阴沉地看着他们，"那就跟朕说说。黄卿，周卿，尚书何在？九卿何在？都给朕站出来，说说太傅之法到底不好在哪里，是哪里不能用？！"

重臣们默不作声。

顾元白道："说啊！"

户部尚书最先上前："臣觉得并无不妥，可用，自然可用。"

◈ 第三十三章 ◈

户部尚书语毕，殿中的人就有不少在心中暗骂：好你个汤罩运。

但紧随在户部尚书之后，枢密使和参知政事——站出，与工部尚书、刑部尚书一起铿锵有力地言明此法可行，他们会鼎力支持。

群臣震荡不解，李保同样疑惑极了。

这些股肱之臣为何会这么做？他们难道就全然没想过此举背后的利害吗？

但不过瞬息，李保就明白了过来。他都为圣上做了筏子，这些大臣怕也是和他一样，都提前被圣上收拢到了身边。

李保突然有些惶恐。

这位皇帝陛下如今威严极大，民心尽在其身，朝廷上的武官全然信任圣上，忠心耿耿地在第一时间表明了支持。

士兵就在圣上手里，那就有了掀桌子的话语权。

如果这次皇帝陛下成功了，那他以后会不会更过分、更加试探群臣的底线？

李保浑身一抖，不敢再想。

大臣之中，最心慌意乱的便是吏部尚书。

吏部尚书便是"双成学派"之中的代表人物，曾为利州知州求过情、认过罪，圣上饶了他一回，乃至他现在进退两难，不知该做些什么。

句读是学派壮大自身的根基，是官员抱团的天然优势，要是以后真的使用了标点符号来规范句读，那学派还占据什么优势？那大家还有什么优势？

吏部尚书嘴唇翕张良久，不少"双成学派"的人暗中以唇语示意他："安大人、安大人。"

说啊，你快阻拦圣上啊！

吏部尚书低下了头，终于是没说出话来。

"怎么，"顾元白冷笑，"现在都不敢说了？"

大殿中的吵闹犹如一场荒唐的梦，现下阒然，安静得仿若刚刚的喧嚣全然未曾发生过。

"既然没人反对，那就这么决定了，"顾元白回身，往龙椅而去，"李太傅所用办法极好，这样的好东西，朕要让大恒百姓都受其恩惠。"

"上到四书五经，下到童幼所读的《千字文》，都要用上这种符号。"顾元白一句句提高声音，"从即日起，到三个月后，天下大儒尽可来京，朕会让他们来为每一本书注上标点符号。有所争议的文章句子，便在商议中立下最后的断句之法。"

"朕要往后的大恒学子，在明年的科举之中便能在文章上用出标点符号之法，"圣上已经走到了最高的台阶之上，转身回首，百官不敢相信圣上所说的话，即便是跪着，也惊愕地抬起了头，面容各异，惊惧和复杂之色跃然于眼前，圣上隐藏在怒火之下的野心终于浮现，"参知政事听令，即日起与翰林院一同将宫中藏书找出，每一本注上标点符号重新誊写拓印，不得有误。"

"是！"

圣上明晃晃地表现出了对学派的不满，甚至懒得隐瞒。

直到这时，百官才回过神，他们的圣上不是为了让圣人之言走进千家万户，是圣上要动所有的书籍，准备收走学派手中的权力了。

圣上是打算统一所有的句读，统一所有的解释权，打破阶级垄断。

他就不怕学派就此与他撕破脸吗？

百官恍恍惚惚地抬起头一看，看到那些将领恭敬地俯身听从圣上命令的模样，清醒了过来。对啊，他们的皇帝陛下和先帝不一样，这一位陛下，从吞并西尚之后威严便赫赫显著，已经足够强大，强大到他们此时根本无法在明面上对其进行反抗。

而且那些大臣——百官看向尚书和九卿，目光恨铁不成钢——竟然站到了他们的对立面。

他们恨不得打开他们的脑子看看，这些大臣到底在想些什么？都这个时候了，不去捍卫自己的利益，竟然还站在了皇帝身后将剑端对准了他们？

脑子有病吗？

皇帝陛下再强大，他们站在一块儿，也有可能使陛下妥协啊！

被注目的重臣们面色不变，恭恭敬敬。顾元白的命令急促如雨点，在群臣还未反应过来时，早朝已经散了。

早朝是成功了。

但顾元白知道，若是想用一个早朝就解决掉标点符号的问题，简直是痴心妄想。

在当日，城门处就张贴了带有标点符号的文章告示。太学、国子学两地也是如此，告示处围着一圈圈的学子，激烈议论着这种从未有过的符号。

未入官的学子中，有些聪明人也能看出标点符号代表着的含义，更多的人则是关心这些东西的用处，埋怨为何明年的科考要加入这些东西。

但这是大恒的皇帝要求的事情，只这一个前提，学子们不想要接受也要接受，更何况其中饱尝过句读之难学的寒门学子，他们中的大多人没有门路去拜师去入派系，见此更是目露喜色，欣喜若狂。

告示中有一句话："凡以后书籍，皆加入标点符号以作句读之用。"

学子们反复念着这一句话，目中或沉思或狂喜，他们隐隐约约地感觉到，他们正在经历一个巨大的历史变化。

而这一变化，注定会被记录在史册之上。

与此同时，朝廷邀请天下大儒入京给众书注加标点符号一事也被广而告之。为期只有三个月，自然，因为消息流通的关系，很多大儒甚至在听到这个消息时，就已经错过了时间。

但顾元白不在乎，他只是表现一个态度，让众人的注意力从"能不能使用标点符号"转移到"标点符号的断句应该遵循哪一派别的方法"。

听到消息的大儒为了坚守自己句读的准确，收拾行李就往京城奔去。而在京城之中，有一些学派开始坐不住了。

在第二次的早朝时，有不少官员借口抱病没来上朝。

顾元白面色平静地上完了这次的早朝。次日，则是更多的臣子抱病，无法处理朝廷政务。

他们不敢对皇帝做些什么，只能用这种方法，来逼迫皇帝退后。

而抱病的这些臣子，大多都是朝廷中层的砥柱。

顾元白要做的不是武力逼迫，不是失去人心。他早在上朝前的那五日，便一一会见了朝中重臣，动之以情、晓之以理，最重要的，是拿出了足够利益。

这些大恒朝的重臣看出了圣上对学派改革的坚定态度，明白无法阻止圣上，既然如此，不如站在圣上这边，用其他学派的灭亡来换取自己的特权。

是的，圣上给他们留下了特权。

拉拢到自己身边的臣子，顾元白给他们学派留有五本孤本的权力。

他们的这五本书籍，顾元白不会让其注上标点符号。如果有学子想要学习他们的这五本孤本，也可以如以往那般加入他们的学派。

五本，不少了。

相比于其他的学派，这就是一个巨大的诱惑。他们选择接受了圣上伸出来的手，在学派大改革之时，坚定地站在圣上身后。

而他们不动，朝廷便稳如磐石。

但随着越来越多的中层官员抱病在家，各个机构的运转逐渐变得困难。朝廷之中隐隐不安，薛远都有些为他担心。

《大恒国报》把持在圣上的手里，赞誉圣上和李太傅的文章轮番刊登，让普通百姓都深信不疑标点符号是个好东西。这让学派中的大儒文章变得犹如石头落水，只能激起一丝半点的水花。

他们文章的传播速度完全赶不上《大恒国报》。

舆论原本把持在握着笔杆子的人手里，但随着这些年来国报的普及和深入，百姓的声音逐渐能够影响舆论，并越来越重要。

看到百姓都在称颂圣上的举动，朝廷抱病在家的官员心中很是忐忑。

他们仗着抱病的人多，即便潜意识觉得圣上不会对他们怎样，但还是会在府中紧张得寝食难安。

终于，圣上有动作了。

朝廷中的太监们一一上门，态度客气地询问这些抱病的官员，问他们的病什么时候能好，什么时候能上朝。这些人应付完宫中来的太监之后，彼此一交谈，惊喜地发现，这是不是皇上退一步的征兆？

朝廷少了他们果然不行。

中层官员们心中的大石头放了下来，难得安稳地睡了一个好觉。但等第二天他们一起床，就听到有人顶上了他们的官位。

他们蒙了，朝廷的各衙门处也蒙了。

各衙门一大早就迎来了这些不知道从哪里冒出来的官员，这些官员极为娴熟地接手了告病官员的政务，有礼地同众位同僚一一结识。

这些官员能力出众，上手极快，又勤奋又有干劲。各衙门处的大臣们来问了圣上好几次，圣上只笑着道："在抱恙的官员病情未好时，你们随意用他们就是。"

这些官员，就是监察处的官员了。

这次大批官员借口罢朝，对监察处的官员来说可是一个天大的好机会，能光明正大地从暗处转到明处。圣上暗示过他们了："能不能一直做下去，就要看你们的本事。"

被安排顶上各岗位的监察处官员犹如打了鸡血，没过几天，大臣们便来同顾元白称赞，直言这些官员用着极其顺手，朝廷各机构的运转效率要比以往高出不少。

但抱病的官员和其身后的学派就目瞪口呆了。

他们简直是搬起石头砸自己的脚，有些官员着急，得到消息之后就准备回到衙门，可禁军却把他们请了回去，理由是他们的病情不应该好得这么快。

朝廷颇有"人情味"地表示：既然生病了，那就好好休息吧，多休息一会儿。

此举一出，京城乱成了一锅粥。为了学派而借口抱恙的官员们反而恨上了学派，激烈的对抗闹得越来越大，等各地的大儒进入京城的时候，见到的就是学派与官员之间的争端。

奇了怪了，争端的两方竟然是他们！

被这一幕弄得摸不着头脑的大儒被请入了宫中，李保按着圣上的话，泪流满面地让他们莫要为了一己私利而忘却了圣人之言，忘却了孔圣人曾抵御万难而建立私学的无畏。

这样的言论说得多了，李保都好似认为自己当真是为了国家、为了百姓，而他这样的表现，使部分大儒倍感触动。

三个月一晃而过，京城火炕烧起来的时候，学派终于颓废地落败。而那些用软手段逼迫圣上的官员，也没有成功回到朝廷之中。

最重要的是标点符号终于可以光明正大地进入科考的殿堂之中。

顾元白在这三个月中从未停止过忙碌，他不断地游说或者威慑，光是太学和国子学，就迎来他的两次驾到。

标点符号初用，顾元白必须对其表现出足够的重视。只有他重视了，百官才会重视，天下的学子才会重视。

而随着标点符号的普及，学子与教书先生看出了其中巨大的力量。这些符号一标，完全省了他们学习句读的时间和心血，随着时间的延长，已经不需要圣上派人去写赞誉的文章，各地有识之士自发地高举标点符号之法，不断进行宣扬。

在初雪落下时，顾元白终于停下了繁忙的政务，给自己放了一个假。

薛远每日像只可怜的落水狗一样盯着顾元白看。顾元白忙碌的时候甚至一日里也不能同他说上几句话，说实话，他有些心疼。

◆ 第三十四章 ◆

假期，就应当是快乐的。

大雪如神仙撒下的白花，除了一点红梅之外，处处一片白茫茫。

短短片刻，黑发和肩上已经积了一层落雪。

树上的积雪倏地落下，还好薛远手疾眼快，扯掉背后的披风一扬。

厚雪落在了披风上，黑暗的披风之下，顾元白轻咳一声，低声道："前些日子疏忽你了。"

薛远原本发亮的眼睛暗了下去。

"圣上也知道对我疏忽。"他幽幽地叹了口气，"不过和江山比起来，都不算什么。"

他身上有股冷冽的风霜，冷热混杂，顾元白脸上微微窘迫，他往后靠了靠，细细一棵梅花树如遇狂风般剧烈摇动了起来。

顾元白忙碌的时候，薛远不想打扰，心疼他，也想替他分担。但是他已经好久没有给自己安排差事了。

三个月，对于顾元白来说很短，对于薛远来说却很长。

长到每一天回想起来，都好像度日如年。

常玉言都比他要更为频繁地与圣上说上了话。薛远站在一旁看着他们的时候，他得承认，常玉言这个探花是有用的。

他的文章，他手中的笔，是圣上的另一个战场。

那个战场上，无法用刀枪，无法去杀敌，薛远只能看着，站得笔直，一动不动。

薛远是个粗人，满屋子的书只是摆设。君子要学的东西，他其实就通个棋，平日里糊弄下常玉言没有问题，但笔杆子他是当真挥舞不动。

在顾元白处理政务的时候，薛远归根结底，还是觉得自己做得不够。

薛远怕当他毫无准备的时候，就像他从荆湖南回来之后面对的是圣上的调令一般，满头火热，迎头就是一盆冷水。

两人在梅花林中踩着雪，顾元白走着走着，脸上细微的笑意都要僵住了。

但薛远还以为他是被冻住了，把身后的披风披在了顾元白的身上："回去。"

顾元白被薛远护着，一路躲着雪花回到了宫殿，宫殿中温暖，身上的积雪转瞬化成了水。宫侍准备着泉池给圣上沐浴，薛远也被带着去泡了热水，出来后，圣上已经就着暖炕睡了过去。

薛远想要的越来越多了，不只想要圣上信任他，还想要圣上在其他的事上也能依赖他。

得想办法。

雪停后，顾元白找了个时间，出宫瞧了瞧进京赶考的学子们对标点符号的态度。

他和薛远坐在茶馆之中，一楼二楼皆是三五成群的考生。顾元白捧着温茶，细细听着他们的谈话。

考生们果然不可避免地谈起了标点符号，相比于"好"或者"不好"的看法，他们更担忧的是能不能将其用对，若是忘了用或者用错了，是否会与金榜失之交臂。

顾元白大致听了一番，心中有了计较。

◇◆ 第三十五章 ◆◇

"白爷，"薛远压低声音，气音微弱，"带你去个地方？"

府里的母狼要产崽了。

他想把圣上带回薛府。

顾元白睨了薛远一眼："你刚刚说了什么？"

薛远猛地起身，转身如风一般跑下了茶楼，背影狼狈。沉重的脚步声逐渐消失不见，顾元白在原地愣了半晌，低头一看，薛远已经跑到了楼下，面红耳赤地在人流中鹤立鸡群。

顾元白握拳抵着唇，"扑哧"一声笑了出来。

茶馆里的书生窃窃私语："那人是有毛病吗？茶馆中还闹出这么大的动静。"

顾元白笑得更深，肩背微抖，这才发现窗外的蓝天白云怎么这么亮丽，今日真是晴空万里。

这么好的天气，他带着薛远来喝茶、来打听学子们对标点符号的态度，太不应该了。

桌旁有脚步轻轻地走了过来，关切道："这位公子，你这是怎么了？"

顾元白跟着薛远跑出了茶楼。

街市上人来人往，守在茶楼四周的侍卫暗中跟上。顾元白语调悠悠："薛将军，你刚刚跑什么？"

薛远不说话，顾元白无声扯唇："你是想和朕玩什么？"

薛远脚底下一个踉跄，差点儿摔倒，佯装地沉着脸："别乱说话。"

两个人往桥边走去，河水潺潺，枯树下早已没了青草，人烟稀少，积雪化水，在草缝之中打湿了鞋面。

晚上，薛远还是用母狼产子的事将圣上"拐"到了薛府。待到沐浴之后，顾元白让人布上了小菜和清酒，挥退随行宫侍，单独坐在院落中与薛远月下对酌。

火炉暖意融融，今儿个是十五前后，月亮很是圆满亮堂。几杯小酒下肚，薛远总算是说出了前些日子自己胡思乱想的事。

"你忙着标点符号一事，许久未曾同我说上什么话，"薛远自嘲，"我也想继续在朝堂上帮到你。"

顾元白抿唇，突然开口："你是不是很累？"

薛远奇怪："何出此言？"

顾元白闷闷喝了一口清酒："比起在宫里担当朕的护卫，你更喜欢自由。"

"我心甘情愿，"薛远坦然，顿了顿后道，"只是偶尔，我会觉得自己也不过如此。不懂治国，无法助你。"

顾元白沉默了半晌，清酒也不好喝，小菜也不好吃："你在朕身边终究还是可惜，你应当去走你的大道。将帅，文武，让天下人都知晓你的厉害，让史册上也能唤你一声'英雄'。薛远，你没必要将自己困于皇宫。"

薛远一僵："什么意思？"

顾元白又说了一遍。

薛远总算是听懂了，他不敢置信，犹如受伤了的野兽低吼："你又要将我调走？"

顾元白重重握着酒杯："朕只是不想拘着你奔向大好前途。"

薛远差点儿疯了。

他止不住突起的青筋，想要起身暴怒，但烛光微晃，显露出了顾元白脸上的神情。

顾元白不承认自己难受，他只是有些挫败，他看着薛远担忧的面容："对不起。"

再忙，顾元白也不应当这么忽视了薛远，在他心中薛远不会为此在意。但薛远当真不会为此在意吗？

既然决定相信薛远，那就要负好自己的责任。他觉得薛远应当体谅他，明白事有缓急。

理所当然，这样的想法，着实有些伤害人。

顾元白鼻音沉重："朕是不是伤害了你？"

薛远闻到了酒香味，拿过杯子一看，头疼："田总管给你拿来的怎么也是酒？"

顾元白好久未曾饮酒，为了身体着想，这七个年头，他沾着酒水的次数一只手能数得过来。此时已经有了醉意，但他却恍然未觉。

他只觉得压抑，胸闷。

薛远忙问："哪儿不舒服？"

顾元白蹙眉，摸了摸自己的胸口。

薛远："圣上可别再说这样的话了，天下人都有错，圣上也没错。"

"有错，"顾元白看着皎月，冷静得好似从未饮过酒水一般，"你父亲曾与朕说过，即便你只是做个小小的殿前都虞候，他也不觉得折辱了你。朕那时还在心中斥他对你太过无情，你天资卓越，早该在征战西尚时便扬名于天下，可你看看，你在西尚都干了些什么。"

他抓紧了手，手指深深掐着掌心的肉："你在保护着朕，一刻不离地保护着朕！其他的将领抢着上战场夺取军功，可你呢？你浪费了一次又一次的时机，你明明——"

明明比那些人强出许多。

都是因为顾元白。

"圣上，"他的声音低哑又柔和，"保护你难道就不重要了吗？"

顾元白心道：果然是因为朕。

他颤抖的眉眼紧闭。

薛远继续低声说着话："臣的职责便是在战场上护着您的安危。这比上战场杀敌要重要得多，交给旁人臣不放心，只有交给臣自己，臣这一颗心才能安定下来。"

"旁的所有领兵作战的将领，他们做的事都没有臣的重要，臣愿意，不必去抢军功。只要您安康，臣就觉得够了。"

"男儿不过追求'建功立业'四个字，"薛远说着说着，突然自己也有些领悟，他的神色逐渐沉稳而成熟，轻声道，"可是我有了比建功立业更看重的东西。"

若是能帮你变得轻松些，不再傻愣愣地只看着你同其他青年才俊商谈政务，那就更好了。

鱼与熊掌。

朝堂啊，若是能让顾元白处理政务时也能想着他去参与⋯⋯那就最最好了。

是否翻手为云，覆手为雨之后，圣上便是厌倦，也无法抛弃他了？

◆ 第三十六章 ◆

第二日看完母狼产子，薛远便忙了起来。

在宫中，他便细致地听着圣上与他人商议。圣上教导顾然时，他也跟着沉思。回府之后他便将自己关在书房之内，捧书而读。

薛远几乎是废寝忘食，疯狂地充实自己。他的门客也开始活跃，要到各种卷宗，从四面八方一一给大公子讲述其中的弯弯道道。

薛远是天之骄子，当他认真地想要做什么事，几乎没人可以阻止他。

他明晃晃地摆出了要入朝堂的姿态。

顾元白很快便知道了这件事。

原文里的摄政王权势滔天，喜怒不定，时常似笑非笑地看着闹剧在眼底开场。顾元白不知道薛远为何会变成那副高深莫测的模样，但他登上皇位之后，因为天下稳定,边关游牧退避,薛远逐渐安于平稳。

顾元白挑眉。

他情不自禁地想:若是薛远当真入了朝堂,他又会展现出怎样的表现?

这个傻家伙,会爱上权势带来的感觉吗?

顾元白既有对他能做出一番功绩的期待,又有几分迎来挑战的、久违的征服欲望。

顾元白就是个疯狂的家伙。他想要看着薛远绽放自己的光芒,欣赏薛远的强大。这样的强大不应该因为顾元白而被磨平,顾元白甚至想了一番若是自己遇上的是原著里抛下战场、陷于官场浮沉的摄政王,他们会有怎样的交锋。

一想到这些便战栗不止,顾元白那根喜欢挑战的神经,甚至想要将薛远捧上高位,再将他狠狠碾压。

但这也只是想想罢了。

如今的大恒应当稳定地发展,不应当再去经历无用的波折。

顾元白压抑住了这样的想法,开始有意无意地教导薛远,而薛远不负所望,凭借敏锐的政治直觉,他几乎像匹狼一样窜入了朝堂圈。

看薛远如此,顾元白笑了笑,用西尚时的护驾之功,将他增一阶调入枢密院。

一个月后。

薛远深色的官袍在脚步间扬起翻滚,身后的大衣猎猎,进了宫殿之后便扫下了身上的积雪,走到暖炉边去掉寒气:"圣上可起了?"

宫侍小心接过他的大氅:"薛大人来得早了些,圣上还未起。"

薛远笑了笑,手掌热了之后便入了内殿。小半个时辰过去,圣上衣衫整齐地同薛大人走了出来,膳食摆上,顾元白接过薛远递过来的玉筷,懒洋洋道:"让旁人上前伺候就可。"

薛远道:"我喜欢伺候圣上。"

热粥散着浓郁的米香,两人缓缓用着早膳,低声说着话。

田福生候在殿门前,薛大人忙起来后也不忘记照顾圣上的穿戴和一日三餐,这让他一个内廷大总管都没了作用。时间久了,田福生也适应了这闲适的日子,只要薛大人在这儿，他就别上前去左右不讨好，大大方方偷懒就是。

用完膳，宫侍收走东西。顾元白道："淮南的盐商出了些事，朕准备让你带人前去探查一番。"他顿了顿，"你想去吗？"

薛远点了点头："去。"

早在薛远想要成为能让圣上依赖的能臣时，他便知道这样的事情少不了。

最重要的是圣上好像不想要薛远困在自己的身边。圣上希望他去，那他便去。

现在薛远甘之如饴。

薛远在心中暗暗地叹了口气，他现在需要立功，急迫地需要功劳。

顾元白果然笑了："这大雪日，也不知你们什么时候能回来。"

"最快也要一个月，"薛远叹了口气，"上元节那日，还望圣上看在我即将离开的分儿上，将一日的时间都留给我。"

顾元白"嗯"了一声。

下值后，薛远回了府。他风尘仆仆，薛老将军将他叫了过去，面色凝重地道："薛远，圣上看重你，你要好好报效圣上。我薛家三代忠良，忠君便是摆在家法上头的第一条。你若是做了什么违背人伦的事，那就是禽兽不如，我第一个饶不了你！"

薛远随意地点了点头，他这副好似没把薛老将军的话听到耳朵里的模样，让薛老将军暴怒："你做事也莫要害了薛府！我宁愿你平平庸庸，也不愿你功高盖主！"

薛远叹息一声："我未曾想要功高。"

薛老将军不信："若是你不想要，那为何这些日子动作不断？"

"薛将军，你应当知道，"薛远扯起唇，"若我想要军功，动动手便可，以往的那些军功不高？唾手可得罢了。"

他压低了声音："我要的不是唾手可得的东西。"

是想要辅佐顾元白一辈子。

帮他稳住大恒江山。

又半个月，孔奕林与薛远从枢密院走出。孔奕林生得极为高大，薛远同他不分高低，两人慢步而行，孔奕林笑着道："薛大人近日便要出行了？"

薛远点了点头，笑了："待我走后，圣上若是有什么不适，还请孔大人多多与我书信交谈。"

"一封信过去，你人都要回来了。"孔奕林哑然失笑，含蓄劝道，"圣上乃九五之尊，即便是田总管，也不能成日里看着圣上。"

薛远的舌尖顶顶上颚，眯着眼笑了："孔大人不晓得。"

孔奕林好奇："哦，我不晓得什么？"

"圣上不喜田总管日夜跟着他，"薛远露出了几分回味的神色，"却喜欢极了我跟在他身旁。"

孔奕林一噎。

薛远笑了笑，慢条斯理整理了番袍袖："即便驿站行得慢，但我心中着急，还是得托付孔大人了。至于其他人，也得麻烦孔大人多费些心神。"

上元节。

顾元白换上常服，薛远早已等在外殿。回头一看到他，愣了好一会儿，薛远眼睛不眨地称赞道："圣上天人之姿，潘安、卫玠远不及。"

顾元白哼笑一声，缓步走过去，薛远伸出手，将他的腰间玉佩正了正，美玉发出琳琅碰撞之声，薛远指尖轻弹："好听。"

这是顾元白第二次和薛远一同过上元节，夜晚微黑，灯火透亮。

"臣带了俸禄，"薛远将顾元白多看了一眼的花灯买了下来，"圣上想要什么，臣的银两足够。"

顾元白很捧场，给他鼓了两下掌。

一夜过去，第二日天色还没亮，薛远从床上醒来。

今日是出行的日子，薛远收拾好了自己，辞别了父母。

薛老将军和薛夫人在卧房之中窸窣响动了几下，过了一会儿，薛老将军披了外衣走了出来："去吧。"

淮南盐商一事水深得很，薛远带着人一查，便查到了私盐的事。

自从西尚被大恒吞并改名为宁尚之后，宁尚的青盐自然不再是私盐。许多依附西尚青盐贩卖私盐的盐贩子遭到重击,又因为两浙盐矿的盐投入市场,官盐价格下跌之下,私盐几乎没有了生存空间。

做私盐的盐商,就在淮南和江南两地制造了混乱。

江南之前曾被反叛军祸害过一遍,大的豪强没有,小虾小蟹倒是多得很。加上淮南处来来往往的商户,形势复杂,薛远每日忍着脾气参加筵席,时间一久,已然可以不动声色。

与形形色色的人交际,暗中套着消息,身处其中时才最锻炼人的本事。薛远的眉眼之间越来越能沉得住气,嘴角的笑意也越来越深,偶尔打眼一看,好像真是一个好相处的君子。

时间一拖,又往后拖了一个月。

薛远笑着辞别淮南的吕氏,进了地方官府为他备的府邸之后,就觉察到了不对。

他挑了挑眉,进门一看,原来不知是谁给他送来了两个女人,正在卧房之中身穿薄纱地立在床边。

"滚回去。"薛远厌恶地皱起眉,转身退出了院落,出门就踹了一脚看门的奴仆,"你什么人都让进?!"

守门的小厮被他吓得屁滚尿流,连忙跪地:"小的知错,小的再也不敢了。"

薛远的脸色阴沉着,向来带笑的脸上乌云翻滚。

小厮害怕地上前抱着他的小腿痛哭,一口一个"冤枉""被迷了眼"。薛远又用力踹了他一脚,厉声道:"老子立过规矩。"

想到这个小厮做的事,不够出气,他又使出十分力道,一脚便让小厮厥了过去。

"带下去,"薛远面无表情,"卧房里的那些个东西全都给烧了。"

手下人道:"是。"

薛远往两旁一看,盯着其中一个人道:"看清楚了吗?老子没碰那两个女人。"

佯装成薛远手下的监察处官员答:"看清楚了,薛大人。"

薛远这才觉得怒意稍降下来了些。

此事传出去之后,外头试图给薛远送人搭上关系的商户才停了动作。

盐商一事,本以为最快一个月便可,但薛远忽视了其中的利益交杂情况,直到查出了苗头并整治，已经拖了两个半月。

薛远紧赶慢赶地回到京城时，已然是春暖花开的时节。

◆ 第三十七章 ◆

薛远在离开京城的时候，给顾元白留下了两个木箱，木箱下压着一封信，顾元白打开一看，正是薛远的字迹。

信中说，这两个箱子一个是薛远自上值以来的俸禄，交予顾元白留用，待什么时候用完了，他便什么时候回来。另一个箱子里则是他提前写好让顾元白看的信，每日一封，还请圣上莫要忘了看。

薛远一路风尘仆仆地赶到京城，路上买了不少各地的小玩意儿，都打算送给圣上讨欢心。他行色匆匆回到京城时，正好是殿试前的几日。

如今春暖花开，薛远身子虽疲惫，但精神却格外亢奋。他将马匹交予宫侍，率先便进宫去见圣上。

他很心急。

原本以为最快一个月便可回来，最慢也可两个月，薛远准备的信也只有两个月的份，到现在为止，怕是圣上已经一个月没有看到了。

薛远叹口气，步伐加快。翻滚的衣袍如海浪起伏，田福生老早就听说薛大人进宫了，连忙迎上去："薛大人，您可算回来了。"

薛远开头就问："圣上呢？"

田福生熟稔道："圣上在寝宫内安歇呢，薛大人可要先过去看一看？"

薛远当然点头："我先洗漱一番，再去看一看。"

薛远身后的那些官员听得一句比一句惊讶，彼此面面相觑。

稍后，薛远一身湿气地进了圣上的寝宫。

顾元白躺着休憩，缓缓地睁开眼，视线还未明晰，便看到了床旁倚着一个熟悉的身影。

一身黑衣，还在笑着。

顾元白只以为做了梦，没理他，又安心睡了过去。

薛远还想同他说几句体己话，此时不免哂然一笑："怎么这么能睡。"

一会儿得去问问田福生，圣上昨夜是什么时候睡的。这会儿都已是晚膳后的一个时辰，竟然还是这么困倦的模样。

小半个时辰后，顾元白才真正地醒来。他看到薛远在外室的床上闭着眼，也睡着了。

竟然回来了。

顾元白眨眨眼："薛远？"

薛远睡得很熟，顾元白声音加大了点："薛九遥。"

薛远还不醒，顾元白往周围看了一圈，到处都是静悄悄的。他都有些怀疑是不是睡蒙了做了梦，薛远其实还没回来，这人现在也是假的。

顾元白想掐自己一把试试，但又怕不是梦的话很疼，瞧了瞧薛远，嘴角微勾：可以掐他。

薛远"唰"地睁开了眼，疼得"嗷"了一声，余音绕梁，彻底把顾元白震清醒了："朕的耳朵。"

薛远表情扭曲，嗞嗞抽着冷气，他来见顾元白之前特意将自己整理了一遍，但现在可谓白白整理了。他疼得都想要蹦起来："白爷，嗞，快松手，高抬贵手啊白爷。"

顾元白眨眨眼："很疼？"

薛远抽了抽鼻子："疼死老子了。"

"嘘，"顾元白有点儿心虚，"别叫了，爷给你揉揉。"

薛远委屈地点了点头。

揉了一刻钟，又说了好几句话，两个人才从里头走了出来。

同薛远一起前去淮南的官员主要是户部和政事堂的官员，他们的面色更为难看，瞧着就是累得很的模样，禀报时双眼无神，说着话都有气无力。顾元白直接让他们先行回府休息，但看了看薛远精神十足的面容，还是察觉出了文官的体弱。

经常外出办事的官员们，除了监察处的官员，其他都会有各样的病症发生，多是水土不服或是体乏风寒，这样的身体着实不好办事。

顾元白若有所思，琢磨着定时定量的运动要求和国民运动会是否要开始制订了。

就顾元白这身体素质，他也知道不能每日坐在书桌之前，各个衙门处的官员更是应该如此，好不容易选拔出来的人才，可不能输在了身体上。

◇◆ 第三十八章 ◆◇

顾元白把运动会的想法一说，薛远沉思了一会儿，慢吞吞道："您也需要多动动。"

顾元白朝着一旁看戏的监察处官员打了个响指。

监察处官员从怀中抽出个账本，一样一样详细至极地道："二月十五日薛大人经过应天府，曾与桥边一女子说了两句话。"

薛远一怔，皱眉想了想，好像确实有这一回事。他道："一句是'我不买饼'，一句是'去边儿，让路'。"

监察处官员笑眯眯地继续道："那女子在大人过去后可是目不转睛地盯了大人许久。"

顾元白微眯了眼："咱们的薛大人原来也如此讨女子欢喜。"

薛远面无表情道："若是臣没记错，那桥边女子不过髫年，还是个孩子。"

顾元白转头看向监察处官员。

监察处官员面不改色，将账本翻过了一页，道："二月十六日一早，有驿站女子来给薛大人送上早膳，与薛大人多番谈话，薛大人待其神色温和，耐心十足地与其探讨京城吃食。"

薛远额上青筋暴起，忍无可忍："那是个京城嫁出去的老妪。"

监察处官员稀奇，薛大人在淮南待了如此久，早就变得高深莫测、不动声色，怎么一到圣上面前就成了另外一副模样？

但稀奇归稀奇，监察处官员又翻过一页纸。

这本账本很厚，一看就知晓是详细到了记录一举一动的程度。

随着监察处官员手中的账本余下页数越来越薄，薛远脸色越来越凝重。他自然没有做过什么背叛顾元白的事，但监察处对他的态度，一定会将淮南那群商户给他送礼的事大书特书。

果然，监察处官员说到了这件事，还用了整整两页纸来记。但顾元白知晓了事情缘由之后也未曾生气，只是让监察处官员退下，笑吟吟道："薛大人，我派人在你身边，你是不是不太高兴？"

薛远冷汗出来了："怎么会。"

顾元白佯装客气道："你若是不喜欢便说出来，朕也不是不好说话的人。"

话里暗暗的威胁薛远要是再听不出来，那就白费他这些时日的心血了，他头摇成了拨浪鼓："喜欢，臣喜欢极了。"

顾元白满意地笑了："朕的掌控欲可分毫不比你少。"

在成为皇帝之后，这样的掌控欲望更是加倍地生长起来，监察处简直就像搔着顾元白痒处而建立的存在。

他抬起双手搭在薛远的肩上："真的喜欢吗？"

"真的，"薛远道，"您让人瞧着臣，臣也托人瞧了您，咱们半斤八两，谁也不输谁。"

他眸色认真，说话时甚至带上了阴冷的气息。就是薛远对顾元白的这份钦佩，才使得顾元白极为满足，连掌控欲都叫嚣着餍足。

两个人许久不见，顾元白放下了政务，他们在御花园中逛了一圈，路过湖旁时，薛远道："等哪天日子好，臣带圣上去臣的庄子里凫水。"

顾元白欣然应允。

薛远从皇宫走回府，心里头想着将圣上带到庄子里能做的事，不免心情大悦。

但一走进薛府，就有一道破风之音袭来，薛远神色一凝，侧身躲过利箭，抬头一看，薛将军正铁青着脸看着他，一副恨不得将他杀之欲快的模样。

薛远见着他就笑了："父亲安好。"

薛老将军一愣，随即就冷着脸将弓箭一扔，拿起棍子吼道："——老子打断你的腿！"

薛府顿时一片混乱，薛二公子听闻后赶紧让小厮抬着自己去看热闹，幸灾乐祸道："我得赶紧去看看爹是怎么打断薛九遥的腿的。"

这场闹剧一直到了月上枝头才停下，薛远还是活蹦乱跳，薛二公子满脸遗憾地被小厮带回了房。待人散了，薛老将军指着薛远怒骂："你和那褚卫到底是怎么回事？！"

薛远心不在焉："褚卫与我何干？"

薛老将军："你还不说实话？你母亲同我说褚卫与你密谋篡权，这事是真还是假？"

薛老将军面色沉着，心中胆战。

要是薛远当真三心二意，那他即便是被圣上责罚，被圣上处死，也要冒死将薛远打死。

这样最起码还能保薛府其他人一条性命。

"薛夫人哪里听来的胡话？"薛远叹了口气，风度翩翩犹如君子，"要是拜神拜佛有用，那我希望褚卫能早点死。"

他笑带恶意："死得利落点。"

薛老将军彻底泄了一口气，没力地一屁股坐倒在了地上，大口大口地吸着气，如获新生般庆幸喃喃："还好不是，还好不是……"

薛远走到他身旁蹲下："薛将军可否告知于我，为何我一回府就追着要打死我？"

他的老父亲被气笑了："好你个薛九遥，你爹误以为你要谋权篡位。"

薛远拍拍他的肩膀，笑了笑："天色已晚，薛将军您也老了，受不住夜中霜寒，该回去歇息了。"

说完，他起身同薛老将军规规矩矩地行了一礼，转身走进了黑暗之中。

薛老将军呆在原地，感到了一阵彻骨寒意。

像这样走前给他行礼的举动，薛远以往从来没有做过。这一次的外出让薛远的心思更加深沉，看起来脾气像是好了许多，甚至温和了下来。

老将军一时竟然分不清，是原本不屑于人伦事理的薛远更可怕，还是现在这个泰然自若、守着世间规矩的薛远更可怕。

晚露降下，薛老将军回过神，沉沉叹了口气。

薛远回房之后就让府中门客前来见他。

门客低调前来："公子，您让我等探查的事情大致已得出了缘由。大儒李保的膝下幼子李焕曾于三年前私闯后宫被捕，圣上顾念与太傅李保的师徒之情，便派人将李焕送回府中，还送上了许多珍稀药材。"

薛远转着手上与圣上的一个模子刻出来的玉扳指，眼睛微眯："他为何会私闯后宫？"

门客低声："小人查了数月之久，才从李府查出了些隐秘。据说是此人在宫外一瞥圣上容颜，便自言是采花贼闯进了宫。"

他话音刚落，便觉得周身一冷。

薛远半晌没说话，再说话时，语气如蛇吐芯般阴森可怖："圣上怎么会饶过他？"

门客刚要说话，薛远便已经自言自语地道："他应该死的。"

"圣上那时刚刚掌权，而李保又是天下大儒、圣上的太子太傅，"门客婉言道，"此次忤逆，圣上已让李焕整整在床上躺了两年的工夫，饶了他一命才好在之后把控李保。"

薛远笑了："现在不是以往了。"

门客默不作声。

薛远另问道："京郊的庄子给我备好，最多十日，水池四周的无烟炭火就要烧起，要担保即便是傍晚起风也不能让水冷起来，知晓了吗？"

门客应声而退。

薛远这才收敛了笑，心中慢慢念着：李焕。

第六卷
春暖花开

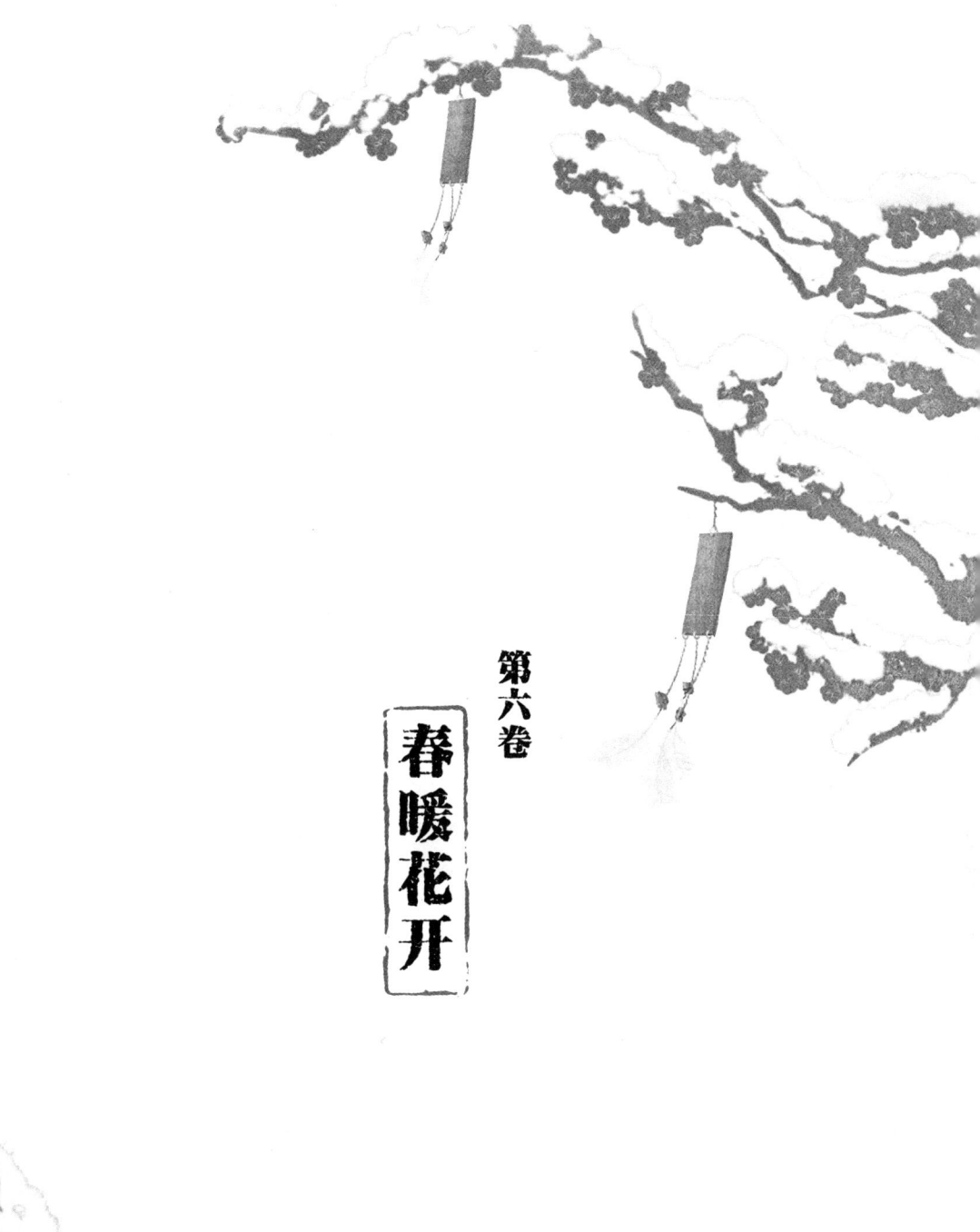

◆ 第三十九章 ◆

殿试后的几日，便传出了李保的幼子李焕染上花柳病的消息。

听闻此事的众人哗然，怎么也想不明白李保如此大儒，家中幼子为何会染上这样的病症。李保同样羞耻万分，早早就闭了府门不再接客。

前些日子李保备受赞誉，不只是文人，连大恒各地隐居的大儒都写文章称颂李保献上标点符号一事，书信更是如雪花般往李府飞去。这样的盛况让李保有些飘飘然，他好像一下子年轻了十几岁，面色红润，走路也是步步生风。

天底下的文人都这么崇敬自己，又有圣上许诺的三代荣华在后，李保早已忘却当初答应圣上做出头鸟时的惊惧，只觉得如获新生。

但李焕的消息一被传出去，李保就犹如被打了一个响亮的巴掌。

他为人谨慎一世，两次污点都是因为李焕。李保面色涨红，怒瞪着床上的幼子，不住地说道："丢人现眼，丢人现眼！"

他的大儿子在一旁着急："爹，若是弟弟这个病被人拿来攻讦，这……我还怎么做官啊？面上无光，只让旁人笑话，我听了都羞得慌。

"天下人怎么看我们？圣上都已说了要保李府三代不散，但若是圣上想要提携我却出了此事，圣上又会怎么看我？我的前途不能被毁了啊。"

李保怒喝："闭嘴！"

李焕面色发青，唇瓣颤抖，俊俏的一张脸如今也变得非人非鬼，狼狈至极。李保平日里因为幼子的机敏聪慧格外偏爱他。幼子长得好，会讨人欢心，但自从上一次他敢独自闯入皇宫后，李保就对他冷了下来。

一个没功名在身的儿子，怎么能比一整个家族还重要？

他因着幼子一事被圣上钳制，谁知祸福相依，前些时日那般风光，哪能知道这会儿又是李焕闯了祸。

李保一想到那些文人大儒会在背后谈论他时便觉得暗火顿生，他沉着脸，独自出了屋门。

床榻上，李焕冷汗津津，他的意识模糊，但也听到了"花柳病"三个字。

李焕心中总觉得不对劲,但说不出是哪里不对劲。得花柳病的人没几个能好好地活下来,李焕想到这儿,不免心中不甘,无力的手指往腰间伸出,碰到了一个精美的香囊。

有人突然问道:"这是什么?"

李焕下意识道:"这是宝贝。"

"宝贝,"那人喃喃,"那一定是个好东西。"

李焕忽觉这人声音极其陌生,心中一惊,然而下一秒便后颈一痛,坠入沉沉黑暗之中。

薛远的手下将那香囊送到了薛远面前。

薛远拿着手帕捂着口鼻,漫不经心道:"干净了吗?"

"大人放心,我等已将香囊处理干净了,"手下道,"绝不会残留半分病气。"

顾元白忙着殿试,忙着统计宁尚参与此次科举的人数,未曾注意到李保府中幼子染病这一回事。

殿试后,荆湖南和江南两地的户籍统计一事已经完毕,结果终于呈到了顾元白的桌上。先前隐瞒漏户的情况果然很是严重,官吏亲自上门统计人口之后,光是荆湖南一地便多出了六十多万农户。

这活生生的劳动力就被隐瞒到了现在。

顾元白早就知道统计户籍与赋税之后会有一个惊人的结果,这项工程持续了整整两三年,确保小到村落的人也会被官府统计在案,六十多万农户,这能种多少亩的粮食?

江南新统计出来的人口要比荆湖南还多上二十万。

顾元白虽然早有预料,但还是觉得心中恼火。在小皇帝的记忆当中,先帝当得可谓又累又苦,其中一大部分的原因便是隐田漏户。

于是在早朝上,他便三分真七分假地发了次火。

百官同样为这个结果感到震惊,顾元白发火之后,京城下达的命令便往四方而去,要求各省府跟着统计户籍人数。如今有荆湖南和江南的漏户人数在前,那些省份要是查不出个几十万,都是在弄虚作假。

荆湖南在挖矿之前何等贫瘠都有六十万的人手，以这两省推测全国，千万人都不被记录在官府册子之中。

圣上这通脾气一发，地方官府绷紧了皮，开始从下到上地统计户籍。

除了统计户籍一事，顾元白特意让他们在各地增设学府，怕是要等到数年之后，潜移默化之下就能让学籍一事落成了。

而这些事，都需要时间。

在朝廷、地方忙起来的时候，顾元白则收拾好了东西，带着人在休沐日踏入了薛远的庄子。

薛远的庄子没什么奇特东西，只有一个挖出来的池子和漫山遍野的甜叶草。他要带顾元白凫水，顾元白瞧了瞧天色，在正午时分才换了身薄衫。

"朕一进你的庄子就瞧见了漫山遍野的甜叶草，"顾元白哼笑，"好好的一个庄子，不种些名花名草却种满庄子的便宜野草，薛弟弟，你可真是质朴。"

薛远回道："圣上喜欢甜叶草。"

顾元白："嗯？"

"圣上在避暑行宫的时候尝过，可是忘了？"薛远耐心地道，"地上的小草叶，百姓没钱又馋嘴时便会采些甜叶草吃，您那会儿还说甜。"

顾元白缓缓道："朕记得。"

薛远一笑："这么多的甜叶草，圣上要是一会儿想去瞧瞧，也可和臣一起采几株尝一尝。"

"好，"顾元白慢条斯理道，"走，吃甜草去。"

薛远却猛地一头扎进水里，带起一道湍急的水流，间或响起几声兴奋的吼声。

顾元白笑眯眯地看着他在水池中乱窜，晃晃手脚，感受着池子里刚刚好的暖意，再抬头看看万里晴空，每一片云朵都是好看的。

真是好日子。

悠闲的时候，顾元白突然觉得自己好像忘了什么东西。他思绪都被水泡得慢了，闭眼晒了一会儿阳光，才想起来他原本打算趁着休沐，给顾然找上几个品行优良的孩子作为伴读。

顾元白脑中转了转，浮现出一张小大人的面孔——褚卫的小四叔，褚议。

◆ 第四十章 ◆

顾元白和薛远度过了一个舒服的休沐，不只尝了甜叶草的味道。

休沐日后，顾元白便下旨让褚议和另外四个孩子入宫，陪在顾然身边入弘文房学习。

伴读要么是文武官员的孩子，要么是大儒膝下的孩子，他们以后就是顾然的班底，但能不能让这些孩子为他献上忠诚，就要看他的本事了。

对皇家继承人不能大意，即便顾然看着挺好，但若是他以后担不起大任，顾元白也不会犹豫，会立即再挑选合适的人。

顾然对陪同他一起读书的同伴们态度温和，既不过于热络又不盛气凌人，他尝试着用父皇的方法去同这些伴读相处，时日不久，这些孩子便打心眼里佩服小殿下，和小殿下亲如一家了。

褚卫下值之后，便会询问褚议在宫中可有什么不适。

褚议一本正经地回答："侄儿，叔叔并无不适。殿下待我们很好，宫中的糕点也好好吃。今日还见到了圣上，圣上还考较了我呢。"

褚卫垂眼看他，他身上的官服未曾脱下，清隽如竹，眼帘投下一片阴影："圣上问你什么了？"

褚议一一答了，褚卫摸了摸他的头顶，点头轻赞了他几句。

褚议却睁着眼天真无邪地看着他，奇怪道："侄儿，你在难过吗？"

褚卫顿了顿，缓缓收了手："怎么这么说？"

"我看出来啦，"褚议道，"自从说到圣上，你先是高兴又是难过。侄儿，先生说过，笑一笑，十年少。"

褚卫笑了笑："你看错了。时候不早了，该用晚膳了。"

宫中也正用着晚膳。

晚膳之后，顾元白和薛远一人一张桌子，各自处理着政务。等顾元白从奏折中抬起头，薛远还在埋头工作。顾元白感叹，他们这么看可还真像工作狂。

顾元白晚膳时吃得少，现在有些饿了，他唤来田福生送上一些吃食，片刻，东西就送了上来。一小碗冒着热气的软糯汤圆，一碟个头小巧的蒸饺，还有一个一手可拿的白面卷饼。香味浓郁，一下子就让顾元白更馋了。

薛远闻到了香味，把桌上的东西收拾收拾，宫侍正要把另外一份夜宵放在他的身前，他站起身："我同圣上一起。"

座椅放下，顾元白往他面前看了一眼："你的东西样样都比朕多。"

"一碟蒸饺才五个，"薛远道，"我一口一个，下肚子还不一定能尝出味。圣上面前的这些东西还不够给我塞牙缝的，要是不多一点儿，那吃也是白吃。"

顾元白脸一板："那你就吃慢些。"

薛远苦笑："我尽量。"

皇帝吃的东西味道自然不用说，顾元白舒服地用了夜宵，喜欢极了今日这一小碗汤圆，一入口，里面的甜馅料就流了出来，入口即化，甜而不腻，让人嘴馋。虽然没有芝麻和花生，但这料子也不知道是什么做的，香味儿一点不少。

薛远吃完这些东西后还没有饱，反而开了胃口，让御膳房给他上了一碗牛肉面，大汗淋漓地吃了起来。

薛远吃饭时吓人，狼吞虎咽一般。这样的吃法对身体不好，但他已经习惯了，只有被顾元白盯着才能慢上半分。

顾元白吃饱了，随手抽出一本奏折，看到一半，突然笑出了声。

薛远对他的情绪可谓敏感，顿时从面碗里抬起了头："生气了？"

"有御史上书来弹劾你了，"顾元白弹了弹奏折，合起放到一旁，"说你夜宿宫中，于理不合。"

薛远笑了："管得真多。"

圣上留他在宫中，这些人也看不惯他，监察处的人也看不惯他，归根结底，还是薛远做得不够多。

顾元白也说道："等你立的功劳多到让他们没话说的时候，他们就不会盯着你这样的小事了。"

薛远卷起一筷子面条，勾出笑："我知道了。"

这之后，顾元白便多次派遣薛远给自己办事。薛远往往匆匆去匆匆赶回，近的地方当日就可来回。这很累，但薛远没抱怨一句。枢密院的事务繁忙，危险而又容易立功的事情他未曾退过一步。

剿匪、山石坍塌、商户之中的整治和各地不安稳请求出兵的政务……随着时间的流逝，薛远处理得越来越游刃有余，像玩刀那般也将这些东西应付自如。

在早朝的时候，他站得更靠前了。

薛远之前的武官官职也可上早朝，只是他为了不离开顾元白的身边未曾领旨。之后封将军时又外出征战游牧和西尚，不在京，自然也无法上早朝。

对早朝从来只觉得麻烦的薛远，现在有了一个谁也不知道的野心。

薛远看着枢密使站的位置，规矩地垂下了头。

他想站在离圣上最近的地方，近到他可以一眼见到圣上，圣上也可以一眼见到他。

春去秋来，冬日又走，在第二年开春，林知城突然上了折子，用了厚厚的纸更为细致地上书了海上贸易一事。

顾元白看了良久，终于提起毛笔，用朱砂写了一个大大的"允"字。

海上贸易之路与陆上贸易之路，顾元白已觊觎良久，他库存中那些等着贩卖给各国的东西越来越多，就是在等开通的这一日。

景平十四年，朝廷重开陆上与海上贸易之路的消息昭告天下，众商震惊，朝廷也开始召集前去开通贸易之路的官员。

朝中年轻官员们也很是激动，下值之后，褚卫的同窗杨集便从翰林院追了出来："子护！"

褚卫停住脚步，朝着已成为庶吉士的同窗点点头："何事？"

同窗笑容很大，兴奋地拍了拍他的肩膀："我向来对贸易之路很是好奇，如今圣上准备开通贸易之路，子护，你有没有兴趣？"

褚卫反问道："你想去？"

同窗肯定地点点头："圣上要选拔官员，过两日便有一场官试要考，我还要多多做些准备。未曾想到科举之后也有要考官试的时候，你那里不是有些贸易之路的书籍吗？借我看一看。"

褚卫点了点头，同窗余劲未消，越想越是雀跃："圣上当真是仁厚礼贤。若是两路一开，大恒必将繁盛。"

同窗说个不停，突然话音一顿："薛大人？"

褚卫抬头一瞧，就见薛远穿过他们这群下值官员正往宫中而去，独他一人在此刻逆流而行。褚卫默默看了一会儿，呼出一口浊气："走吧。"

两日后，顾元白亲自出了三道题考较前来参与选拔开通贸易之路的官员。这些官员大都是年轻人，其余最多也只到中年，正好是不畏劳累、身强体壮的时候。

考完文试，顾元白没有放他们走，而是又考了他们的马术和体力。有些对大海好奇想要去海上贸易之路看一看的官员，更是要检测他们是否晕船，是否有恐海症。

这一番流程走下来，官员个个大汗淋漓，有的更是头晕眼花喉咙咯血，站也站不住，只能软倒地被太监扶着。

为了测试他们体格，顾元白直接把八百米跑和引体向上搬了出来。

事实证明，即便这些官员平日里也会玩玩蹴鞠、骑骑马，但真正动用大量体力时还是不行，这一个体测又刷去了不少的官员，剩下的那些人被记在名单上，就代表着他们通过了。

余下的官员欢呼一声，窃窃私语不断："总算可以看一看异国风光了！"

有人庆幸："我岳父时常要我同他打打拳，平日里我还想着此举没什么用，这会儿知道是我想差了，还好平日里没怎么懈怠，否则这会儿就无法待在这儿了。"

顾元白含笑看着他们，等他们激动的劲儿过了，才让人送上温水，叮嘱道："诸位也知晓朕选拔官员的目的，两条贸易之路都不简单，此番路途遥远，一旦前去便归途遥遥，甚至会耗费数年之久，危险更是重重。即便如此艰难困苦，你们也愿为我大恒而去吗？"

官员们大声喊道："臣等愿往！"

顾元白抬起手："诸位皆是我大恒的好儿郎，也是朕的好臣子。但事有轻重缓急，贸易之路也并非只走这么一次。你们家中有年迈父母者上前一步，父母亲抱恙者同样上前一步，为家中独子者也上前一步。"

官员惊讶不已，相互对视一眼，其中八九个人面带犹豫，往前走了一步。

"朕望你们多加思虑，与你们家中亲眷好好商谈一番是否远行，"顾元白语气温和，并不强行将他们剔出队伍，"子欲养而亲不待，此乃人生一大憾。"

这些人沉思了起来。

站在一旁的田福生不由得想，先帝和宛太妃一一仙逝时，圣上便是如此想的吗？

"朕给你们两日思虑的时间，两日后，不想去的官员们前去政事堂上报，无须觉得为难。"

瞧见他们听进去了，顾元白才让他们退下。

薛远走上前："圣上。"

顾元白率先道："你也想去吗？"

薛远没有说话。

顾元白眼中干涩，他闭了闭眼，缓去疲劳："朕也给你两日思虑的时间。"

◇◆ 第四十一章 ◆◇

开通贸易之路，两路皆是艰难险阻。

相比之下，海路要比陆路更为危险。生活在陆地上的人们自古对海洋和天空便有向往与好奇的情绪，大恒人想要开拓新的道路，想要见识各国风光，想要大恒繁荣昌盛，将大恒的荣光挥洒到眼睛可看到的所有地方。

这是一些有抱负的年轻官员的目标，也是围聚在顾元白身边所有人的目标。

他们不只渴望太平盛世了，他们想去渴望更多的东西。万里山河，景平盛世，让大丈夫的心胸都掀起波澜壮阔的激情。

顾元白眼中所看的，也早已穿过千万里之外。沿海、草原、黄沙，广阔的大地让他的心胸也无比宽广，盛放着不足为外人道的野望。

平日里也不觉得有人分担政务有多么重要，现在一想到薛远要离开京城重走贸易之路，顾元白嘴中却品出了几分苦涩。

顾元白早已经习惯身边有薛远的日子，倏地回头看，才发觉如今已景平十四年。

景平十年薛远送给他的木头雕刻，到如今已过四年。

而这一次薛远若是要走，那便要离去三五年的时间。顾元白身体还未好的话，哪里有下一个三五年？但现在身体好了，有时间了，顾元白又不愿意放薛远走了。

他想要薛远待在他的眼皮底下，随时都可见。但顾元白欣赏的正是薛远身上那股蓬勃的自由气息，像是野草、野畜，生机旺盛，野性难驯。薛远该放肆奔跑，不应该被养成顾元白羽翼庇护下的家花。

男儿志在四方，顾元白懂得。可那不是短暂的时光，是年上加年，是院中的青草黄了又枯，霜雪来了数遍的时光。

夜里，顾元白面对着墙，无神地思索着自己到底想要薛远怎么做。

但思索不出来，薛远去了他不想，薛远不去他也不想，果决和利落在这会儿也变得迟疑起来。

顾元白在御花园约见了薛远，御花园里此时已没有景色可看，顾元白抬头，瞧见了头顶漫天的璀璨星光。

薛远道："你想要我走吗？"

"看你，"顾元白继续仰着头，"想走还是不想走，别人岂能说动你？"

薛远："你不试试又怎么知道说不动我？"

顾元白不说话了，薛远眼中闪过失望："我有时候真想钻进你的肚子里，去瞧瞧你到底在想些什么。"

顾元白道："那你应该钻到脑子里。"

现在应该是半夜两三点钟，大半夜的，两个人来看黑黝黝的御花园，顾元白猛地醒悟，暗骂自己一声："傻。"

薛远不干了，不悦地道："骂自己干什么？"

顾元白："朕连自己都不能骂了吗？"

薛远竟然听出了几分委屈味道，被吓了一跳："别骂自己，你来骂我。"

现如今天下太平，经济正是急速发展的时候，薛远耐折腾，武力又高强，前两年的历练已让他练就一手弯弯道道、表里不一的功夫，无论于公于私，即便是归结于主角摸不着、看不见的气运，薛远也是实打实适合前去开拓贸易之路的人才。

薛远确实应该去，他适合。如果顾元白是薛远，这选择几乎不用犹豫。

现在这么大的功劳放在眼前，若是只因为顾元白的不舍得而不让他去，万千百姓担负在身上，一个国家的繁华作为推力，顾元白怎么能去禁锢一个于国有用的人才？

"朕说差了，"顾元白眼神逐渐坚定，"你应当去。"

薛远一愣："圣上舍得我？"

"自然是不舍得的，"顾元白笑了，"但这可是一个大好的立功机会，你会错过吗？"

薛远这两年来的所作所为已备受瞩目，他好像天生便拥有敏锐的对于危险的嗅觉，这样的嗅觉用在政治上也非同寻常。以他这个年纪能有这个官职已是难得，但若是还想要往上晋升，要么外调立功，要么熬资历。辗转到枢密使的位置，最少也需要十数年。

重走陆上贸易之路，这是个立大功的好机会，薛远确实心动极了，这机会很好，但唯一的缺点便是路途遥远耗时太久，只要想一想，还未远离就已开始排斥。

薛远想立功，但此次却隐隐升起了拒绝的念头。

"大恒如此之大，功劳如此之多，不必急这一次，"薛远笑了笑，轻松地道，"您说什么就是什么，只要您说，我就听，错过也没什么大不了的。"

"那就去吧，"顾元白叹口气，"你想去的。"

薛远沉默了。

他还要再说话，顾元白突然笑弯了眼："去一次也好，你是朕的眼睛，你去瞧一瞧那些国家，就是代朕瞧一瞧。"

薛远低头看着他，半晌没有说话。薛远的眸色与黑夜融于一起，好似有即将分别的痛苦，又有想要退缩的烦躁。

顾元白最后道："去吧。"

繁星成银河，春日的微风在夜中也温柔地放轻了脚步，薛远喉结滚动，良久，他道："好。"

贸易之路启程之前要做很多准备，最少也要折腾七个月的时间。

分别的时间越来越近，薛远显而易见地恐慌了起来。两年之中养成的不露声色的状态碎成一地，害怕和恐惧几乎要吞噬掉他，他会经常看着顾元白看到手指发抖、暴躁、压抑，这让薛远开始在离别前吓人地消瘦。

顾元白知道他舍不得离开，但不知道会严重到这样的程度。

薛远也不知道会到这种程度。

他原本打算英姿飒爽地离开，再拼命地走完贸易之路，佯装游刃有余地重新回到小皇帝的面前。

但事实却是薛远连白日也会偶尔陷入分别的痛苦之中，顾元白看不下去，放下了所有的政务，道："你需要休息。"

薛远睁着通红的眼睛看着顾元白，这双眼睛已经疲惫到了沉重的地步，顾元白不知道薛远怎么还能再睁开眼，不知道他是用了多大的意志力来对抗精疲力竭的身体，但想一想，就能体会到其中的艰难。

他心疼薛远。

原来他也没有自己想的那么理智。

◇◆ 第四十二章 ◆◇

顾元白从来不知道自己会因为别人而有崩溃的这一日。

他这么冷静的一个人，现在却只能大把大把地宣泄难过，狼狈得像积聚的洪水漫过河岸，猛地从高处冲落。

"田福生，"顾元白声音喑哑，"端水来。"

门外早已听到响动的老太监提心吊胆地端着水走了进来，服侍着圣上擦了脸，眼睛低垂着，避开圣上哭过的龙颜。

顾元白再出声时，已经平静了下来："你说，朕该不该让他走？"

田福生小心道:"政事堂已将薛大人的姓名记录在册了。"

顾元白沉默良久,将浸泡过温水的巾帕敷在眼上,疲惫地叹息:"朕也没准备让他留下。"

顾元白是个野心勃勃的人,薛远也是,他们也都是骄傲的人。

顾元白的功绩已经多到可以数着指头说出来,从他立冠除奸臣卢风到现在,文治武功一样比一样来得功劳大。如今是太平盛世,两年来能立功的事情薛远能做的全都做了,但都是小头功,还远远不够。

除了外调或者熬资历,贸易之路就是如今最大的立功之路。若是能开通贸易之路,那便是能名留青史的功劳,能让薛远的名字牢牢记在顾元白的身边。正因为如此,才会有如此多的官员不畏险阻也要登上征途。

错过了这次机会,哪怕是第二次走贸易之路,也没有这次来得功劳大。

若说是留在京城熬资历,十几年、二十几年地去熬……熬到不怕御史弹劾的时候,他们都已多大了?

怕是都要老了。

他要是能成为协助顾元白的能臣,那才是最好的事。

顾元白让自己代入薛远去想事情,将他的想法摸得八九不离十。薛远曾经同他说过的一句句话浮现在眼前。

他得和薛远好好谈一谈。

顾元白专心致志,田福生在后方看着,踌躇良久,还是低声道:"圣上若是不想要薛大人远行,去宁尚走一趟也可。"

"西北大将张虎成已守在西北两年,"顾元白道,"宁尚一地还有不少暗中想要复国的党派,他们小动作一直不断,张虎成在西北,他们慑于大军不敢大动,这是张虎成的功劳,旁人抢不走,哪怕是朕也不能这么不讲究地派人半路插手。如今天下安宁,先前的军功该封赏的都已封赏了,想要立功,哪里有这么好立呢?

"除了张虎成,前去这两地的官员都忙着平息本地混乱来同朕邀功,他们初踏宁尚土地,个个都干劲十足,争抢着来做功绩。又说秦西,并入的一州也被治理得安稳非常。大恒里头的腐败贪官,现在没人敢冒着出头,御史台也做得好好的,哪里能轻易调动。"

田福生嘴唇翕张几下,后悔道:"是小的愚笨,说错话了。"

顾元白摇摇头："他急，朕也急。若是朕让他沉寂在身边，做个小小的御前侍卫，一个大好人才，朕哪里能这么做？"

为公为私，薛远的才能，若是不用那实在是可惜，顾元白这一颗喜爱贤士的心无法做到这样暴殄天物。

田福生鼻酸，开始抹着眼泪："您和薛大人可太难了。"

顾元白不由笑了："不难。有衣穿，有饭吃，江山太平海晏河清，哪里有什么难？天下万万民都背在朕的身上，朕期待着，等着他真能为朕担起担子的那日。"

再次和薛远交谈，顾元白问："朕问你，你别想着朕，只想着单单重走贸易之路这一件事，你会去吗？"

薛远呼出一口气，毫不犹豫："我会去。"

境外的那些国家，薛远早就想去见识一番了。

顾元白欣慰点头："那就安心走，朕就在京城等你回来。"

"圣上知晓我出行的目的吗？"薛远慢慢开口，"我先前总在想值不值。离开你三到五年，和我本意已有所分歧。"

薛远还有话没同顾元白说，他这么急着立功的最大原因，便是怕顾元白以后赶走他，他得想办法让顾元白没法离开他，即使讨厌他也无法赶走他，别再有突如其来的外调。

顾元白笑了笑："男子汉志在四方。薛远，朕也不是寻常男子，朕是皇帝，天下会在朕心中占据很大的位置。离别是难过，朕说实话，朕不舍得你离开。可是你做的是为国为民的好事，你只有这样做，才能站在朕身边辅佐朕，让朕更加无法抛弃你，你也更加有底气。"

他们几乎是想到了同一个点。

薛远一愣。

说着说着，顾元白的面上升起真切的担忧："朕要是以后真的讨厌你了，你也要给自己留一个退路，让朕没法动你。你若是想走就能走，若是不想走也能留在朝堂中做自己的好臣子。"

一个人的野心有可能会使自己变成另外一个自己，顾元白的意志力压着权力给他带来的诱惑，但他不敢保证自己以后会变成什么样。若是他真的变得讨厌了，薛远又该怎么办？

只这么想了想，顾元白就倍感不适。

薛远鼻音倏地浓重了起来："元白，别讨厌我。"

"朕只是说一个可能性。"顾元白认真地回道。

薛远的表情缓缓变了，眉头微皱，嘴角下压，又是那副让顾元白觉得心口揪着疼的神情。

顾元白定定看了他片刻，低声道："薛九遥，朕曾同你父说过一句话。天下是朕的天下，你是朕的人，你做的事不是为自己而做，而是为朕而做。其他人朕不放心，其他人看过的国家，也不是你眼中看过的国家。"

他的声音也好似被月光波涛荡过："安心去，全须全尾地回来。京城每日快马送信，你与朕说说境外风光，送朕各国小东西。"

"去吧，回来时，再也没有人会弹劾你了，"顾元白轻声道，"朕也不用这么担心你的以后了，对不对？"

薛远："对。"

顾元白道："溥天之下，莫非王土；率土之滨，莫非王臣。大恒在，朕便在。放心走吧，把成功带回来，朕永远在这儿。"

来年二月，春草飞生，海上贸易之路与陆上贸易之路一切准备就绪。这一日，街市两旁人山人海，盛况空前。

军队五千人，马万匹，放置着各种等待贩往各国的物资的车辆绵延不绝，自发跟随商户三千余人。锣鼓喧天，送行重走陆上贸易队伍的人们热火朝天，情绪高涨。

顾元白就在这里送行了薛远。

◆ 第四十三章 ◆

顾元白策马，一直将队伍送到京城之外。

众位官员下马，行礼后劝道："圣上，您快回吧。"

"诸位一别也不知道何时才能回来，"顾元白笑了，目光轻轻地从他们身上掠过，"朕再多看你们一眼。"

大恒官员们闻言一怔，面露触动："圣上……"

年轻的官员们受不起这样的一句话，他们眼眶已红，竭力让自己不要表现得失态。

监察处官员江津笑道："圣上，您放心，我等都会安安稳稳回来的。"

顾元白目光在几个人身上打过转，移到江津身上："你身为领头人，要好好照看他们。"

江津俯身沉声："是。"

陆路的领头人正是江津、薛远同一位中年官员，他们中薛远的官职最高，掌着五千士兵之权，另两位也各有自己所监管之处，但无一例外，他们对大恒君主都有外力无法阻挡的忠心。

顾元白挑选人时思虑众多，启行之前他们三人便有意熟识彼此，几顿饭下来对彼此的性情心中了然，此行也轻松了一些。

三人都不是拖累别人的人，既然大家都很理智，都想要效率高点早点回来，目标一致，那此行就已经成功了一半。

江津和孔奕林一个走陆路，一个走海路，皆参与了此次开通贸易之路的盛事。他们二人心思缜密，鸿胪寺的官员们与各国交涉时有他们在，顾元白也不必过多担心。

田福生上前低声提醒："圣上，时候差不多了。"

顾元白颔首，道："走吧。"

众人行礼，情绪激昂，薛远在人群前方抬起头，多看了顾元白一眼又一眼。

他不说话，顾元白也不说话，时间缓缓流逝，背后的江津大声提醒："薛大人，走了！"

薛远猛地被惊醒，俯身："圣上，一别经年，您要平安。"

顾元白应了一声："别磨蹭了，快去吧。"

薛远还是行了大礼之后才起身，他最后看了一眼顾元白，转身朝着万人长队而去。身着盔甲的身影还是从前那般高大，脚步却匆匆，像是后方跟着匹野兽。

立大功，然后赶快回来。

二月的柳枝刚刚发出新芽，寒风中的迎春还没开花，尘土飞扬起冲天的气势，万马奔腾，逐渐变成一片小黑点。

顾元白呼出一口浊气，又慢慢笑了。

分别不是什么大事，薛远终究会有回来的一天，趁着彼此年轻，现在走了也挺好。顾元白可以全副身心扑到国事上去。顾元白或许可以将南巡一事定下，他想要瞧一瞧大恒的路修得怎么样，滋生贪官最多的地方现在又是如何；他建起来的驿站有没有四通八达，下达的政令落实得如何。

顾元白策马回头，狐裘扬起又随风落下。

大恒除了京城和西北的风光，其他的地方顾元白也没有去看过。如今正是好时候，身体好了些，天下也乐融融了起来，皇帝的銮驾，也是时候驾临四方了。

沿海，盐矿，荆湖南的金矿和铁矿，千山与万水，顾元白都想要去看一看。

三年后，江南。

圣上南巡前，朝廷用了整整一年的时间来督办此事，虽说现如今天下平稳，百姓常在家中供奉长生牌以求圣上长生，但并不能保证南巡时没有危险，除了东翎卫日益加重的操练以外，各地的守备军也随时预防不对。

勘察路线和名胜古迹也很是重要，圣上登基后的第一次出巡，上到京城下到地方都严阵以待。顾元白第一年勤政处理了大大小小的事，第二年才腾出时间提出南巡，但直到第三年才落下路线，渡黄河而沿运河南下，过江南、两浙至福建沿海总兵处。

沿路官员听闻圣上驾临便害怕忐忑，尤其是这几年隐隐想要大着胆子做事的贪官，几乎到了闻圣上而丧胆的程度。一路走来，港口处百姓群聚欢呼，敲锣打鼓只为看圣上船只一眼。此时，经过漫漫长途，圣上的銮驾终于停在了江南隆兴府。

隆兴府的百姓们激动非常，一大早便齐聚在运河口恭迎圣上驾临。隆兴府的府尹与知州各官员早已恭候在此，衙门中的小吏衣衫整洁，利落地备好锣鼓、大恒旗帜和红绸，脸色已在长久的等待之中涨得通红。

百姓伸着脖子，扒着前面人的肩膀往运河方向看，可到处是熙熙攘攘的人，啥都看不见。

知州和府尹心不在焉地说着话，直到看到圣上的游船才精神一振，抖擞地让人挥起旗帜。

船上，顾元白正站在甲板之上，他瞧着岸边人挤人的场景，不由得笑道："之前听着汤罩运报上来的江南人数还未有过这么清醒的认知，现在一瞧，不愧是鱼米之乡，人口泱泱。"

他身旁的褚卫露出浅淡的笑，上前一步展开折扇为圣上缓缓扇着风："还是有些热。"

海风从前而来，褚卫这凉风一扇，便是来自四面八方惬意的凉意，顾元白舒适地眯起了眼，鬓角的发丝被胡乱打散，飞舞起碎金光芒，几可入画。

褚卫的颊侧升起热气，顾元白察觉到他的异常，无奈道："褚卿，你的脸又红了。"

褚卫僵硬在原地，颇有些手足无措："应当是骄阳晒的。"

顾元白将他手中的折扇推向他："入夏以来，江南是比京西的夏日凉快了一些，但太阳也是毒辣。褚卿，担心着自己。"

田福生带着一堆人拿来了诸多东西，顾元白用过凉帕和冰茶，再过片刻就要准备下船了。

褚卫以往游学时来过江南，曾经画给圣上的那幅《千里河山图》的下半卷真迹，便是褚卫在江南的一位大儒那里见到的。他不由得一笑："臣游学那些日子便曾顺着运河经过江南，这会儿也能给圣上做个引路的了。"

顾元白笑了，鬓角有汗珠流下，他拿着凉帕又擦过额角："行，褚卿这话朕可记住了。要是路带得不好，朕可是要罚你的。"

一旁的常玉言凑上前笑道："圣上，怎么罚？"

游船快要靠岸，顾元白看着岸边万民，心中一动："就罚褚卿将眼前这一幕给朕画下来，名字朕都想好了，就叫《六月二十七下江南图》。"

常玉言听这名字就笑了："臣还以为圣上会起一些如'春柳初夏图''景平江南图'这般的画名。"

田福生在心底默默想，圣上起名一直都这样，可从来没变过。

褚卫抿唇笑了："圣上名字都想好了，那臣就自当受罚好了。"

他话音轻柔，只觉愉悦。

顾元白轻咳几声，一旁前武举状元苏宁突然道："臣记得常大人也曾这么命过诗名，让臣想想那首诗叫什么……《赠友人·七月二十一日与薛九遥夜谈》是不是？"

他骤然提起薛远这个名字，常玉言和褚卫皆是一怔，顾元白最先回过神，慢悠悠将帕子塞到怀中，哼笑道："可不是。"

船已靠岸，东翎卫率先下船，地方官员上前来拜。等到圣上踏到岸边时，巨鼓之声已扬遍天际。这一场热火朝天的迎驾一直忙到傍午，等顾元白用了膳沐浴了一番后，东翎卫的人已经将府邸包围得蚊蝇飞不进去。

田福生敲敲门："圣上，到把脉时候了。"

得了声后，御医悄声进来，给圣上把着脉。宫女为顾元白擦去发上的露水，顾元白随手翻开一页游记："去将徐宁唤来。"

徐宁乃是工程部的奇才，数年前在战场上连连战胜敌军的弩弓和投石机便是由他制作和改良。顾元白此次南巡也将他带了回来，不只是为了给人才福利，更重要的是看一看徐宁去年改良出来的水龙车。

水龙车在江南用得最多，可在一些地方上效果却平平，徐宁忧虑极了，日日担心得吃不下饭。

徐宁来了之后，就和圣上说起了他刚刚托府尹带他去看的水龙车："与京城中的要有些不同，臣现在还看不大出来，明日还得托府尹将水龙车从水中搬上来。"

"尽管去做，"顾元白道，"朕相信你。"

徐宁顿时干劲十足，不愿耽搁时间地退下了。

外头有东翎卫进来："圣上，有飞鸽前来。"

顾元白语气还是懒洋洋："写了什么？"

"是江大人来的信，"东翎卫道，"他们走到康国时，康国正在与缚赐乱战，江大人与诸位大人商议之后便决定返程。此次的陆上贸易之路还剩最后一段路程。"

顾元白一愣，连忙伸手接过字条，沉思半晌后道："做得对。"

顾元白将字条反复看了数遍，抬头时便见周围人神色不掩遗憾，他笑了："这都是什么表情？贸易之路已经许久未走了，他们这一行人还未走到康国，带去的东西都已卖得没剩多少。等返程时，怕是连最后一点残余也要没了。康国和缚赐虽小，但战乱时候的人们不讲道理。他们才不会管这一行人是不是大恒国的使者，带着数车的金银和粮食，这不是上赶着被抢吗？"

他说完却一愣，低头看了看日期，这封由监察处转送过来的信，已经与江津寄出去的时间过去两个月了。

◆ 第四十四章 ◆

两个月。

顾元白愣怔了许久，久到田福生要上前一步，他才倏地抬起手："站在那儿别动。"

田福生停住脚步。

六月末的天气已然入了夏，江南的天气虽湿润了些，但暑气还是在。

顾元白头顶的热意突如其来地升了起来。

三年以来，顾元白过得充实极了。

薛远在前方的信件一封封地往后方飞来，来往途中太费时间，每次送到顾元白手上时，几乎都是二十封以上的数量。

各地的小玩物一样接着一样，他在信中报喜不报忧，但江津在信中曾道："薛大人成日无笑。

"我与曾大人闲暇出去吃酒时，薛大人把自己关在房中。次日木屑扫出，原是薛大人雕刻了许多木件。

"全无在圣上跟前的模样。"

监察处的一个小小官员都对薛远时刻盯视，更不用说监察处的头领江津，薛远既然不打算说实话，那顾元白便毫不客气地从江津这儿了解，一件件事看得津津有味。

薛远在边关饿过许久，自那以后对饭食便极为看重，一顿必要吃到饱。

顾元白看这些事时，只觉得想笑，想笑之余又觉得酸甜交加。江津实在写得太过生动，好像薛远就在他面前一样。

零零碎碎，倒是让顾元白见识到了薛远不曾在他面前表现出来的模样。

古代交通不便，这些书信便变得格外珍贵。

而现在，他们已经从康国返程两个月了。

顾元白不由得想：薛远会日夜兼程地赶回来吗？

念头一出，他不由得轻咳出声，屋内的香气好似转瞬浓郁了起来。

夏日当真不好，容易让人心浮气躁。

薛远绝对会快马加鞭地赶回来。

但他掌着五千士兵，带着全队，再怎么赶路也不是他独自赶路的那种法子，说不定等他到达京城时，顾元白都要从福建回京了。

"田福生。"

田福生回神，赶忙上前："小的在。"

顾元白将字条收起："研墨。"

"是。"田福生忙准备好笔墨纸砚，给圣上磨着墨。

顾元白写了封信寄往了京城，将江津一行人返程的消息递了过去，安排好他们回京后的事宜。刚刚写完了信，晚膳时分，隆兴府也准备好了贺迎圣上的筵席。

圣驾一连在隆兴府停了四五日，顾元白处理着京城快马送来的政务，同样派人深入百姓之中探查消息，明面一拨暗中一拨，待大致知晓了隆兴府的情况后，顾元白便带着人去看了农家田地。

绿意浓郁，与远处的白棉花遥遥相对，顾元白看了看棉花与粮食的种植比例，笑了："隆兴府种棉花的量没越过朝廷下的章程，很好。"

隆兴府的官员就在一旁随着驾，府尹恭敬回道："圣上放心，臣等全按着章程办事，半分不敢逾越。"

"这就很好，"顾元白点了点头，"朕沿着黄河而渡的时候，便见有几个地方棉花种得几乎和粮食一般多，风调雨顺还可，若是出了什么大事，粮库不满，当地的百姓就要遭殃了。如今棉花种的人多了，也就不值钱了，农户虽重新种起了五谷，但也不可对此懈怠。"

众人应道："臣等谨记。"

从农田往回走时，有孩童齐聚在农地上，待皇帝、大臣们经过时，便脆生生地唱起了传唱天南地北的小诗："北压游牧誓守关，西灭夏国凯旋归，锦绣江山平地起，宫花铺路与民乐……"

稚嫩的童声响亮，传遍了田野之间。

皇帝、大臣们停住脚步，含笑看着他们。

顾元白虽不是开国之君，但其文治武功早已不输开国之君。大恒早已被他一手掌控，正是经济文化飞速发展的时候。自他掌权以来，诗词歌赋、杂曲杂文产出的量便多了数倍，这背后体现出来的，便是无人可否认的盛世。

顾元白注重农事、军事和经济，对待百姓们的各种土地政策优渥至极，百姓们逐渐吃饱了饭，开始注重更多的东西。天下四面八方对顾元白和对当今盛世的赞誉每日不绝，顾元白原本看这些诗作还觉得有些夸大，但亲自出巡一次之后他便知晓，这并不是夸张。

热爱着自己国家的诗人们看着如今的太平日子，他们的一腔骄傲自豪无法言说，只能寄托于诗词歌赋之上，竭尽全力地想要同后人表现出他们如今过的日子是多么幸福，大恒又是怎样美好。

上到九五之尊，下到采莲女郎与砍柴男儿郎，都被他们写进了诗作之中。

而盛世之中所做出来的诗作，也大多是轻松高昂的，好似意气风发的年轻人，只待船只乘风破浪的那一天。

诗作一多，不说其他，只单单一个炕床便留下了许多传世名作。以顾元白这个后世眼光去看，其中不少都是可以被录入语文课本的水平。他有时候都略带调侃地想，后世除了唐诗三百首外，会不会还有恒诗三百首？

这个想法在当下听着这些孩童背诗时，变得预感更加强烈了起来。

孩子们背完诗后，顾元白笑了笑，低声吩咐了田福生几句，田福生便带着小太监上前分发了些样貌精致、香甜可口的糕点。

孩子们："哇——"

他们惊喜地睁大眼睛，拘谨地伸出手，笑出一口牙，彼此偷偷对视的眼神之中是掩藏不住的欢喜兴奋。田福生笑眯眯地道："去吧。"

孩子们红着脸蛋跑走了。

顾元白一直在隆兴府留到了七月初，便转了陆路沿江南东走，在前去两浙之地前，他先去了荆湖南一地瞧瞧金、铁之矿，安抚曾经历过反叛军暴动的荆湖南百姓。

顾元白做事一样样地来，不急不缓，地方上的官员一个个地见，功绩一样样地查看，有罪的处置，有功的加官。

一路上，因着他曾在南下之前便放言无须奢侈以待，各个地方官员也知晓他说一不二的行事风格，并未出现表里不一的迎驾行为。

在荆湖南辗转半月，圣驾才朝着两浙而去，途中经过江南边界时，褚卫特来拜见："圣上，此处不远便是臣熟识的先生隐居山林之地。先生酷爱赏画，也爱作画，不只德才兼备，藏画也是极多。圣上可要将这位先生召来见一面？"

顾元白其实对书画并无兴趣，书画所代表的价值对他这个俗人来说才是感兴趣的东西。他瞧着褚卫眉眼间藏着期待的模样，想了想："路途可遥远？"

褚卫嘴角已然笑起："并不远，先生就在十里之内。"

"这么点路，还将人家隐于山林的居士叫来做什么？"顾元白笑道，"去瞧人家的画，难不成还让人家带来吗？摆驾，朕自个儿过去。"

恰好还可以瞧瞧山水，歇歇眼。

◆ 第四十五章 ◆

山路无法行马，顾元白便兴致盎然地徒步往山上爬去。

这山坡度挺缓，但顾元白还是高估了自己的底子，山还没爬到一半他就已经脸色苍白，硬生生地在大热天冒出了一头冷汗。

褚卫第一时间发现他的不对，着急将他扶到树下休息。顾元白手指轻微颤抖，他将指尖收到袖中，冷静地平复急促的呼吸。

吸气，吐气。一旁人送上凉茶，顾元白瞥了一眼，低声道："用白水加点盐。"

他应该是中暑了，头晕，眼底一片黑，胸口发闷还有点恶心，最起码也是轻度的中暑。

顾元白将手放在腰带上，在褚卫惊愕的目光之中将腰带抽掉脱掉外袍，褚卫倏地背过身去，衣角在地上画出一个半圆，白玉耳朵红得几欲滴血。

顾元白干净利落地将衣服脱得只剩里衣，松了衣带，让领口不再这么紧绷。田福生和太监们连忙卷起他手臂和腿上的衣物，周围人满头大汗地挥着扇子，凉风习习，风从四肢和胸口灌进，顾元白这才舒服了几分。

御医正在给圣上把脉，宫侍、官员围在圣上身边。

褚卫提议："圣上，不远处就有一处溪流，您可要去那处寻些清凉？"

顾元白苦笑道："歇会儿再去。"

自寻到空性大师开始，到如今已有七年，顾元白本以为自己的身子骨再不济也不怕爬个山，未曾想到太阳大一点，就已经有了中暑之症。

他也想去溪流旁凉快凉快，可他懒得动，要是薛远在这儿，恐怕早就背着他这个懒人过去了。

顾元白出神了片刻，褚卫瞧着他的神色，莫名有些心慌，头一次失了规矩地道："圣上？"

顾元白陡然被唤醒，他的眼睛重新映出眼前的这一片葱翠幽幽，回首，对着褚卫笑了："何事？"

褚卫垂眸："臣同常大人去给圣上取些溪水来。"

常玉言一直站在旁边，此时才出声："褚大人说得是，圣上还是用些凉水擦去热意的好。"

他们二人一说，周围的官员们也跟着出声要去，也想让圣上看看他们的忠心。顾元白颔首应允，围在这儿的人顿时少了一半。

在这些人搬水来的时候，东翎卫又找了一处阴凉的好地方，顾元白歇了几口气，站起身去往阴凉地。途中经过了一棵大树，树根虬结，枝叶繁茂到透不到光。顾元白正要从树下穿过时，一阵风来，伴着骤然响起的悦耳声音。

顾元白脚步顿住，他循着声抬起头，从错杂的枝条之间见到了垂落的长长木件。微风一动，雕刻的木件下碎石碰撞，羽毛随风轻飘，声响清脆。

这是一个石头、羽毛做成的占风铎。

占风铎类似风铃，是古人拿来探风和祈福的东西。

在上山的路上，怎么会有这样的东西？

顾元白心生好奇，道："张绪。"

侍卫长一跃便够到了占风铎，顾元白拿到手后便看来看去，还没看出什么，又听到前方有风铃声响起，往前走了几步，在另一棵树上也看到了轻轻晃荡的占风铎。

"怎么这么多占风铎？"顾元白稀奇道，"难不成是隐居在这儿的居士挂在树上的？"

他话音刚落，一阵大风猛地吹来。面前这棵树的占风铎剧烈响了起来，前方更多的占风铎一个接一个，在落叶纷飞的大风之中一同奏响。

丁零当啷，清脆的声响在树木之中穿梭，竟有足足上百个占风铎。

顾元白被发丝眯了眼，索性直接闭上了眼睛。松垮的衣带随风飘出婀娜弧度，大风起兮，占风铎的响声像是裹着风儿在飞舞高歌。

往上飘，飘过树冠，飘过云层。

热气被一扫而空，顾元白不知何时露出了笑，在这样的声音中好似浑身都轻松了起来，如被风吹得飞起来了一般。身旁的田福生突地惊讶道："圣上，您手中的占风铎上刻着字。"

顾元白睁开眼，随着田福生指的地方看去，原来是一块小巧的碎石上刻着模糊的字，他凑近一看，才辨别出了"望他吃药不苦"这一行字。

顾元白心中忽地跳快了。

他连自己在想些什么都不晓得，只知道让张绪又将面前树上的占风铎拿下，他在占风铎上找着字，没费多少工夫就发现了一行字："望他不再流泪。"

顾元白定定地看了这一行字许久，这些字的一笔一画，皆用了很大的力道。在石头上写字和在纸上写字并不一样，石头上雕刻的字迹隐隐熟悉，却又陌生。

飘飞的花草婆娑，一个个的占风铎被取下，上方的字一个接一个映入眼底。

"望他长生无病。

"望他多吃些饭。

"望他阴雨天腿脚不疼。"

顾元白随着占风铎的铃声往前走，身边的人跟在后方，看着他时而抿起时而带笑的唇角。

"望他一觉到天亮。

"望他背负之物不成负担。

"望他能用些小酒，但也只能喝一点。"

林间的风又一阵吹起，顾元白似有所觉，抬头，往山路前头望去。

山路顶头出现了一个身着儒袍的高大人影，他瞧着顾元白便想要笑，但笑意还未展开，就瞧到了顾元白一身里衣。

他神色一变，骤然从山顶奔来，风流恣意的儒袍转瞬被他带出了万马千军的气势。顾元白眼睛睁大，嘴巴微微张开，看着这个人越来越近，容颜越来越清晰。

周围的人还以为是刺客来袭，刀剑未拔出来便听见侍卫长错愕道："薛大人——"

顾元白手里的占风铎跟着晃荡了起来，丝线缠绕在了一起。

坚毅的下巴，胡楂好似刚刚刮过，他的身上还有沐浴后残留的湿气，喉结锁紧，黑了好多。

三年啊。

他已历经风霜与时光，长成成熟男人的模样了。

眉眼之间的锋利沉了下来，像是一直紧锁着没有舒展。脸侧有一道细小伤痕，已然开始结疤。

薛远已经而立之年了。

"年轻"似乎可以拿来形容他，又似乎不可以拿来形容他。他好似没有变化，但又好像变了许多，顾元白却不知道哪里变了。

遥远信纸上的话陡然穿过时空和距离到了面前，眼前的这个人影逐渐变得清晰，这是一个活生生的人。

是三年未曾见过的人。

顾元白的记忆里都是三年前的薛远，可现在的薛远一出来，就强势地将自己留在顾元白记忆中三年之前的印象打碎，只剩下面前的这一个人，陌生又熟悉。

顾元白不喜欢消极对待生命，即便分别三年很苦，时日很慢，但他也一直乐观积极地面对生活，去寻找分隔两地也会存在的快乐。但这时，他从来没有这么清晰地理解到——薛远不一样了。

彼此错过了三年，应当都有些对方无法参与的变化。哪怕是顾元白，这个时候也不由得有些怅然若失。

薛远低头看他，沉声道："没事，很快就不难受了。"

顾元白晃了晃手中的占风铎，所有的思绪都沉淀了下来。

他被带着穿过一个廊道，最后被放在竹床之上，竹席沁着凉意。

◇◆ 第四十六章 ◆◇

薛远日夜奔波而来，却在见圣上之前停住了脚步。他上了山，借了人家的房子好好睡了一夜，面容恢复神采后又天不亮就起来刮了胡子，沐了浴，上上下下都洗了数遍，穿上儒雅的衣袍，想要跟顾元白说：你看，我从容地回来了。

所有信纸上的报喜不报忧，只是想让顾元白看到他好的一面，让顾元白知道他已然成熟可靠。

所有的狼狈和邋遢，都不想要他知道。

"圣上，"田福生的声音在外头颤着响起，"銮驾还等在山脚下。"

休息片刻之后，等收拾整齐出来时，田福生低声道："圣上，诸位大人正在外头候着。"

顾元白随意点了点头，往前走了两步，倏地顿住回头，盯着薛远道："跟好朕。"

"会的。"薛远回应道。

薛远借住的这个竹屋正是一行人的目的所在。外头，褚卫已与大儒说完了话，见到圣上前来，他笑道："圣上，您先前想要的那幅《千里江山图》……"

话语在看到薛远时戛然而止，片刻后，褚卫才继续道："余下的残卷，真迹应当在先生这儿。"

大儒姓辛，穿着一身粗布衣裳，脚底草鞋还有一圈的泥。他笑呵呵地看着众人，看起来不卑不亢，但见到顾元白之后却很是激动，一开口便是一大段赞誉之词。

等知晓顾元白对《千里江山图》感兴趣后他更是眉飞色舞，主动要将此半卷画献于圣上，也好使上、下两卷合二为一。

隐士大多自傲，标点符号一出之后，这些大儒对顾元白的态度更是复杂，有赞美的话自然也有诋毁的话，他们不好骂顾元白，只能痛斥李保不敬祖训来暗中指责背后的皇帝。

这些老古板宁愿子孙后代再也不入朝为官也不愿碰标点符号一下，他们用这样的态度坚定地表明自己对标点符号的敌视。但无所谓，顾元白不在乎他们，他可不会把这些大儒隐士捧在手心。你不愿意入朝为官是你们自己的损失，关我什么事？

顾元白根本就没管这些不中听的声音，他这样置之不理的态度让那些心气极高的老古板更是差点儿吐血，不知道有多少人曾躺在床上颤颤巍巍悲痛骂道："呜呼！天要灭我大恒！天要灭我圣人之道啊！"

顾元白对此一笑而过，并让《大恒国报》自此以后不再收录没有使用标点符号的文章。

标点符号刚出时，顾元白与部分大儒之间的关系很是紧张。但五年以来，随着标点符号的普及和两届文举的使用，学子们已经习惯了这样的符号。寒士们甚至可以在官府中抄录已经标注好标点符号的文章，省了他们很大的功夫，从而有更多的时间去钻研学问。人类使用的万物永远是复杂向简单的一面进化，真正落实下去之后，体会到其中的作用和对未来的影响，大部分的大儒都已站在顾元白这一边。

顾元白这些年来从未缺少来自名士的追捧，他淡定地笑了笑，就跟着辛大儒去看了画。

看完了那幅《千里江山图》的下半卷后，他突然想起褚卫被骗买下赝品一事，调侃道："褚卿，见到这画后你可心中难受？"

褚卫叹了一口气："我原就在游学时拜访过先生，先生也曾带着我看过藏画。要是那时我细心一些，知晓真迹原来是在先生这处，怕就不用受此欺骗了。"

辛大儒知晓事情缘由后不由得惊讶出声："你竟然也有被别人的字画骗去的一天？"

褚卫不置可否："只是让圣上见笑了。"

"这有什么。"顾元白笑了，"不论是真迹还是赝品，都是绝佳的妙作。"

褚卫瞧着圣上安慰他的样子，垂眸，一边唾弃自己用心险恶，一边隐隐欢喜道:"圣上说得是。"

离开竹屋下山时,薛远坦荡地蹲在了顾元白的身前,顾元白笑了起来,往前一趴,薛远小声道:"白爷,坐稳了!"

他牢牢架住顾元白的双腿,站起身稳稳当当地从平缓的山路上下山。

身后官员跟着缓步在后,彼此交谈着刚刚看过的几幅佳作,未曾觉得有什么不对。

"还有占风铎没拿下来。"顾元白提醒。

"好,去拿占风铎。"薛远把他往上颠了颠,云飘风静,隐隐有铃声藏在风中,等着他们去摘,"圣上未来时我还未曾注意到,现在一看,这里真是个山清水秀的好地方。"

顾元白道:"两浙的山山水水也不会少。"

薛远笑了,在下一刻便说了几句顾元白想听的话:"臣没见过,所以还得请圣上把臣带在身边看一看。"

顾元白嘴角勾起:"允了。"

顾元白有很多想问的话,问他其他人现在如何,问他怎么会转道来江南,又怎么会知晓自己要去哪儿。但这会儿的气氛太过宁和,一条下山的路好似走不到尽头,顾元白突然不想在此刻问这些话了。

前往两浙的路上,薛远总算是将缘由解释清楚了。

在回程路上到西州国时,他们残留的货物便已被哄抢一空。薛远快马加鞭回京,恰好在河南处遇枢密院派来接手的官员。江津见他的急样,询问了领头官员,这才知晓圣上已南下的事。

薛远沉默不语,当夜却带着三日粮食就独自骑着骏马往江南来,一路在驿站中才被监察处官员告知了圣上踪迹。

他在大儒家中借住,原本只是想就近找个地方整理一番自己再去面圣。谁承想圣上的銮驾从十里之外而来,薛远便心中一动,拿出了他所雕刻的占风铎,用此来迎接圣上,点缀上山的路。

顾元白骂了薛远一顿,他听着,等骂完了之后又说:"三年未见,我猜到你会着急了。"

薛远摇摇头，勾唇："圣上，不是三年，是三年六个月零三天。"

顾元白忽地沉默。

◆ 第四十七章 ◆

銮驾前往两浙的路上，薛远把圣上养成了一个"废人"，伸手穿衣张口吃饭。只是薛远担心圣上整日待在马车中会憋坏身体，每日必定带着圣上策马或是缓步行走片刻。

顾元白越来越懒，每日处理政务外唯一外出锻炼身体的时间也总是敷衍以对。

路上一直行的是官道，大恒将以往就有的官道进行了修缮，又将道路修建得更为四通八达。这样的道路方便了此次的出行，顾元白曾多次亲自审查道路的情况，发现官道即便是在酷暑或是阴雨下也无塌陷，工部督查有力，应当记一功。

大恒内的道路经过数年，已修建得八九不离十，工部近些年便不辞辛劳地前往了新吞并的西尚土地之上修路，已是大恒人的西尚百姓们对此激动雀跃。甘西、宁尚和秦西部分新生的孩童，早已认为自己是大恒人，他们在官学之中学的是大恒话，吃的是大恒土地种出的粮食，入的是大恒官府的户籍册子，天下之大，他们只晓得大恒。

随着科举后一个个宁尚学子入朝为官，宁尚的百姓早就安分守己，再也不提旧国一句。

国家的君主将他们一视同仁，仁爱百姓，品尝过盛世的滋味后没人再愿意陷入混乱之中。宁尚的小小混乱随着时间的流逝，犹如石落水池，涟漪平静后再也激不起水花。

说到修路，就不得不提水泥。顾元白只知道水泥是由石灰石等材料在高温中煅烧而得，石灰石现如今叫作青石，黏土也可容易找到，但更多的他却不知道了。他只能暗中交予专门的人研究，索性也不急。古代也有古代修路建房的方式，有水泥最好，没有也不强求。

工程部近年来显著的功绩，已然让朝中众人隐隐约约察觉到了科技人才的重要性。顾元白打算再缓缓，过上十几年，在潜移默化之中改变世人想法。如果可以，顾元白还想要在官学之中建立一个"格物致知"的课，单独招收对此有兴趣的科技研究型人才，还有女子学院……

他与薛远说时，薛远很有兴趣："照如此说，那些手段神奇的术士也不过是知晓一些旁人不知道的格物法子？"

顾元白颔首："正是如此。"

"臣倒是听说过，"薛远道，"赤脚走火路，肉舌舔铁烙。要不是圣上说，臣还不知道这些有迹可循。圣上知晓得真多。

"圣上真厉害……"

一行人经过福建北部，在路过夷山时顾元白特意停下了脚步，命在此休息半日，特意让田福生给了此地种茶的农户一些银两，吩咐三千大军和臣子、宫侍，想去采茶的便去采茶，想去猎些肉食的就由秦生带队。

东翎卫三千人振臂高呼一声，留下一部分人跟着圣上，其余的人便心照不宣地一同冲入了密林之中，准备给午膳添些荤腥。

臣子们倒是矜持，挨个拿了布袋去采茶。薛远也在身上背了一个竹筐，同圣上一起走进了一望无际的茶地之中。

"夷山下时常有数百只船只停留，只为运送此地的茶叶，"顾元白悠悠摘下一片绿叶，"如今正好是茶叶熟了的时节。林知城也带了整整五十艘船的茶叶离去，到时候也不知道能剩下多少。"

薛远诧异："圣上不担心卖不出去？"

"好茶怎么会卖不出去？"顾元白把茶叶扔进他背上的竹筐里，"这可是大头，你前往贸易之路的时候，茶叶难道卖不出去？"

薛远叹了口气："好像只有我吃不出来其中的美妙滋味。"

顾元白好笑瞥了他一眼，又摘下一片茶叶送到他的唇前："尝尝？"

薛远听话地张开了嘴，将茶叶吞到肚子里后餍足勾唇："滋味很好，不愧是圣上。"

午时，大展身手的东翎卫凭着百步穿杨的箭术让人人都吃上了肉。他们还猎到一头幼鹿，幼鹿最嫩的一块肉进了顾元白的嘴里。带兵的将领来顾元白这儿求得了恩令，允许士兵们适当饮些酒水，士兵们兴高采烈，酒水的味道传遍周围，许多文臣也凑到了旁边，与他们一边笑着喝酒一边吃着肉。

吃饱喝足之后，士兵们将火灭掉，剩余的残渣处理好，又精神抖擞地踏上了前往福建沿海总兵处的路。

越往沿海处走，饮食和百姓衣着风格的变化便越大，顾元白特地注意了海鲜过敏这个问题。但还好，所有人——包括他自己——都没有出现对饮食过敏的症状。

九月初，圣上的銮驾驾临福建福州府，福州府百姓表现出了不输于任何一地的热情。顾元白实地走访了几个省县之后，倒是发觉了当地官府的一些弊端。

福建离京城太远，山高皇帝远的弊端再怎么遮掩也掩不住。顾元白忍不了这些，他亲自坐镇福州，雷厉风行地整治这些弊端，一时之间，福建各州风声鹤唳。顾元白一封旨意去京，让政事堂调来一个软硬不吃、性格刚强的官员来治理此地。

顾元白大刀阔斧的手段很快就出了效果，当地官府开始政令通达，各项章程重新落实时很需要人手，他瞧着京城调来的官员还没到，就先用身边的年轻官员试手，以此来磨炼这些人的能力。

直到十月月中，顾元白才打算启程返回。他命令下来的时候，福州府府尹抹了把冷汗，总算是从战战兢兢的状态中恢复了过来。

还好他这个府尹规规矩矩，平素也算是勤恳，否则当真是惨了。

返程的时间比预料之中要晚上半个月，路上要抓紧时间，因为要是再晚，怕是回京都要冬日了，霜雪一降，路上受了风寒那可不妙。

回程多是水路，不知是不是老天爷也照顾着一行人，这一路平安顺畅极了，日日都是好天气，都没有察觉多少寒气。

终于，在十二月的一个烈阳天，顾元白在夹道百姓的欢呼声中回到了京城。

銮驾缓缓，马匹随行，百姓、守卫銮驾的士兵，人头攒动，人声鼎沸。

他们的身前是干净宽敞的大道，背后是道路两旁鳞次栉比的整洁房屋。

人人棉衣加身，脸色红润。幼童在其中奔走，目光崇敬。

顾元白抬起头,看着烈日下恢宏的大恒皇宫。瓦片沐浴着光,反射出金子一般灿烂的光泽。

"薛远,"顾元白突然缓声道,"朕以往听过两句话,那是一个很有骨气的国家自始至终所做到的事,也是朕现在毕生的追求。"

薛远在銮驾之旁驾马,问:"是什么?"

顾元白笑了:"不和亲,不赔款,不割地,不纳贡。"

他的目光从百姓身上扫过,从金碧辉煌的大恒宫殿上升高。

"天子守国门,君王死社稷。"

朕与我大恒后代,皆应为此而努力。

番外

◆ 番外一　海上贸易 ◆

陆上贸易因着康国和缚赐的战火波及，队伍在三年后提前回来，完成圣上所托归来的臣子们皆受到了应有的封赏。

领头三位臣子按功封赏，加官晋爵。薛远被封签书枢密院事，领从三品以上武散官，受封二等博远候。

签书枢密院事是枢密使副手的副手，是以后枢密使的候选，掌军机要事，正好全权协助圣上。

薛远没有外调的经历却能跃入三品官之列，虽是走丝路有功，但更多的还是他本身的能力强劲以及圣上对他的期待和看重。

枢密院和政事堂直接听命于圣上，不受任何大臣的把控。他们手中的权力完全被顾元白所掌控，顾元白能放下来就能收上来，这对于以往的薛远来说很难忍受，但现在他却甘之如饴。

相比于陆上贸易之路，海上贸易之路则缓慢地行了五年。在五年之后，林知城一行人才带着铺天盖地挥舞着大恒旗帜的船只归来。

他们带来了巨大的财富，除了千百万两的金、银、铜之外，还有从各国换取的货物，但比财富更重要的，是海外其他国家现如今的情况。

林知城献上了厚厚的一道折子，里面详细写了每个国家的见闻和地理位置，还有一些尚且无人占据的岛屿。林知城在面圣时很有急迫感地道："圣上，这些岛屿我们都可以占领啊。"

顾元白也很有急迫感，肯定地点了点头："你说得对。"

他询问了林知城很多，林知城一一答来："外头的一些国家虽很是富有，但国情却很复杂。有些地方的吃食与我们天差地别，甚至茹毛饮血。我们依据旧航线走，前朝没有显露名声的一些国家如今也有了不凡的实力，但都比不上我们大恒。此次出海，大恒威名扬名于海内外，不少小国对大恒很是向往崇敬，不只送上了贡品，还意欲与我大恒建立起稳固的通商船队。"

林知城此次返程，还带回了各国对大恒抱有强烈好奇心的人，他们想要看一看遥远东方的这块土地，想要去感受一下能生产出茶叶、瓷器的这个国家有多么繁华和文明。

顾元白心道：现在这个年代，海上霸主还没有影，没人认识到海洋的重要性，而这个时候，大恒有着震慑世界的船舰。

林知城这一次出海，光是带来的财富就会震撼整个大恒的人。

或许未来不远的一天，海洋上到处飘扬的都是大恒的旗帜。

顾元白笑了笑，又问了让他特意留心的一些种子。旧航线不到原产地，玉米、番薯、土豆这几样高产作物应当是带不回来了。

但出乎他的意料，林知城还真的给他带回了惊喜！

顾元白倏地从龙椅上站了起来。

林知城被他吓了一跳："圣上？"

顾元白盯着桌上的三小袋种子不放，被这惊喜砸得又蒙又晕："这作物种子是哪里来的？"

"臣去往的那些国家之中有自称是来自一个叫作西班国度的人，"林知城道，"这个国家似乎离我们很是遥远，据此人所说，他们国家如今正发生驱逐入侵者的战斗，而他则在战斗之中因为意外独自漂流到异国之中。他用这些种子来与臣进行交换，让臣将他带到大恒。臣一看，就觉得黄色布袋中的种子同圣上曾说过的'玉米'相同，都是金子光泽、犹如牙齿大小的米粒形状。余下两种，臣却认不出来了。"

顾元白的一颗心此时都已躁动了起来，他反复翻看了玉米粒，又去打开另外两个布袋，种子一黄一深，皆是缺水到干枯的模样，分明就是土豆和番薯的种子。

这些其貌不扬的种子在顾元白眼里却像是无价之宝一般，顾元白惊喜之余又开始凝重。这些种子看起来相当不妙，谁知道还能不能种活。

机会都摆在面前了，要是种不活岂不是得怄死？

顾元白当机立断："来人！"

能不能活，得先试试，只要有一丝成活的希望，顾元白都会想尽办法让这些作物在大恒的土地上生长。

皇帝陛下如获至宝地种地时，天下不出他所料地因为林知城的此次出海而震荡起来。

比较有人脉的商户和朝中官员多多少少都为此次航行投了一笔钱，这笔钱经过五年的等待，彻底翻了数倍。被这么大利益砸晕了的人们，用新的眼光重新看向了海上贸易这一块。随后他们上书到顾元白桌子上，飞雪一般的折子都在求问皇帝陛下下一次的出海是在什么时候。

要是没有强大的军队和船舰在周边保护，他们的商队实在不敢在海洋上走得太远。

民间开始掀起了一股又一股出海的热潮，关于海外的游记一夜之间犹如百花初绽，不光是游记，还有更为详细的由出海人亲自编纂的传记。

这些东西越多，大家能认识的就越多。在户部和刑部的人将船舱上的金、银、铜和货物运送到国库中时，许多人都意识到了一个事实——海外是个聚宝盆。

他们蠢蠢欲动，但顾元白没有空理他们。

如今正好是农耕时节，他召来了数百名对种植之道最有心得的农户，将三小袋不到一百粒的种子交给他们，神色严肃，反复叮嘱，承诺种植成功的人荣华富贵。

数百名农户面面相觑，缓缓张大了嘴巴。等他们反应过来之后，目光热烈了起来。

农户热火朝天地琢磨了起来，顾元白对这件事无比关注，他记得这三样作物都适合在四月份播种，其中玉米是耐旱作物，种植成功的可能性应该不会太低。

他夜里也念叨着这件事："番薯倒是也耐旱，只是比不上玉米。土豆用水充分浇灌后会长得很大，我再想想，看看还能想出来什么……"

◆ 番外二　丰收 ◆

顾元白就硬逼着薛远听了整整十天的番薯、土豆、玉米的事。

顾元白反复地说，不停地说，在薛远做着俯卧撑的时候也在说。薛远从来不知道圣上这么能说，他眼睛无神，被念叨得神魂出窍。

除了说，顾元白还带着他下了地。

珍惜的粮食种子就在宫中开辟的一处重兵把守的地界种植，顾元白每日都要去看一看。他和薛远踩了一脚的泥，手上、身上也都是被溅起的泥点子，因为薛远一直跟在顾元白屁股后头，他连脸上都有顾元白龙靴后头带起的泥块。

"滚边儿去，"弯腰看幼苗的圣上转头瞪了他一眼，"别离朕这么近。"

薛远晃晃悠悠地往后吝啬地退了一小步，左右看了看："圣上，三块地里两块都已出了苗，怎么还有一块没有一点儿动静？"

笑着的顾元白眉目染上忧虑，他看了看没动静的那块地，叹了口气："估计是死了。"

"那块地种的是什么？"

"土豆。"用的是最肥沃的地，由最精细的农户照看，但还是没有种出来，顾元白道，"种子到大恒时，应当已经干死了。"

土豆啊，没人会比顾元白更知晓它的好处了。

他难受是真的难受，但看了看已经长出幼苗的番薯和玉米，又笑了。

满足了，已经值得了。

番薯和玉米一旦成功，那么大恒就该迎来一次人口大增长了。

薛远沉吟了一会儿："死了也无事，至少……"他含蓄地道，"'土豆'这个名字传出去，文人雅士又得暗思圣上起名的法子了。"

顾元白："……"

老祖宗叫的名字，你们还有意见？

但顾元白想了想先前的炕床，又想了想"土豆"这个名字。若是土豆真的成活了，文人雅士要是想写诗赞扬土豆，不又成了《咏土豆》？

咯，史书上又该如何说，大恒皇帝顾元白亲自命名其为"土豆"二字？

相比于先帝的文雅风格，"玉郎峰""拈花瓷""枣无花溪炉"这般的命名，顾元白这个皇帝当真是太接地气了。

不是不好，只是想要赞扬圣上的文人雅士们着实无从下手。

顾元白若无其事地转回了视线："名字不重要，重要的是它的价值。"

他又叹了一口气："一旦土豆能养活，一亩地产量就是粟米的两三倍啊。"

前朝粟米平均亩产三百三十斤往上，大恒粟米地也是这个水平，土豆是高产作物，顾元白不能确定种植土豆的亩产量能达到多少，但大恒的土地肥沃，连年风调雨顺，总不该少于九百斤吧？

薛远瞳孔一缩，猛地回头去看毫无动静的土豆地："两三倍？"

他瞬息就明白了这些土豆地的重要性，但在明白后的下一刻内心深处就涌起了顾元白刚刚生出的浓浓失望之情，一喜一悲之下，薛远僵硬地道："圣上，种子当真死了？"

顾元白可惜道："应当是死了。"

薛远无言以对，心疼得喘不上来气。

"幸亏番薯和玉米已经长出了苗，"顾元白温柔地摸了摸一旁的番薯苗，"这两样东西不低于土豆的产量。"

薛远觉得又能喘气了，他珍惜地看着这些小小的幼苗，半说半笑："圣上这话一出，我可算知道圣上为何会连日里不停念叨它们了，这几株小苗的确比我重要得多。"

顾元白瞥了他一眼："走了，该用午膳了。"

薛远跟上他，慢条斯理地道："圣上知晓得可真多，臣还得跟着圣上多学一学。"

顾元白走得更快了，薛远瞧见了他背后，带出了笑："圣上，您背后都是泥点子。"

"无事，"顾元白皱着眉，侧头朝后看一眼，"回去后再收拾。"

两个人甫一回到宫殿，就有百兽园的太监来报，薛远送给顾元白的那两匹成年狼快要不行了。

顾元白一愣，衣裳都来不及换就跟着太监来到了百兽园。两匹毛发已经蒙上一层白灰的狼无力地躺在地上，顾元白和薛远一靠近，它们便从喉间呜咽了一声，幽幽的眼睛艰难地转着，费力蹭蹭主子的手，缓缓没了声息。

它们活了十二年，在今日老死了。

薛远扶起顾元白，低声安慰："圣上，咱们找个地方把这两匹狼给葬了。"

顾元白还有些愣神："好。"

百兽园还有两匹狼，那是自狼崽子时便被送进宫的小狼。顾元白沉默地看着薛远将那两匹狼牵出，二人一同看着太监挖着坑埋葬狼尸。

这些狼野性不驯，却被薛远驯得极其听话，它们时时陪在顾元白身边。这些狼给顾元白添了不少的麻烦，但也有许多的乐趣。

田福生在一旁劝慰道："圣上，这两匹狼未曾受过什么苦，每日吃好喝好，还备受圣上宠爱，这一辈子活到老必定没有什么遗憾了。"

"朕只是有些遗憾罢了，"顾元白道，"毕竟它们陪了朕数年。"

尘土落地，绿叶随风。等两匹狼埋葬好了之后，顾元白有些沉默地同薛远往回走，行至半途，他突然感慨道："之前只觉得有些难过，现在一想，它们还是一起走的。"

"这样挺好，"薛远安慰着，"我也会与圣上如此。"

顾元白笑了笑："那便不行了。朕身子骨差上你许多，战场上的暗伤都几乎对你没有什么影响，你又怎么会与朕同时老死呢？"

事实也是如此，原著改编的网剧之中好似就是褚卫率先死去，薛远独自过了二十年。

薛远当真是天之骄子，只长寿这一条旁人便比不上。顾元白眼帘垂下，每次想起原著中薛远背叛自己投靠褚卫，他心中都会异常不舒服。

也只有薛远对他堪称忠诚到不要命，才能抵消这样的不适。

他声音低得被风一吹就散："你能活到百年，朕却不行。"

甚至这命，都是从阎王手里抢来的。

薛远脸色难看，顾元白却没有看到，直到他阴沉的声音响起，顾元白才抬起头看他："圣上以为我会独活吗？"

顾元白幽幽地想：你原本的命定好兄弟死了之后你不就独活了吗？

"圣上是不是忘了我同你曾说过的一句话？"薛远眼神阴鸷，"我同圣上说过，若是你死了，臣就先去堵着你的黄泉路。"

他说完这话，话语陡然软了下来，恳求道："元白，你信我。"

顾元白张张嘴："朕信。"

不过他心中也不免疑惑，那为何在原文中，薛远在褚卫死后还好好地活到了寿终正寝？

213

时间一月一月过去，种着土豆种子的土地没有半点动静，顾元白已然确定土豆是种不出来了。他收起最后那点期望，彻底把精力放在了番薯和玉米身上。

农户们伺候苗子伺候得小心翼翼，八月中旬，番薯和玉米终于到了成熟的时候。一个艳阳天，农户拿着农具，在圣上和一众人的目光之中咽了咽口水，一把刨出了泥地下的东西。

◆ 番外三　今夕何夕 ◆

黝黑的泥土翻滚，一耙子下去，刨出了一丛丛圆滚滚的黄东西。

顾元白眼睛缓缓睁大，不敢置信地看着这些土豆。

身旁的薛远惊叹地和他说道："圣上，虽然土豆养不活了，但这些番薯看起来却很是不错。"

顾元白："嗯。"

土豆和番薯长出地面的秧苗并不一样，顾元白见过这两种作物。但他在大恒已有整整十四年，原先的记忆实在太过遥远，远得土豆和番薯的秧苗有什么不同他已经区分不出来。

他明明记得南侧种的是土豆，北侧种的是番薯，为什么现在却不一样了？还是说这两种高产作物的种子被他搞混了？

还是农户搞混了？

顾元白往玉米地中看去，颗颗饱满的玉米被包裹在绿叶之间，散发着诱人的清香。玉米还是对的，顾元白心里有了几分安慰。只是尴尬的是，他这四个月来一直以为土豆的种子死了，身边的人也跟着他一同这样认为。顾元白前些日子都已在思索怎么快速将番薯和玉米的种植方法推广全国，甚至想好了要吃烤番薯、地瓜干、番薯饼、糯米果子和麻团……他还想让人将番薯做成番薯粉。结果出来的不是番薯，是他早就放弃希望的土豆。

番薯的产量要比土豆好上一些，但要说能做出来的美食花样，还是土豆多。

但顾元白一无准备二没想到，猝不及防之下只能看着满地的土豆发着呆。

薛远还在说个不停:"圣上快瞧,这些番薯的块头真是一个比一个大。"

顾元白顿了片刻,幽幽地道:"是啊。"

农户没见过土豆和番薯,以防这几样作物和未来的样子不一样,也为了保密,顾元白没和他们描述过这些东西长成后的模样,也没告诉他们这些是什么。

估计现在除了顾元白,所有的人都认为这些土豆就是番薯了。

站在身后的枢密使眼睛不眨地盯着地里,嗓子里吐话也不再连贯:"圣上,光这一块地挖出来的番薯就有了两三石的量……这要是……要是整整一亩地都是这样的量,这样的个头,岂不是一亩便能高达几十石?"

周围人倒吸一口凉气。

嘈杂声顿起,少许跟着顾元白前来看新作物的大臣三三两两谈论了起来,眼睛盯着土豆不放,嘴中一个接一个"番薯":"这番薯也不知道吃起来如何,容不容易饱腹?""外头一层泥,洗了后可是当果子生吃?"

顾元白揉了揉眉心,吩咐人去捡起几十个土豆,撑起笑问身后的大臣:"诸位卿想知晓这……'番薯'怎么吃?"

臣子们恭敬行礼,按捺不住好奇:"圣上,臣等失礼了。"

"田福生,派人将'番薯'送去御膳房,"顾元白深吸一口气,温和地道,"让御膳房的人注意着点儿,切记,变绿、生芽的'番薯'万不可吃入肚中。'番薯'皮需削掉,此物可用于烧菜、熬汤,也可代麦穗做饼。朕跟你说几种方法,你让御膳房按这些来做……"

等他说完之后,心中惆怅,土豆的姓名就这样稀里糊涂地没了,自此以后,酸辣土豆丝都要变成了酸辣番薯丝。

田福生一字一句不敢忘记:"小的这就去准备。"

薛远也听得认真:"圣上,番薯好吃吗?"

顾元白回头看他,肯定地点头:"味道十足十地好,无论做素菜还是配荤,都是上饭桌的好东西。"他想了想,厚着脸皮平静地道,"不输土豆什么。"

"那臣就有福气了,"薛远笑了,"天下百姓也有福气了。"

满地的土豆一个紧挨一个,极易让人升起丰收的快乐。顾元白带着众人经过土豆地,来到玉米地之前。

玉米已经被掰下放在地上,层层堆积得老高,顾元白伸手从上方拿起一个,亲自拨去玉米的外衣，金灿灿的玉米一暴露在众人面前，众人便愕然，愣愣地看着这漂亮如同玉石做成的果子。

"这东西，朕称呼其为玉米。"顾元白动作轻柔地将玉米上方的玉米须扯下，前头金色之中略微泛着白意的玉米头更加清楚地露了出来，"这东西软糯香甜，无论是烤、炸、蒸、煮皆好吃，玉米粒可入菜，也可代粟米，用处多的是。来人，拿些去让御膳房蒸上，也好让诸位卿家尝上一尝。"

众位臣子谢恩，顾元白笑了笑："相比于这两样东西的味道，朕更注意的却是它们的亩产多少。这些异国来的种子太少，一亩地都不到，但诸位卿也亲眼见到了，即便不足百粒种子，种出来的东西却决然不少。"

众人回首，就见左、右两方分别堆着一堆小丘高的玉米和"番薯"。

若是一亩地中都是这样的数量，那可是要比粟米多了许多！就算"番薯"和玉米的味道不好，但只要吃不死人，那么就是好东西，只是不知饱腹感如何，种起来麻不麻烦。

臣子们心中暗思良多，但欣喜兴奋还是大过担忧。得了圣上允许之后，他们小心翼翼地去碰了碰玉米和"番薯"，那副神态，好似是对着自家刚出生的孙子，既喜爱，又生怕一不小心弄坏。

过了片刻，田福生跑过来请圣上传膳，顾元白问了问，发现玉米已经蒸好了，索性让人直接先呈上蒸好的玉米。

玉米含了水之后更为饱满漂亮，热气在丝缝中萦绕。蒸出来的玉米要比煮出来的更香甜些，一放到面前，香甜的味道就飘到了鼻端，顾元白闻着这陌生又熟悉的香气，不由得舒展开了眉心。

等圣上动了嘴之后，其他人才试探地尝了尝玉米的味道。清甜的味道甫一入口，他们就不由得吃惊地瞪大了眼睛。

牙齿刺破玉米粒，汁水甜而不腻，吃起来着实好滋好味。产量如此之多的作物味道竟然这般好，真是出乎预料。

众人心中不禁对接下来的"番薯"味道更为期待。

等膳食摆上来之后，他们一尝，不由得眼睛一亮。

其中有些大臣已老迈，牙口不好尝不了玉米，顾元白特地吩咐，让人将这些老臣所用的土豆炖得更加软糯，汤汁锁在土豆之内，比纯吃炖肉可要香得多。

这一场午膳吃得宾主尽欢，等臣子请辞时，还有老臣来同圣上偷偷请求，求问圣上可否匀些"番薯"给他们。

顾元白笑着摇摇头："这些都要为明年留种，待明年你们就能吃上这两样东西了。"

这日之后，朝中重臣就记下了"玉米"和"番薯"这两个名字。两种作物还未发行，就已被人隐隐约约地知晓，私底下都期待着明年的春季，耐心等着朝廷放苗。

冬日之后，春日缓慢而来。

这一年的二月，朝廷的"番薯"种子和玉米种子沿水、陆两路运往各地，今年的种子数量不多，各地方官府都咬紧牙关希望能多要来一些种子。各地送往京城的奏折八成都在哭诉，但不够也没办法，总量只有这么多。

同年九月，"番薯"和玉米的亩产量达到了让大恒人震惊的程度。

越来越多的人将之视为神仙赐予圣上的食物，只因圣上爱国爱民、勤恳仁厚，将大恒治理得井井有条。

长生牌竖起，庙宇之中百姓踏足。人们上香时诚心诚意，只想着让圣上长命百岁。

能吃饱的百姓越来越多，百姓们心中感慨万千，想要感恩圣上让他们吃饱了肚子。但他们什么也不懂，只能去求佛祖神仙，想要圣上身体安康。只要圣上长久了，盛世也就长久了。

上元节那日，顾元白同薛远低调出了宫。

人影晃晃，他们二人走在其中。时光好似没有在顾元白的脸上留下痕迹。

顾元白展眉或是微笑，仍然像是闪着细碎的星光，花灯比不上半分，草木甘为陪衬。

他越发光风霁月，但大了他两岁的薛远，却已经开始认识到时光的残酷了。

薛远一身玄袍，让他近年来越发沉下去的气势更加逼人。

顾元白一想，不由得笑得更深，侧头看着薛远。这个世界无疑是眷顾薛远的，即便他的眉间已经有了深深皱眉带来的严厉皱褶，但他仍然俊朗、挺拔。时光给他带来的不只是年龄，还有沉积下来的风采。

浓茶散发香气，宝剑脱去剑刃上的华光。本质悠长的滋味更盛，已经不需要其他的东西去做无用的青枝绿叶。

顾元白看了看天色，算了算时辰。

等他们二人走到桥上时，京城的四处忽而升起了数百盏孔明灯。这些灯光暖黄如星，霎时之间成了一条四散的星河。

桥下响起惊喜的欢呼和赞叹，人人抬着头去看漫天炫亮的孔明灯，繁星点点，人生百幕。这一幕从眼睛映入心底，打下一道道深入记忆的光。

薛远也在惊讶地抬头看着孔明灯，顾元白忽地咳了一声。薛远瞬息低下了头，着急地朝他看去。

顾元白的唇角带着一丝欢喜的笑，察觉他的视线后，才含笑回头道："今夕何夕，见此良人。"

薛远顿住，眼中只有他。

顾元白继续说："北风其凉，雨雪其雱。惠而好我，携手同行。"

北风来得冷，雨雪下得大。承蒙你将如此多的忠心放在我身上，我愿与你一起走下去。

顾元白知晓薛远已经等这句话很久了。

他们也一起治理大恒十五年了。

◆ 番外四　顾然 ◆

顾然少年老成，自小就已对许多事看得格外通透。

他的生父乃是瑞王爷的幺子，瑞王爷年纪大了，家中儿女成群、孙儿遍地，他没有精力去管教幼子的一举一动，顾然的父亲便长成了成日里花天酒地的庸才。

顾然自小便聪慧，他也想同父亲亲近，但父亲一次次的荒唐行为彻底让他幼小的心寒了下来。母亲诞下他而死，父亲不看重他，他慢慢沉默了起来，养成了不出风头、不在人前展露的性子。

顾然虽不受重视，但他却并不难过。他喜欢看书，府里的先生才华横溢，虽教导他们这些小孩的东西不深，但他却好似天生就会读书一般，《千字文》不过两遍便记了下来。他没有跟旁人说，只是试着开始看起一些简单的书籍。

有次两位先生相伴而来，他们看上去很激动："边关大胜……将军凯旋……"

顾然有些好奇，他不出声地在窗边听着廊道上先生们的对话，这是他第一次听到圣上的事迹。圣上和他父亲完全不一样，年纪轻轻已皇威远扬。先生们讨论圣上的口吻恭敬、畏惧，但又崇敬，顾然渐渐地，在心中想：圣上好厉害啊。

顾然慢吞吞地下了学，开始期待着第二日还有人能接着讲讲圣上波澜壮阔的故事。

但这样的机会实在太少，他还是主动去找了先生，在先生惊讶的目光之中坐在了一旁，仰着脸问道："先生，圣上……"

先生便滔滔不绝了起来。

这一年，顾然活泼开朗了许多，厉害的人总会激起旁人的一腔热血，即便顾然是个小小的孩童，也不免向往亲眼看一看圣上的英姿。

这个机会很快就来了。

宫里派来了太监，在各宗亲府中挑选孩子送到宛太妃身边讨巧。顾然向来对这种出风头的机会能避就避，但等知道宛太妃便是圣上的母妃之后，他想都没想就站了出来，跑到了宫中来的太监面前，认真地道："我会泡茶，会穿衣，会认字，我可以给太妃念书。"

太监讶然看着他，随后当真让人拿来了一本书，顾然一字一字照着读了，不认识的字便坦然道："我见过就不会忘了。"

身旁的瑞王爷重新将目光放在这个小孙子身上，好像头一次认识顾然那般。

顾然平日里低调，好像偌大的瑞王府没有这号人一般。但他也大胆极了，想要什么便出手，无论是问先生还是跑到宫中太监面前，旁人从他身上看不到一丝胆怯和羞意。

他只知晓去做，只余"从容"二字。

顾然果然被带往了宛太妃身边，与他同行的还有五个孩童。宛太妃是圣上的母妃，顾然尊敬她、敬爱她。既然来到宛太妃身边的目的是照顾宛太妃，那么顾然自然要做好自己的本分。

他为宛太妃读书，这是几个孩童中没人能比得过他的一点。这几个孩童自然聪慧，却没有顾然那堪称过目不忘的本事，太妃也因此而记住了他，时常看着他笑着与身边贴身的大宫女道："皇帝也爱读书，前些年的时候，宣政殿的烛光日夜不灭，还得我去叮嘱，他才愿休憩片刻。"

顾然悄悄竖起耳朵听。

大宫女笑了一下，道："圣上爱书便渊博，天下被治理得如此繁荣，也不枉费咱们圣上的一片心血。"

宛太妃的神色闪过思念，顾然心道：太妃既然想念圣上，那又为何不见见圣上呢？

宛太妃也说道："我也想见一见皇帝了。"

大宫女为难地低头，在宛太妃耳边说了什么。宛太妃怔了怔，片刻后笑了起来："你说得是。"

她收起了思念，但眉眼间的神情却更加难过，只压在心底不说。顾然看了一眼大宫女，继续低头读着书。

接下来一天天的，不知从何时开始，宛太妃的心气好像彻底没了，身子散发着腐败与枯萎的味道。等她开始躺在床上后，那大宫女终于慌乱地派人去通知圣上了。

宛太妃厉声道："不准！"

但她的声音太过微弱，只有顾然听见了。顾然看着满屋的人脚步匆忙，于是从凳子上下来，平静地道："太妃说不准派人去。"

屋里猛地静了下来，大宫女前来劝道："娘娘，您不想瞧一眼圣上吗？"

宫女说了许多，宛太妃心底的渴望迸发。宛太妃不由自主地点了点头，那颓败的容颜上好像也有了生气。

顾然却不知为何有些悲伤。

圣上很快便赶了过来，这是顾然第一次见到圣上。圣上风尘仆仆，颜色憔悴。顾然忽地激动起来，他大声道："皇叔来了！"

圣上匆匆在他身上瞥过一眼，便冲进了房屋之中。

哭泣、悲戚、逝世、惊慌。

那段日子昏沉得不见天日。

顾然被接到瑞王府中，瑞王问他圣上现今如何。顾然看到圣上晕过去了，但他却低头，冷静道："孙儿不知。"

圣上现在的情况不能让其他人知晓。

瑞王爷没说什么，只是再次探究地看着顾然。顾然面色不动，心底却忐忑，良久之后，瑞王爷挥手让他走了。顾然踏出房门时，好像听见瑞王爷在同身边的人低声说道："此子不同寻常……"

顾然身在府中，不知晓外头的消息。府中的一些小子忌妒顾然被挑选到宛太妃身边的殊荣，一次次地拿些不入眼的手段来烦他。他不在乎这些，只是有些担心圣上。

圣上醒来了吗？宛太妃下葬了吗？

又过了十几日，罩顶的阴云忽地被烈日驱散，瑞王爷派人找来顾然，他在顾然面前哈哈大笑，痛快地拍着大腿："王立青啊王立青，你总算死了！"

顾然静静地听着。

瑞王爷目光灼灼地盯着他："圣上昏迷数日的事你是不是知道？"

顾然顿了顿，耷拉着眼皮，还是那样的语调："孙儿猜到了。"

瑞王爷定定地看着他好久，开口同顾然说了圣上将计就计逼出黑手一事。顾然听完后不禁露出了笑。这就是圣上啊。

顾然从来不觉得自己特殊，也并不觉得自己讨人喜欢，但同其他人被领着进宫，隐约知晓圣上要做什么之后，他却后悔起自己不讨人喜欢的这一点了。

宫中规矩严苛，但圣上对待他们这些小童却很是宽容。顾然在这儿还和因着边关一战而闻名天下的薛将军薛远说起了话，这将军看着吓人，说起话来却还好。尤其是说到圣上，薛将军眼底的自豪和喜意遮掩不了。顾然喜欢一切喜欢圣上的人，他尊敬这位将军，只是觉得薛将军说话好像有几分深意似的，他听不懂。

那之后，便是如同梦境一般，顾然被圣上带入宫了。

顾然晕晕乎乎，他不是为了自己被圣上选中而高兴，但也是为了自己被圣上选中而高兴。其中说起复杂，他心中只雀跃想着：全天下最厉害的人，就要成为他的父亲了？

这个人要成为他的父亲了！

从此圣上便成了"父皇"，父皇待顾然极好，顾然也从没有好好地给人做过儿子。圣上学着做一个好父皇，他就学做一个好儿子。

一次，顾然夜中做起了梦，他梦到自己又回到了北河避暑行宫，见到了大宫女劝解宛太妃压住思念的那一幕。他不由得走到两人面前，耳朵靠近，听到了大宫女说的话。

大宫女说："圣上万般忙碌，行宫与京城只数日便可来回。圣上身体不好，若是当真思念您自然会来。但若是不来，您这想念只会成为圣上的担子，您不说，才不会让圣上劳累。"

宛太妃沉默地收起了念头。

顾然心中一股怒意升起，他在一旁大喝宫女："大胆！"

但这一声刚说出来，他便从梦中惊醒了。顾然惊慌失措地去找了父皇，同圣上说着自己梦中的事情，说那个大宫女的古怪。

圣上的神情缓缓变了，他压抑地握紧了拳头，几分痛苦和悲哀显露："然哥儿，父皇知道了。"

但顾然却觉得父皇早就知道了。

他被宫侍送出了宫殿，薛将军同他一起走了出来，口气冰冷道："你让他难过了。"

顾然茫然抬头看他。

薛将军低下头，那双沉如深潭的眼眸好似能吞噬人心，他警告道："下不为例。"

顾然看事通透并不是胡说。从这一日之后，他便隐隐约约从父皇同薛将军的身上看出了什么。等父皇他们长久地征战西尚回来之后，这隐约的感觉变得更为明显。

薛将军对父皇来说是特别的。

父皇对薛将军来说是唯一的。

"殿下，"身旁的小伴读跑过来，白嫩嫩的脸上是糕点的残渣，"您又在想什么了？"

顾然回过神，平静地道："议哥儿，你怎么这么能吃。"

褚议乖乖放下了手中的东西，拿着手帕擦过手、脸："回殿下，今日是侄儿过来讲学，我怕侄儿饿了，才去送了糕点，只是侄儿不吃，我就给吃了。"

顾然无奈地叹了口气，目光从褚议的身旁往前方看去，正对上名士褚卫的眼神。

褚卫同他行了礼，顾然礼貌点了点头。

褚议小大人一般地叹了口气："侄儿越来越不喜欢说话了。"

顾然若有所思。

小孩子总是长得格外快，薛将军重走贸易之路回来时，顾然已经像是抽条的绿柳，一下蹿得老高，等到"番薯"和玉米遍布大恒时，顾然已经快要立冠了。

身边的伴读也跟着长大，开始入仕为官。这成长的一路上有诸多的诱惑和坎坷，可父皇将顾然保护得很好，顾然的心性也非一般地坚定，天家无亲情，那也只不过是那些人，不是他的父皇。

但过分的是，等他立冠之后便被扔去监国，眼睁睁地看着薛将军将他的父皇带到了边关。

父皇和薛将军在边关待了三个月，等回京的时候，父皇似笑非笑，薛将军面色却是难看又僵硬。

顾然请安时，偶然听到了父皇和薛将军的对话。

"薛九遥，你说的那份大礼呢？"

薛远："……"

父皇哼笑了一声："自己放的地方自己都找不到了，偌大的一个草原，你埋东西的时候都不想一想。"

薛将军闷声道："反正那片都已是圣上的地盘，东西就埋在圣上的土地之下。"

父皇笑开了。

薛将军在外，是高深莫测、喜怒难辨的枢密使，对着父皇却永远像是个毛头小子。顾然笑了笑，走出了宫殿。

这次父皇和薛将军外出前往边关，并不是为了玩乐，而是因为边关出了内乱，父皇等这次的内乱已经许久，在游牧人的地盘上兴建学院教授他们大恒话，用互市的繁华来提供游牧人想要的一切东西。这一切的一切，注定了游牧民族的今日。

大恒出兵，整治了因为内乱而混战的边关，大恒的骑兵一雪前耻，让游牧人好好见识了这些年来大恒的成长。随着胜利连连，游牧民族开始有人投降。

父皇所说过的话一个接一个地实现，可是他的脚步从没有放缓。他曾跟顾然说："朕还有许多想要做的事，但很多却做不完了，这些事需要交给你。然儿，望你不要让为父失望。"

顾然行礼躬身，郑重道："儿子晓得。"

父皇曾经说过，要让扶国付出代价。

要让扶国说大恒的话，以为自己是大恒的人，要让王先生后悔，让他成为他们扶国人唾弃的罪人。

顾然记得这个，父皇若是没有做到，那么他会接着做下去。

顾然娶妻生子之后，顾元白开始琢磨起退位的事情了。

皇帝当久了对谁都不好。顾元白身子骨不行，更需要在年纪大了之后好好地养上一养。顾然已有贤名，他是一个很好的接任者。

但退位的决定，并不是那么好下。

站在权力巅峰几十年，说一不二几十年，骤然要将位置拱手让给年轻人，顾元白也有些不舍和惆怅。

但他已经掌权够久，到了该放手的时候。

顾元白开始做起准备，他相信自己，却不是全然相信顾然。他需要在退位之前将皇权压低，抬高文官集团和武官勋贵的权力，使其和皇权三方平衡。若是以后的皇帝不是一个好皇帝，那过度集中的皇权只会对大恒造成灾难。

政事堂、枢密院和监察处同样需要整改，制衡一道已经融入了顾元白的骨血之中，就像呼吸、吃饭一般自然。

他需要考虑的太多，一个国家换主人的事情也太过重大，等一切尘埃落定的时候，时间已经过去了两年。

顾元白已不年轻。

但他却像是醇香的美酒，仍然动人、温和。长久身居高位让他的一举一动都带有说不出的尊贵和威仪。

这样举手投足的大气，丝毫不因时光的流逝而退去半分。

这一日，顾然和薛远一同从外走来时，便见到书房紧闭，田福生面色古怪地候在书房之外。

薛远上前，就听到书房内的圣上冷声道："给朕滚！"

田福生低声道："是新一任的状元郎。"

薛远静静地朝他竖起了手指，田福生噤声。

田福生老了，听不清书房内的内容，但薛远还能听清。

薛远侧着耳朵，鬓角处染上几分白霜。他长久不露声色的面容已经激不起丝毫波澜，但过了一会儿，他突然叹了口气。

他上前推了推书房的门，光亮从门缝中穿过，散落的灰尘在光线中沉浮。

薛远已经很少亲自动手了。

他在官场之中练就了一副永远面不改色的神情，该笑则笑，看起来很是风度翩翩，是个好说话的君子，但骨子里的暴戾从未从他身上离开，他仍然会暴怒，会用残忍的手段出出心中的恶气。

在圣上面前，薛远没有动状元郎，笑看着他被宫侍带走。等下值之后，他便回了府，端坐于书房之中派人请状元郎前来。

状元郎来了，薛远抿了一口茶，撩起眼皮指了指对面的位子："坐。"

昏暗之中，他鬓角的白霜都已被遮掩，只剩下高大的身形，如同一座高山那么巍峨。

等状元郎坐下来之后，薛远便笑了笑，起身走到状元郎身后，朝着脑袋扇过去。

薛远叹了口气，自言自语道："你该高兴，你碰到的不是几年前的我。"

当日状元郎一身鲜血，被人抬进了马车之中从后门送回了府。

薛远做事早已不露破绽，但这次他却故意露了些马脚，借此警告那些想要忤逆圣上的人。

自始至终，都没人能越过薛远走到圣上身边。

顾元白在心中悠悠地想：

一辈子啊，就在大恒过去了，挺好的。

◆ 番外五　再次重逢·一 ◆

"白哥怎么还在睡？"

"好像不舒服，我给他请过假了，咱们先走。"

屋门关闭，狭小的房屋又陷入一片黑暗。

顾元白在被窝里睁开眼，无神地看着天花板。

死亡的感觉还存留在心头，下一刻他就在宿舍中醒来。

不是飞跃云层而下的时刻，而是变年轻了，重回大学。

像是曾经所经历的那些都是一场梦一样。

宿舍门又打开，舍友走了进来："我今儿没课，你要是难受我陪你去医院。"

顾元白从黝黑的床铺上伸出一只手："来根烟。"

十分钟后，宿舍阳台。

顾元白靠在墙壁上，眉眼耷拉着，颓败又沉默地抽着烟。

室友小四盯着他看了一会儿，纳闷："怎么了这是？"

顾元白没说话。

小四上下看了他一圈："不是吧白哥，抽根烟都能这么帅？"

"等着啊，我去拿手机给你拍张照，保持这姿势别变。"脚步声远去。

顾元白拿烟的手有细微的颤抖，手臂上还有被自己掐出来的青紫印子，一切的一切都证明着此刻的真实。

难道之前都是一场梦吗？关于大恒的一切都是梦？

不可能。

顾元白的手更抖了，小四刚从屋里跑出来就被他打战的手吓到了，慌里慌张地掐灭他手中不断被抖落烟灰的烟，抓着他就要往楼下冲："赶紧的，上医院！"

顾元白被他拉着下楼梯，白墙和楼道在眼里打着圈。醒来的第一时间顾元白就去网上搜了《权臣》和原著《摄政王的掌心玉》，可这会儿根本就查不到这本书和由书改编的网剧。

什么都没有。如果没有这本书，那是不是就没有大恒，没有顾敛，没有薛远？

顾元白不敢去印证。

如果之前发生的事都是一场梦，顾元白却不想要这个真相，不仅不想要，甚至还在害怕。

他害怕得在大夏天嘴唇都颤抖，苍白没有血色，舍友已经被他吓得去街上拦车了。

顾元白脑子发涨，只有烟味能让他保持一分清醒。他从舍友手里拿走烟，推开面前的医生，走到吸烟区蹲了下来。

小四紧跟着他跑出来："白哥，你能不能听点儿医生的话？"

"听什么？"顾元白扯唇道，"抽血、拍片还能干什么？我精神上的问题，冷静冷静就行。"

小四想了想，也跟着蹲在了旁边："行吧。但你得给我说说，你到底是怎么了？"

顾元白低头看着自己的手。

修长，骨节凸显，皮肤有光泽，看着就有十足的力道，也十足年轻。

这不是一双老人的手，也不是小皇帝白皙而纤长的手。

舍友为了让顾元白好起来，带他去了CS实战俱乐部。

顾元白一身迷彩服，裤脚塞在马丁靴之中。他扛着彩弹枪，从枪林弹雨之中走了出来，黑发被汗水浸湿，锐利的眉眼沾染着烟火味，全身干干净净的，没有一处彩弹。

"牛啊，"俱乐部的工作人员笑着给他递过来水和毛巾，"战绩牛！要先去洗个澡休息休息吗？"

顾元白低头解着手上的黑色指套，下颌线条帅气利落，语气中并没有因为战绩好看而带上愉悦："先来包烟。"

CS实战俱乐部在郊外，四处都是树，乍一看好像是在山林之中。顾元白玩的时候投入了情绪，满腔的不甘和痛苦随着奔跑和彩弹散了出去，这会儿已经是一身沉闷的汗意。

热气飘散，他从烟盒里抽出一根烟，四处看了看，工作人员主动带他去了能抽烟的地方。

这个俱乐部顾元白以前也来过，但这些细碎的记忆早已被忘却，甚至连舍友的脸在他眼中都陌生得很。

想到这儿，他压下眉眼，无声地把烟放进了嘴里。

吸烟区旁边就是工作人员的区域，顾元白冷着脸抽了半根烟，偶尔一回头，在那片区域里看到了一个正弯腰放下沙袋的人。

这个人看上去很年轻，肌肉却很是有力而强劲。他的身上穿着白色背心，背心已经被染上了脏污的痕迹，倒不显得邋遢，反而男人味十足。

顾元白掐了烟，收回了目光。一旁的工作人员跟着看了一眼，笑眯眯地道："这是咱们俱乐部新来的临时工，是本地大学的学生，年纪不大气势倒是吓人，昨天刚来的时候我们还以为是砸场子的，保安都要出来了。但还别说，这小哥真的能干，几十个沙袋没一会儿他就能搞定。"

顾元白随意应了一声，手插在兜里看着外头的景色，心道：要是薛远在这儿，薛远也是这么厉害。

这么一想，刚刚发泄完后的痛苦又生了出来。他难掩烦躁地揉了揉眉心，转身大步往休息室走去，坚硬的马丁靴在地上踏出响亮的步子。

这位客户看着不好招惹，气势冲人得很，工作人员跟他说两句话就已经有些嗓子发颤，这会儿不敢跟上去了，闲得没事又走到工区前面，跟里面正在搬着沙袋的人搭着话："帅哥，你这也太拼了吧，别人三天才能干完的活你今天就干完了，你很缺钱吗？"

"缺钱。"临时工喝了几口水，汗珠从结实的脖颈间滑落。

舍友们尽心尽力地带着顾元白玩了一天，但效果不明显，上一秒他刚露出点笑，下一秒就能沉下来脸。舍友们彻底放弃，晚上带着顾元白奔进酒吧就把他压在吧台边的椅子上："白哥，最后一个项目了啊，借酒消愁。你使劲喝，尽管喝，我们去玩，回来你要是不喝醉我们就把你灌醉。"

顾元白踩着脚蹬，脊背微弯，五彩斑斓的灯打在他的脸上，他随意地点头："去吧。"

舍友叮嘱了两三句才走，快要进舞池时转头一看，不由得感叹："白哥怎么越来越有味道了。"

老朱闻言跟着转头："吓人的味道吗？我现在一看到他冷脸就犯怵。"

舍友们互相看了一眼，一起拥进了舞池。

吧台处，顾元白点了几瓶酒，有一口没一口地喝着。

他并没有烟瘾和酒瘾，这些能麻痹神经的东西顾元白从来没有迷恋过，但这几天心绪的烦闷、复杂，也好像只有靠这些才能舒缓一点。

过了一会儿，酒保递来了一杯酒，笑着朝左方示意："先生，这杯那位……"

"不喝，"顾元白斜靠着吧台，敲了敲桌子，带了几分命令语气，"退回去。"

酒保下意识地紧张道："是！"

酒保刚端起酒杯时额角已经流下冷汗，觉得这位客人很有威严。

顾元白静静地坐着，看着眼前的灯红酒绿。现代的娱乐方式是古代怎么也比不上的，但他现在却觉得孤独，觉得寂寞。

灵魂空荡荡，万物不相关。

他没忍住又低头从烟盒里拿出了一根烟，长烟在手指之中转着圈，顾元白恍惚几分，深吸了口气，把烟叼在嘴里，不准备点上。

今天抽的烟已经够多了，保重身体这一点已经深入顾元白的灵魂。

左边有人走过来搭讪，笑着的声音挺好听："帅哥，送你的酒不喜欢喝？"

顾元白动了动牙齿，低垂的烟头就顺着力道嚣张地对准了来人，他不耐烦道："滚。"

来人笑意尴尬一瞬："别这样啊，聊一聊天……"

吧台后面突然响起酒杯摔碎的声音。

顾元白回头去看，只看到一个黑裤腿。他眯了眯眼，从嘴里夹出了烟。

酒吧的保安服是一身黑，像这样的场合，保安都要求长相端正、身高一米八以上。刚刚那一眼顾元白没看清那个打碎酒杯的保安长什么样，但腿挺长的，应该很高。

顾元白这副冷淡的模样终于让搭讪的人退开了，他低头喝了一口酒，听着不远处拐角里的训斥。

酒保有些气急败坏："你才来这儿兼职了两天，就打坏了五个酒杯。大哥，你还想不想要工资了？"

另一个人不发一言。

酒保的语气突然就有些胆怯，又强撑着气势："算了，酒杯的钱我会跟主管说从你工资里扣掉，你现在要是没事就赶紧走。"

过了一会儿，酒保和那个保安从拐角处走了出来。顾元白随意抬起头看了一眼，这个保安比他想象中更高些，也更帅一些，棱角分明，穿着保安服也像是穿着一身昂贵西装，身形高大。

有点眼熟。

是上午 CS 实战俱乐部的那个临时工。

◇◆ 番外六　再次重逢·二 ◆◇

顾元白目光一拐，对着酒保勾勾手："加个冰块。"

酒保小跑上前，后方高高大大的保安往顾元白脸上随意看了一眼，下一秒重新看了过去，一眼接着一眼。

这几眼看完，保安的脸色就难看了下来，脖子一扭转过了脸，脖颈紧绷着，牙齿死咬着。

但等他走到黑暗里之后，还是没忍住继续看。顾元白低头拨弄着酒杯里的冰块，眼睑上一片古井无波的阴影。

薛远看着他差点儿一头撞到墙上，反应过来之后脸色青白变化。吧台这里的阴影处也有个保安站在这儿，自来熟地道："哥们儿，那客人帅吧？"

薛远脸色扭曲到狰狞，硬邦邦地道："我没看他。"

自来熟的保安嘿嘿笑了："就那个正在喝着酒的、个子高挑的帅哥，才在这儿坐了一会儿就被人搭讪了，估摸着还有人要上。"

薛远压了压帽子，薄唇紧抿。

自来熟的保安和他唠了几句，突然想起："你守哪片的？怎么还不过去？"

"你过去，"薛远也不知道自己怎么了，这会儿脚步却怎么也动弹不了，"我和你换换。"

话一说完，他自己都生了怒火，恨不得收回刚刚那句话。

梦醒后，顾元白发觉自己的桃花运好像好了不少，一个接一个地搞得他不耐烦。他端着酒走进黑暗一角，正要靠着墙蹲下来，脚底就踩上了一只脚。

旁边有人闷哼一声。

"不好意思，"顾元白收回脚，"没事吧？"

薛远站得直挺挺的，鼻尖都是这个人身上的酒气。这是喝了多少酒，不怕伤身吗？他念头一转，这个人喝多少关自己什么事，便敷衍地应了一声。

这里的位置隐蔽，顾元白的眼睛在黑暗中只能看到一道更黑的人影，这道人影隐隐约约传来了汗味，离得这么近，对方浓郁的气息轻易将顾元白包围。顾元白扯了扯领口，不太适应地往旁边走了一步。

但很奇妙的是他不想离开，这些天以来难安的情绪好像找到了港湾，或许是因为此刻的黑暗带来的安心。

突然有人冲了过来："让一让，去下洗手间。"

手里的酒一不小心全洒了出来，顾元白沉着脸从怀中掏出纸巾，递给身边的人："抱歉，洒了你一身。"

黏糊糊的上衣贴在身上，薛远反而松了一大口气："没事。"

薛远好像是孤零零的一只风筝，线头随风飘着，居无定所，茫然无措。

没人牵着他，没人拽着他，一切的人、事、物仿佛都陌生得很。高楼大厦、钢筋铁泥，像是困笼。

一切压得薛远快要挺直不了腰。

顾元白打到了车，让舍友们先上去，舍友招呼他上车的时候，他却突然迟疑了起来。

他不由自主地转过头朝酒吧看去，什么都没有。身后舍友惊叫声响起："白哥躲开！"

摩托车轰鸣声响起，飞车党从路边飞驰而过，顾元白及时被一个人拉住，然而两人重心不稳，相继摔在了地上。

薛远下意识护住顾元白，遭受重击的手臂发出"咔嚓"一声脆响。

顾元白脸色一变，瞬间爬了起来，拉开车门把舍友拽了下来，扶着保安小哥就上了车："师傅快点，去医院！"

车尾气一喷，司机师傅中气十足："十分钟到！"

薛远疼得满头大汗，汗珠子打在睫毛上，他在朦胧中看着顾元白，疼痛远去，越看越觉得熟悉。

"没事，别怕，"顾元白同司机说完了话，急得有些不像他，"应该是脱臼，到时候得疼一下。"

先前奋力护住他的保安小哥这会儿却冷着脸，淡淡道："哦。"

一副撇清关系的样子。

顾元白安抚的表情一僵，抓着司机座椅靠背的手指发白："刚刚谢了。"

薛远眉头拧得能夹死苍蝇："你别多想，我只是……"在脑海里找出一个词，"做好事。"

车里的气氛微妙又古怪，司机师傅加足了马力，果然在十分钟之内到了医院门口。

把薛远送进了骨科门诊，顾元白站在走廊上，显而易见地烦闷。

左眼从刚刚开始就跳个不停，他疲惫地靠在墙上，等着人出来。

一个小时后，薛远裹着石膏走了出来，顾元白睁开眼睛，几天几夜没睡好导致红血丝渐深："好了？"

薛远看了他良久："嗯。"

"辛苦了，"顾元白露出一个带着歉意的微笑，"医药费已经交过了，你救我的这一下，工作应当也要耽误了吧？这几天好好休息，耽误的工资我会翻倍赔你。"

薛远："不要。"

顾元白揉了揉眉心，好声好气道："你白天打一份工，晚上还有一份工，应该很缺钱？不用不好意思，这是你应得的钱，是我对你的赔偿和感谢。"

薛远嘴角压低："我说不要就不要。"

顾元白沉默地看他，气氛凝滞起来。

顾元白一头黑发已经凌乱，他从座椅上站起身："如果你想要了，可以随时联系我。"

薛远脱口而出："你想要我的微信？"

顾元白却从钱包里掏出一张纸，上方写着他的名字和电话："不用这么麻烦，上面有我的联系方式。"

说完，他顿了顿，对救命恩人竭尽最后的耐心笑道："再次感谢你，如果我的话让你不舒服，那么我道歉。"

顾元白朝着保安小哥风度翩翩地点了点头，两人一起走到医院门口，正要分别时，薛远突然道："我不需要你道歉。"

不需要顾元白回话，他就不停顿地继续道："我救你是我的事，不需要你赔。"

说这话的保安小哥冷酷到了极点，让人挂不住脸。

顾元白的风度翩翩快要忍耐到破碎。

"你要是真的想赔，"薛远突然卡壳了，在顾元白疑惑的眼神当中，不自在地偏过脸，身姿僵硬得如同木头人，"把你微信给我。"

◆ 番外七　再次重逢·三 ◆

两人捣鼓了五六分钟才成功加上了微信。

顾元白把薛远送上了出租车，车子一动起来，薛远面上的冷静神色瞬息支离破碎，他攥着手机的力道好像在攥着什么宝物，嘴角扬起的笑有几分僵硬，失而复得的欣喜和酸涩充斥心头。

他没有原因地高兴，觉得满足。

他找到了刚刚加上的微信号，想了想，遵循着记忆中的规矩，严肃地发过去了一条消息。

——"你好。"

顾元白手机响了一声，打开之后："……"

——"还有事没说？"

薛远皱着眉，不知道怎么回，抿着唇，面无表情地将手机塞回裤兜里。

顾元白耐心等了一会儿消息，结果对面的救命恩人好像完全忘了这一回事。他黑着脸将手机塞回了兜里，走了几步又拿出来，情不自禁打开救命恩人的头像，偷摸点进朋友圈。

对方的朋友圈干干净净，只有一个三天前发的消息，配图是一张拉面店的优惠宣传，配字："转发即可享受八点九折，并赠送一杯可乐，限时不限量，机不可失，时不再来哦！"

是真的穷。

真的穷的薛远已经回到了出租屋，用完好的单只手烧了开水泡泡面。

出租屋狭小潮湿，只放着一张床、一张桌子、一个凳子，暖壶、碗筷摆在桌边，一箱方便面吃了一半。

学校宿舍虽然便宜，但对打工不便，薛远也不喜欢和别人住一块儿。

泡面霸道的香味传遍整个屋，薛远吃完了饭，把口袋里皱巴巴的纸票拿了出来。

他用不惯手机转账，也不觉得那些是钱，票子在裤兜里团了一天，除了几张红的，其余五彩缤纷。

薛远珍惜地把票子单手捋平放在铁盒里，等这个铁盒满了，就够他找顾元白的钱了。

理完钱的桌子上只剩了张干净的纸，薛远看着这张纸良久，理性和感性来回拉扯，空气中红烧牛肉面的香味萦绕鼻端，闻久了就有些油腻了。

联系？

不联系？

没等薛远纠结完，他看到名片上白底黑字分明，联系电话上方写着龙飞凤舞的三个大字："顾元白。"

顾元白的学校在市中心，等他堵完车到校门口时，舍友早已回了宿舍。

宿舍是晚上十二点闭门，现在是十一点半，顾元白还有闲心在操场上小跑了两圈，再悠然往宿舍楼里走去。

手机振动，顾元白眼皮一跳，瞬间想起了之前主动打招呼又不理人的救命恩人。他打开一看，果然。

对方稀里糊涂发来了一个问句。

——"你知道我是谁吗？"

这句话说得好玩，顾元白心想：谁知道你是谁？

嚣张得跟二五八万似的，一会儿热一会儿冷，让人憋了一肚子的气。

顾元白很有涵养地回了个"微笑"的表情，又加了一句："你是谁？"

顾元白，这个人也叫顾元白。直觉告诉薛远这个人和自己关系不一般。

顾元白给薛远的感觉，揉眉心的小动作都和他的顾元白一模一样。不管顾元白变成什么样子，薛远都能认出来。

——"我叫薛远。"

屏幕亮起，顾元白随意低头一瞥，却猛地僵在原地。

薛远等了良久也没有等来反应，失望地叹了口气，难道顾元白真的只是自己的一个梦？他强打起精神："打错了，应该是霍远。"

顾元白心头的荒谬和狂喜被一盆冷水浇下，他垂下眼，难受得不想回。

——"哦。"

他今天很奇怪，见到了这个叫霍远的家伙两次，每次见他都会想起薛远。他刚刚看到"薛远"这两个字，几乎下意识地就认为他是自己认识的薛九遥。

顾元白面色复杂地揉着眉心，回过神一看，马上就要到十二点闭门的时间。

他拔腿就往宿舍奔去，手机叮叮当当响个不停，他在最后两分钟一口气跑进了宿舍。

汗顺着鬓角滑下，顾元白爬楼的时候才有工夫看消息。

——"这个周六有新电影，你想去看吗？"

——"我请你。"

顾元白挑挑眉，跑完步后的心怦怦跳着。这会儿又热络了？

有空？这样回答有点直接，他删掉。

没空？可顾元白想试探地接近他。

顾元白内心深处其实隐约有一个想法，但这个想法太过渺茫，像是易碎的泡沫，顾元白不敢去深想。

对话框里的话写了又删好几遍，顾元白最后去网上搜了一下，"别人请你看电影怎么回"。

他在答案中挑了一句复制发过去。

——"看什么电影？"

薛远用语音给顾元白说道："你选，想看什么我陪你去看什么。"

顾元白的舍友已经有人睡了，他擦过身上床，想把这句话转成文字，但网速太慢，一直转着圈，他无奈地又爬下床晃醒小四。

小四迷迷糊糊："白哥？"

白哥冷酷无情地道："耳机拿过来让我用用。"

拿到耳机之后，顾元白躺在床上终于听到了这句话。

两人开始语音聊天，薛远后来还贴心地介绍周六有什么电影，顾元白在他的声音中找回了前些日子怎么也睡不着的困意，眼皮逐渐沉重，甚至连话都还没听完，手机已经摔到了耳侧，他的呼吸变得绵长。

是自己都未曾注意到的安心和依赖。

薛远听到了声音，他慢慢停了话。

太好了。

他找到活下去的希望了。

◇◆ 番外八　再次重逢·四 ◆◇

顾元白一早起来，才发现手机的语音通话没关。

竟然就这么连了一夜。

他猛地坐起来，神情变幻莫测，利落将语音通话挂断。

霍远，薛远……

顾元白的名字没有变化，灵魂和性格依旧如此，但皮囊却变了。

事实是，薛远确实认出了顾元白，是梦里的小皇帝。

相认之后，两人关系也越来越近。

周三下午有体育课，和隔壁系凑在了一个体育场里，班里的男生拽着顾元白过去打篮球，篮球场地都被占了，只有隔壁系的场地里还剩下两个篮筐，带头的前去交涉，回来时苦着脸道："隔壁系的正好有一队学体育的要打篮球，这场地被人家占了，但他们说可以和我们一起打，我们哪里打得过人家体育生啊。"

一队人看来看去，最后看向了顾元白。

顾元白一向是他们队里的小前锋，得分全靠他的帅操作。背负着全队希望的顾元白还是懒洋洋的模样："打啊，别人都盛情邀请了，怎么能不打？"

他朝着对方的球队看去，目光一顿，看到了站在最前头紧盯着这里不放的薛远。

顾元白眼睛一眯，似笑非笑："这场赢定了。"

这两天一直借口没时间来找他，原来惊喜是在这儿。

薛远都在对方球队了，这还会不赢吗？

先拼实力，实力要是拼不过，那就冲他笑一下，不信赢不了。

打球之前，对方球队的队长笑着道："输赢定下之后输家受个罚怎么样？"

顾元白这队的队长表面云淡风轻，瞧起来很有赢的自信："什么惩罚？"

——实则他小腿都在不露痕迹地发抖。

篮球场两边逐渐围起来的女生激动道："输的一队做俯卧撑！"

对方球队的队长刚要说话，女生们就小声兴奋地叫了起来。对方球队队长无奈："那就这样？"

顾元白这队队长："行。"

薛远是对方球队的大前锋，防守卡位少不了他，顾元白多次和他对上，刚开始是认真地想用实力战胜对手，但队友要么传不过来球，要么他被围堵，等再一次迎面对上薛远的时候，顾元白动了坏心思，在人群死角处朝着他下放水的指示。

薛远只好放水，下一刻场边传来欢呼，他转身一看，顾元白已经上了分。

他们队队长终于发现了不对，将他的位置换了，这才止住缺处。

这一队体育生体力厉害，球技让人眼花缭乱，掉落的分数很快被追上，顾元白的小伙伴有几个已经脱了力，最后果然还是稍逊一筹，输给了对方。

但分数输得不难看，双方面子都挂得住，顾元白这队的队长乐呵呵地上去握手和对方互吹，两旁的欢呼声又响了起来。

在欢呼声中，薛远的队友走过来，稀奇地道："远哥，这场刚开始的状态不对啊。"

薛远在面对别人的时候永远是冷硬不合群的模样，他淡淡地"嗯"了一声，双手插在兜里，沉静地在人群之中看着顾元白。

他看得专注、认真，仿若其他人消失不见。

他看着就有骇人的气势，往往不用说话就能让人懂事地自己离开。但有的人天生就有这样的魅力，越是冷着脸越是迷人，越是有这个时候旁人所没有的成年男人的威压和低调的吸引力。

◇◆ 番外九　故梦一场·一 ◆◇

春四月，杨絮飞扬。

薛老将军初春受了寒气，卧病已有一月。老将军已年迈，又兼薛远在朝中大放异彩，他已有休致之心，准备从朝堂下来给儿子让路。

从四月初起，薛老将军便上书两次告归，均被圣上驳回。前不久，薛老将军第三次上书告归，言辞恳切、情深义重，圣上叹了口气，驾临了薛府，看望久病不起的老臣。

关注着这事的人心中知晓，这回薛老将军应当就能致仕成功了。

圣上亲至，荣誉非同寻常。一大早，薛府众人就恭候在薛府门前。

圣上今非昔比，早已不是当年被权臣掌控的小可怜，而是镇住万里江山的定海神针。这几年以来，除了献上标点符号的太傅李保逝世时圣上亲临之外，再也没有其他臣子有这般殊荣。

薛府上到薛老将军，下到打扫奴仆，心中俱喜悦自豪。

在人群之中，有一道坐在轮椅上的影子。

此人面色有着经久不见天日的苍白，身形瘦弱得无一丝男子气概，但那双眼眸却极深，深得好似波涛不动。

手握滔天大权的摄政王薛远，从来没想到自己竟然会有在废物薛二身上醒来的一天。

身边的家仆低声道:"二公子,圣上来了,您还得屈身弯腰。"

薛二公子平日里对圣上的态度可谓害怕至极,犹如老鼠碰上猫。他曾被圣上吓过两次,在他面前提"圣上"两个字就如同吓唬小童时说"夜中哭闹就会被阎王爷带走"一般威慑。

但今日的薛二公子却不一样,他已经整整三日未曾说过一句话,现在甫一说出口,嗓音就像是坏了一般暗哑难听:"圣上驾临,是应当行礼相迎。"

他又缓缓笑了:"只是今日身有不适,背上的骨头疼得很,怕是弯不下来腰。"

仆人一瞧,是了,薛二公子何时会将背挺得如此直。他快步走到夫人跟前,低声说着二公子的不适。

薛夫人脸上的喜悦之色变淡了些,侧头朝"薛二公子"看去。"薛二公子"正定定地看着她,好似许久未曾见过她一般。

薛夫人心中疑惑,却突然心中一软,对仆人道:"那就扶二公子到后面去,见过圣上便下去休息。"

仆人将"薛二公子"推到人群后方,刚刚站定,圣上的銮驾便来到薛府门前。前头的人恭敬地弯下腰,特别是奴仆们,几乎要头着地。

"薛二公子"虽然坐在轮椅上,人又在最后,却反而在这时目光直视,看到了那辆皇帝乘坐的銮驾。

也看到了另一个自己。

薛远一身官袍,飒爽翻身下马,径自走到銮驾跟前弯身抬手:"圣上请下。"

周围的御前侍卫衣袍整齐,精神抖擞,黑甲禁军跟随在外侧,双目炯炯提防四周。

"薛二公子"的目光在另一个自己身上沉沉看了几瞬,身姿、样貌俱是他的样子,但这尽职尽责对着皇帝效忠的模样,真是让他觉得荒唐可笑。

皇上未死,卢风之祸尚未危国,宦官之乱未曾霍乱朝纲,什么都没有发生,薛远也没有造反。

这里的一切让他陌生至极,他难以想象,这里的自己怎会对着皇帝效忠,成为连躺在病床上不见天日的薛二也知道的一条皇帝脚下忠心耿耿的狗?

銮驾打开,明黄色衣袍打了个滚,圣上递出手,被薛远扶着小心而下。

"薛二公子"从圣上的手往上,毫不顾忌地直视圣颜。

圣上龙袍繁复，初春的日子他也披了一件深色的大氅，他眉目温和又暗藏锋利，唇角微勾，正是一副爱臣如子的尊贵模样。

"薛二公子"直直看着，从圣上的指尖看到圣上的发梢。

看着娇弱，手段了不得。

薛老将军被扶着行礼："圣上万安，得圣上驾临，臣万死足矣。"

顾元白扶起他，笑了笑："这话薛卿不可再说。"

"薛二公子"还在看着圣上，身边的奴仆却推着他悄声退下："公子，咱们先行去休息。"

摄政王眼眸一沉，却沉默地由着奴仆推动轮椅。

在他的记忆里，皇帝势弱，卢风可从来没把薛家父子俩从边关召回京城。薛二的腿他也没打断过，他是直接手起刀落要了薛二的命。

这辈子一切的不同，都是从这个早该病死的皇帝开始。

薛老将军果然提出告归一事，顾元白瞧着他两鬓发白的发丝，叹了一口气，终于准了奏。

看望完忠臣，顾元白便让众人在身后远远跟着，和薛远在庭院曲径中漫步。

两人走了一会儿，见天色大变，怕有雨落下。

果不其然，片刻后春雨落下，薛远将顾元白带到了最近的一处院落："圣上在此等待片刻，我去带人拿些雨具来。"

顾元白从怀中抽出手帕，细细擦掉脸上雨滴，笑着道："去吧。"

薛远脚步匆匆地带着人走了，顾元白走到廊道上看着春雨，不知多久，突然听到木轮滚动之声。

顾元白侧头，看到坐在轮椅之中缓缓前来的"薛二公子"。

"薛二公子"的肩上也落了雨水，好似刚从雨中而来。

顾元白瞥了他一眼："这院子是林哥儿的住处？"

"薛二公子"余光从他唇上一扫而过，低头笑了笑："正是，草民见过圣上。"

"嗯，"顾元白淡淡应了，让人搬来了竹椅，"无事就回房待着去，瞧你在朕面前也不自在。"

"薛二公子"转着轮椅过去，突然道："圣上，草民前些日子从道士手里买到了一本看手相的书，若是圣上不介意，草民斗胆想要给圣上看看手相。"

顾元白转过头，微微眯起了眼睛，审视地看着他："你今日有些不对。"

摄政王勾起一抹古怪的笑，朝他伸出了手。

这是一只薛二的手。

皮肉松垮，枯黄无力，没有丝毫强劲的肌肉。

顾元白低头看着他的手，摄政王含笑看着他，手坚持地抬着。这副废人皮囊维持不了长久的姿势不动，手臂已经不自然地颤抖起来，但"薛二"面上却很轻松，好像手臂的颤抖和痉挛跟他没有任何关系。

"来人，"高高在上的皇帝转过了头，不容置喙，"将薛二公子带回房里休息去。"

圣上身边的宫侍上前，强硬地要带他离开，摄政王叹了口气，收回了手。但在宫人推动轮椅的刹那，"薛二公子"却倏地往左侧一倒，在宫侍惊呼声之中重重摔落在顾元白的脚旁，那木头做的轮椅摔坏了木轮，零碎的琐件顺着走廊滚落到雨水之中。

混乱之中，"薛二公子"握上了圣上的手，匆匆一瞥他手心之相。

很快，他便被人扶起抬走，地上的东西一一被清理干净。顾元白抬起手，若有所思。

而被抬着回房的"薛二公子"捂住了脸，好似是觉得自己丢大了人。

"二公子，"家仆道，"小的去给您叫大夫，您今日还是别出去了。"

"薛二公子"放下手，笑吟吟道："滚出去。"

明明是一副短命之相，问题果然是出现在这个皇帝的身上。

薛远带着顾元白回到了自己的房中，顾元白沉思了一路："九遥，你弟弟不对劲。"

薛远沉下脸："他冒犯你了？"

顾元白手指敲敲膝盖："算不上。罢了，让人将他叫来。"

片刻后，"薛二公子"冒雨前来，他身后的奴仆撑着把油纸伞，但风雨还是将他膝前衣衫打湿，显出几分狼狈。

他膝上还放着一张白玉棋盘。

顾元白让人摆上棋具，薛远阴着脸站在圣上身边，目光一遍遍从"薛二公子"身上扫过。

确实不对劲，往常的薛二被他扫上一眼都能尿了裤子，可不是现在这副从容样子。

顾元白执白子，"薛二公子"执黑子，两人皆不说话，等落下五六子之后，"薛二公子"突兀道："草民到底是看了圣上的手相，匆忙之下难免看错，否则又怎么会是短命之相？"

顾元白岿然不动，薛远却已一脚将"薛二"踹到了地上，面上却好声好气："弟弟，你怎么连坐都坐不稳？"

"薛二公子"吐出一口带血的口水，撑着地坐起："弟弟一见到圣上就抑制不住崇敬之情，激动之下——"

薛远又是狠狠一下，"薛二公子"呼吸沉重，眼中泛着骇人的血丝。

薛远蹲到他面前，轻佻地拍拍他的脸，又笑道："林哥儿，再说错话，大哥都护不住你。"

"薛二公子"也笑了："护好你自己吧。"

顾元白叹了口气，头疼："薛远。"

薛远收敛神色，风度翩翩地站起身，顾元白朝他笑笑，柔声道："朕想吃梅花糕了。"

薛远缓和："我去吩咐。"

等他走了，"薛二公子"才抹去自己脸上的血，又戾气深重地低骂了两句。

顾元白打个手势，侍卫长上前扶起"薛二公子"，让他坐在了圣上对面，继续下着棋。

"薛二公子"一双黑眼珠死死盯着顾元白，好像第一次见到他一样。

顾元白道："你下棋的路数是薛九遥的路数。"

他执起白子，放在黑子的致命之处，眼皮撩起，锐利逼视"薛二"："你是谁？"

他的目光好像利剑，是飞来要命的箭矢。

摄政王在这种目光之中竟然浑身发热，直觉告诉他要是一个回答不好就会被这位帝王夺走性命。可偏偏就是这样，他的神经反而从头皮开始战栗，兴奋得蠢蠢欲动。

"圣上，您得先告诉我，薛九遥是不是您的人？"他勾起一个怪异十足的笑。

顾元白面无表情地看他。

"薛二公子"轻佻地朝他吹了个口哨："您想要知道臣是谁，其实答案很简单。"他换了自称，双臂撑在棋盘上，强行拖着残废的双腿探过身，幽深眼眸越近，压低声音道，"臣名薛远。"

◆ 番外十　故梦一场·二 ◆

摄政王本想逗弄逗弄这个皇帝，想瞧瞧帝王愕然惊怒的神色，正准备突然偷袭一下。

但摄政王还没碰到对方，整个人就已被掀翻在地。全身上下开始泛起痛感，摄政王呼吸间黏稠的热气喷出，血腥味从喉咙冲到口腔："您身边的狗真是一只比一只忠心。"

侍卫长警惕地看着他，剑已出鞘挡在身前。

摄政王咳嗽了几声，血沫从嘴里溢出，他擦了擦嘴角，竟然闷笑开来："孤都已好久未受过伤了。"

他的一举一动都给顾元白难以明说的熟悉感，结合他先前所说的话，顾元白已经有了一个荒唐想法。他让侍卫长退下，起身走到薛二的身边，居高临下地看他，想要透过这层皮囊来看清里面的灵魂。

"出去。"良久，顾元白下了命令。

屋中的宫侍依言出去，甚至贴心地带上了门。顾元白撩起衣袍，弯身掐住"薛二"的脖子："你刚刚是在做什么？想杀朕？"

摄政王诚实地道："孤原本是想的。"

顾元白冷笑一声，手下用力："你是个什么东西。"

顾元白冷眼看他，已经在"薛二"的脖子上掐了一道痕子。摄政王呼吸不畅，又接着说道："但现在不想了。"

脖子上的手顿住。

摄政王咧开嘴笑，透着几分邪气："倒也不是不想，而是这副皮囊杀不了你。"

摄政王的思绪飘飞了一瞬，总算找到自己比这个世界的薛远要好的一点了。至少他是万人之上，手握江山万里、珍宝无数。若说谁能让人享用天下好物，那必然只有他。

摄政王的心情忽地有些愉悦，顾元白却突兀问道："若说皮囊，子护的皮囊岂不是最配？"

没忍住，顾元白还是补了一句。

这个人说自己是薛远，虽然离奇了些，但顾元白却下意识想到了原著中的摄政王薛远。

顾元白拥有了他的薛九遥，拥有了薛九遥的现在以及未来，但偶然也会在意，若是没有他的存在，薛远辅佐褚卫上位推翻自己的事会不会发生。

他一想到这件事就格外不舒服，但这件事还没法说出口，因为根本就没发生过。

顾元白在廊道里站了片刻，出神了许久，远处的脚步声踏水而来，他抬头一看，薛远带人正疾步如飞，身后人的手里除了雨具之外还有膳食。

"怎么在这里站着？"薛远大步走上廊道，衣摆下方已被雨水浸湿。

顾元白朝他翻了个白眼，薛远笑了两声："我现在全身寒气浓重，不好多靠近你。这雨估摸要下到入夜，这会儿也是午膳的时候了，你先趁热用膳，我去换身衣服。"

顾元白好好地点了点头："不急这一时，等你换好衣服一起。"

薛远压下嘴角，佯装镇定地咳了一声："也好。"

他匆匆回房换好衣裳，回来和顾元白一同用膳。"薛二"缓缓爬上轮椅，转着滚轮出了房门，静静看着他们逐渐远去。

等到前方两人身影不见之后，他才动身，慢腾腾地跟了上去。

薛远与"薛二"对视了一会儿："圣上，您先用着膳，臣去同舍弟说一说话。"

顾元白道："去吧。"

薛远起身，笑着推着"薛二"的轮椅离开。一刻钟之后，他又换了一身衣服，湿气浓重地赶了过来，身上的血腥味被洗得干干净净，不让顾元白瞧出丝毫不对。

顾元白心知肚明，但也装着不懂，淡定地吃着饭："九遥，过些时日你可要和朕去拜祭宛太妃？"

薛远郑重道："好。"

从剧痛之中醒过神的摄政王下意识开始咳嗽起来，可咳了两声就觉得不对。

外头成群的仆从恭候，小心翼翼道："大人，可需要小的们进去伺候？"

房里雕梁画栋，熏香宜人。摄政王翻身下床，健壮的胸膛赤裸，双腿完好有力。

做了一场梦？

摄政王在原地站了半晌，泪烛晃动，在墙面上打出一道光影。

褚卫被邀进薛府时，便见到摄政王正在月下独酌，桌角上已经一片狼藉，满是空壶。褚卫面色不变，走到桌旁坐下，也给自己倒了一杯酒水。

他与摄政王闷闷喝了好几杯，摄政王突然道："褚子护，先帝逝世得早，孤只记得他叫作顾敛。"

褚卫淡淡地应了："正是当今圣上的叔父。"

摄政王喝酒的手又顿住，良久才举杯一饮而尽："你可知道，若是他没死，天下又是另外一副样子，而孤又是另外一副样子。"

那个天下太平，没有接受过磋磨，朝廷命官活得踏实，没有在他手底下战战兢兢的模样。

褚卫难得笑了："大人这是还没从梦中出来？"

酒水饮尽，莫名有些惆怅，摄政王摩挲着酒杯半响，才道："或许吧。"

还好只是个梦，还好梦中只有那短短几日，不至于让他沉溺其中。

摄政王站起身，抬头看见明月，心中油然升起兴致，高声道："明月昭昭，江水迢迢。"

◆ 番外十一　君臣之谊 ◆

　　临近冬日，霜雪落了满地，顾元白一大早就醒了过来，往外头一瞧，雪花片片，正慢慢给天地罩上一层白衣。

　　他打了个哈欠，拉响了床旁摇铃，向鱼贯而入的太监宫女们问道："人呢？"

　　田福生脚步快而稳当，先给圣上拿来在火炉旁烤得温乎的衣裳，他的小徒弟手脚比他利落，正近身伺候着圣上穿衣："圣上，您可是忘了？昨日薛大人府中有事，便没宿在宫中，早就回府了。"

　　顾元白想了想，似乎是有这么一回事。

　　但不管，大恒皇帝任性道："朕现在就要见他。"

　　田福生无奈："圣上不如先更衣？小的这就通知薛大人进宫来。"

　　顾元白正要点头，忽地想起自己这些时日因为忙着年关的官员政绩和税收一事，许久未曾出过宫门了，索性起身道："收拾收拾，朕去宫外找他。"

　　位于皇帝脚下的京城，向来是大恒最为繁华热闹的地方。这几年的冬季更是丰富多彩，除了从宫中传遍大江南北的炕床，从京城开始又掀起了一股火锅风潮，炕床与火锅成为冬日里必不可少的二宝。

　　话说这火锅可是从皇宫中的御膳房传出来的东西，皇上倍为爱吃。这东西鲜汤入口，滋味美妙，美味直接窜到了胃里，直教人长舒一口气，高呼"痛快"二字！

　　百姓爱吃这东西，官员也爱吃这个东西，文人墨客也喜爱吃这个东西。天越是冷，吃起火锅来越是爽快。看着漫天飞雪，顾元白在前往薛府之前，还特地差使着人备上了火锅用的东西，打算在薛远府里荷花池旁的凉亭中用一用膳。

　　他来得悄然无声，薛九遥也不知道。雪落在枝丫上有指节的厚度，顾元白从树下窜过，差点儿被跌落下来的厚雪砸到他的狐裘。

　　薛九遥正在雪地上练着拳脚功夫。

　　这会儿雪花还在下着，薛九遥的身上却干干净净，他多少年如一日跟个火炉一样，雪还没落下，热腾腾的热气就使其消失在了半空。

一拳一脚，动作强劲有力，束得利落的黑发也有着杀气，裹在文质彬彬的官服中许多年的薛大人，还拥有着不输于任何一个大恒士兵的体格和野狼那般的野性。

顾元白在暗处看得入了神，觉得心尖痒痒。薛九遥身上就穿着一件单薄的劲装，小腿上缠绕着一圈圈的束布，圣上含笑从头往下一遍遍看过，侧头冲着侍卫长张绪道："上去跟他练练。"

张绪警惕地注视着薛远："是。"

即便薛远数年未曾上战场，但张绪也不敢托大，他屏息选中一条最为隐蔽的攻击道路，趁薛远未曾有异动时便迅猛冲上前去，腰间的大刀已经出鞘，在雪色的倒映下更显锐利逼人。

以前的经验告诉张绪，与其慢慢接近试图偷袭薛远，不如以快制敌，这样还有与之一敌的机会。

张绪的速度很快，所踏过的雪面上甚至只留下浅浅的一行脚印，但薛远的反应更快，在大刀光芒闪到他的脸庞之前，他便回身一转，赤手空拳地挡住了张绪的手臂。

"张侍卫长，"薛远游刃有余地勾唇一笑，眼睛已经不可控地往边上瞄了过去，低声道，"又得多谢侍卫长给了在下一个展现风采的机会。"

侍卫长严肃地皱起了眉头，反手躲掉薛远的格挡，向前一击。

他们有来有往对招数次，薛远的动作越来越潇洒，袍脚随着步伐划破空气，颇具几分大开大合的豪气之美。

顾元白似笑非笑，眼中闪烁，一双弯目独独放在薛远身上。

田福生老神在在地站在一旁，搁心里默默想着薛大人怎么连练招都这么像孔雀开屏呢？瞧瞧，之前的拳法、脚法还是踏实寻常的，现在都要耍起舞来了。

薛远借着练招的机会，把自己潇洒英俊的一面全都展现在了圣上的面前。直到张侍卫的脸已经黑了下去，他才意犹未尽地退后了一步，结束了这场实力悬殊的比武。

"圣上，"薛远大步蹚雪而来，几步走到了顾元白的面前，深眸定定，"今日何时醒的？"

他身上的热气澎湃，汗水潮湿，汗味袭面而来，顾元白也好像被染上了几分热气。

薛远接着问道:"用过早膳了吗?"

顾元白:"用了些茶点。"

薛远咧嘴就笑:"昨日我娘让我回府,谁知道竟然是商量薛二娶妻一事。等我想回去时,宫中已经关闭宫门,不好再大张旗鼓寻你。"

"也不必解释,"等他说完了,顾元白才假惺惺地说出一句迟来的体贴话,"你有自己的府邸,也不是在宫内任职,下值后你自己分配时辰。"

薛远抽了抽嘴角,根本没信他的话:"圣上,我也还没用早膳,不如一起?"

顾元白被带着转移了注意力:"一起。"

宫中带过来的厨子到了薛府后便开始处理起午膳时要吃的火锅,早膳两个人便吃得简单了些。但皇帝用的东西,再简单也是滋味绝佳,令人食指大动。薛远以往就喜欢皇宫的膳食,之后更是因着圣上更加喜欢,若不是加强了锻炼,他能足足在御膳房的喂养下胖上一圈。

片刻之后顾元白,皱眉道:"药用了吗?"

薛远的身上有诸多暗伤,空性大师与御医们多次探讨治疗这些暗伤的法子,除了内用的药物,还有外用的药膏。

这药膏的药性极强,药味便极其苦涩浓郁,到了让人闻到就口中泛苦的程度,薛远平日里并不想要顾元白闻到他身上的药味,生怕他喝了这么多药后还要受他身上的药味折磨。

"稍后再用,"薛远坐直,面色不变,"御医曾说睡前一用最为合适。"

"胡闹,"顾元白轻呵,"御医明明说的是一日两次,早晚都需涂抹伤处。没有朕看着,你竟是如此不老实,正好一会儿用完早膳,朕看着你上药。"

早膳之后,处理了一个上午政务,午膳被一样样送到了荷花池旁。时间差不多的时候,薛远瞧了瞧窗外的日头,和顾元白慢慢在飘雪中走向凉亭处。

顾元白自身体慢慢转好之后,更加在意健康一事,但偶尔几次也会小酌怡情。配上火锅,今日和薛远对酌了几杯小酒。

如今被称呼为"红灯果子"的番茄已经传遍了大江南北,小小的红灯果子样貌漂亮,颜色鲜丽,味道也是一等一地好,南、北两方的百姓还给它起了不同的名字，京城的百姓们跟着黄濮城的叫法称呼其为红灯果子。

前有炕床、火锅作为铺垫，后来的"红灯果子"名字一出，便迅速为文人骚客们所接受。他们以前想赞美炕床、火锅都得一言难尽地承受圣上这接地气的起名方式，如今红灯果子一现世，他们登时欢欣鼓舞、泪流满面，感动于终于有一个能写得出来的"寻常"名字了！

顾元白也多多少少知道这些文人的想法，眉头抽搐了数次，随他们去。

这些人，顾元白做件什么事他们都要假模假样地客观分析评价一番，最后再暗暗倒向大恒皇帝，用精练的语言、卓越的文采来抒发对顾元白的崇敬和支持，就算是嫌弃皇帝起的这些土气的名字，也只是表面嫌弃，暗中炫耀自豪：看啊，咱们的皇上多么爱民如子，将这些好物推至天下，甚至为了让百姓们接纳这样的好东西，就起了最为平凡的名字。

名字美吗？不美。但是这都是皇上对百姓的一片爱护啊！

顾元白看着番茄锅就想起这件事，忍不住摇了摇头。

顾元白闲聊："薛二与一家姑娘定了亲，待到开春，府里应当都系满红绸带了。定的是哪家的姑娘？"

"礼部王侍郎家的庶女。"薛远道。

顾元白微微睁开了眼："哦？"

对方的身份倒是有些低了。薛二虽是被他哥打得残疾，但至少也是薛老将军的二儿子，兄长薛远更是朝中命官，备受皇帝爱重，受封二等博远侯，为签书枢密院事。薛二水涨船高，配个四品官员的嫡女也是寻常。

薛远淡淡道："王大人家的庶女性子坚毅、手段了得，正好能制住薛二。"

顾元白起身："罢了，你心中有数就好。起来，陪朕去散步消食。"

在薛远陪着圣上散步时，薛夫人正巧来找薛远说事，结果还未靠近，就有宫侍笑着拦住了薛夫人的脚步："夫人慢行。"

薛夫人这才知道圣上就在薛府之中，她诚惶诚恐地告退，心中还谴责薛远怎么不派人同她说一声，这要是惊扰了圣驾，谁能担起这个责？

不同于薛老将军，薛夫人的性格谨慎，她欢喜儿子受皇上信任一事，又时时忧心这样的宠信是否又会让整个薛府坠入深渊。

想得越多，皇上在她心中便越是高深莫测，偶尔从儿子和丈夫口中得知圣上的一二事迹，更让薛夫人对皇上打心底尊崇和畏惧。

薛夫人牢记这件事，等傍晚估摸着圣上已经离开后才派人叫了薛远过来，琢磨着怎么和薛远说这件事。

能得圣上信重很好，这是八辈子积攒下来的福气。但圣上信重你是一回事，亲近不亲近却是另外一回事，自古以来这样的事情还少吗？皇上喜欢的时候任何人都能被皇上捧成明珠，皇上不喜时，想起曾经的事都会觉得厌恶。

薛夫人思来想去，觉得还是得让薛远和圣上保持一定的君臣距离，最好是恭敬而不失规矩，这样，即便是以后皇上不再宠信薛远，薛远也不会碍到圣上的眼，也不会因此而患得患失，遭受重击。

薛远一刻钟不到就来到了薛夫人的面前。薛夫人心里想着事，惶恐不安地道：“儿啊，你听娘一句话。娘知晓你与圣上极为契合，圣上英明，你作为臣子自然要贤良，使天下太平，百姓安稳。但圣上臣子千千万万，良才尽入宫门，当臣子的自然也要有臣子的样子。你想一想，与你的同僚相比，你是否独独和圣上过于亲近了？"

"薛夫人，你叫我过来就是为了说这样的话？"薛远死皱着眉，声音微哑，但还是耐着心安抚他娘，"我与旁人对圣上来说不一般。我知道分寸，您放心。"

薛夫人没听明白，继续愁眉苦脸道："有多不一般？"

薛远笑意流露出些许："您不需要知道。只需要知道百年之后，后人必定口口相传我与圣上的君臣之谊便够了。"

图书在版编目（CIP）数据

八千里路敛远山. 大结局 / 望三山著. — 广州：广东旅游出版社，2024.2
ISBN 978-7-5570-3148-0

Ⅰ.①八… Ⅱ.①望… Ⅲ.①长篇小说—中国—当代 Ⅳ.① I247.5

中国国家版本馆 CIP 数据核字 (2023) 第 187534 号

八千里路敛远山. 大结局
BA QIAN LI LU LIAN YUAN SHAN. DA JIE JU

出 版 人：刘志松
责任编辑：陈　吉
责任技编：冼志良
责任校对：李瑞苑

广东旅游出版社出版发行
地址：广州市荔湾区沙面北街 71 号首、二层
邮编：510130
电话：020-87347732（总编室） 020-87348887（销售热线）
投稿邮箱：2026542779@qq.com
印刷：嘉业印刷（天津）有限公司
（地址：天津市静海经济开发区北区银海道 48 号）
开本：700 毫米 ×980 毫米　1/16
字数：264 千
印张：16.25
版次：2024 年 2 月第 1 版
印次：2024 年 2 月第 1 次印刷
定价：49.80 元

【版权所有 侵权必究】

如发现图书质量问题，可联系调换。质量投诉电话：010-82069336